地球の平和

スタニスワフ・レム

芝田文乃 訳

国書刊行会

Dzieła wybrane Stanisława Lema

Pokój na Ziemi

Stanisław Lem

地球の平和＊目次

地球の平和

Pokój na Ziemi

Ⅰ　倍増

どうすればいいのかわからない。せめて「私は気分が悪い」と言えれば、最悪ではなかったろう。また「私たちは気分が悪い」と言うこともできない。というのも自分の人格について部分的にしか言えないからだ――私は相変わらず泰平ヨンであるにもかかわらず。以前からひげ剃りのときに大声で独りごとを言う習慣があったけれど、もうそれはやめなくては。左目が意地悪く目配せして邪魔するから。〈ＬＥＭ〉にいる間は、出発直前に何が起きたのか自覚していなかった。この〈ＬＥＭ〉というのは、ＮＡＳＡがアームストロングとオルドリンを乗せて月の石をいくつか取りに行かせたアメリカ製の三本足とは何の関係もなかった。私の秘密の任務をカムフラージュするため同じ名前にしたのだ。悪魔どもがこの任務を与えたもうた。こうし座から戻った後、少なくとも一年間はどこにも飛ぶつもりはなかった。同意したのはひとえに人類の幸福のためである。戻れない可能性があることは理解していた。ロペス博士の計算によると、チャンスは二〇・八分の一。これも私を止めはしなかった。命知らずなのである。どうとでもなれ。戻る、さもなくば戻らない、と自分に言いきかせた。戻れるが、ひとりで戻るのではなく、私たちが戻るのだ、とは思いもしなかった。これを説明するには、最高機密の問題をいくつか明らかにしなくてはならないが、私はどうでもいい。つまり部分的には。なにしろこうして書くのも部分的に、大変な苦労をしながらだ。タイプライターを右手でたたいている。左手は椅子の肘掛けにしばりつけなくてはならなかった。だって逆らうから。タイプライターから紙を引き抜くわ、どんな証拠を出しても腹を立てつづけるわ、で、しばろうとしたら目を殴られた。これが倍増の結果だ。だれしも頭の中には二つの大脳半球があって、脳梁でつながっている。ラテン語で *corpus callosum* という。二億本の白い神経繊維が脳をつないでいる――脳が熟慮できるように。だがそれはもはや私の脳ではない。チョッキン、で、一巻の終わり。それに実はチョッキンさえなくて、ただ月のロボットたちが新兵器を試験していた、あの演習場があっただけだ。そこに居合わせたのはまったくの偶然だった。すでに任務を遂行し、あの冷たい怪物たちを出し抜いて、もう〈ＬＥＭ〉に戻る途中だったが、小便がしたくなった。月には便所がない。もっとも真空ではそんなもの無駄だ。宇宙服の中にアームストロングとオルドリンが持っていたのと同じ容器を携えている。だからいつでもどこでもできるのだが、私は気がねした。行儀が良すぎる、というか良すぎたのだ。なんとなく昼日中に〈晴れの海〉の真ん中ではしにくかった。少し先に大きな岩がひとつ突き出ていたので、その岩の陰まで行った。どうやって知り得ただろう、そこではすでに超音波フィールドが作用しているだなんて。ほっとしていると、頭の中でちっちゃなパチッという音がした。よくある首筋がポキッというのではなく、もうちょっと上の方。

頭蓋骨の真ん中で。それこそがまさに遠隔完全脳梁切断術《カロトミー》だったのだ。痛みはなかった。変な感じはしたが、すぐに治まったので、私は〈LEM〉へ向かった。無論、何もかもなんだか違うし、自分もちょっと違うような気はしたけれど、あれだけいろんなことがあって興奮しているせいだろうと思った。右手を制御しているのは左大脳半球だ。だから、私がこれを書いているのは部分的にすぎない、と言ったのだ。右半球が邪魔するからには、何か反対意見があるのだろう。恐ろしくややこしい。私は、私とは私の左半球にすぎないと言えないのだ。もう片方と妥協しなくては。だって永遠に片手をしばっておくわけにもいかないじゃないか。様々な方法であいつをなだめようとしてみたが、無駄だった。まったく不可能だ。攻撃的で、卑俗で、あつかましい。幸い、あいつはすべてを読むことはできない。話の一部だけ。せいぜい名詞ぐらい。いつだってそうだ、知ってるぞ。だって私はすでにしかるべき本をどっさり読んだのだから。動詞も形容詞もきちんと理解できないあいつが、ここで私がタイプしている内容を見ているので、あいつを怒らせないように自分をほめなくては。うまくいくかどうか――わからない。結局のところだれにもわからないのだ、どうしてすべての善き行いは左半球に入っているのかなんて。

　月でもやはり私は部分的に着陸することになっていた。でもまったく別の意味で。というのもそれは事故前のことで、私はまだ倍増していなかったからだ。私は月の静止軌道を周回することになっていて、偵察は私の遠隔人《リモート》が行う手筈になっていた。プラスティック製とはいえ、わりかし私に似ていて、複数のセンサー付きだ。そんなわけで私は〈LEM1〉にとどまり、遠隔人を乗せた

〈ＬＥＭ２〉が着陸した。あの軍事ロボットたちは人間に対して恐ろしく執念深い。そのどれもが敵の臭いを嗅いで追跡する仕様になっている。少なくとも私はそう聞かされた。あいにく〈ＬＥＭ２〉がうまくいかなかったので、私本人が着陸して、どうなっているのか確かめることにした。というのも不足気味の通信が途絶えてしまったのだ。〈ＬＥＭ１〉に乗っていて、すでに〈ＬＥＭ２〉は感じなかったが、腹痛は感じた。自分のお腹が直接痛むのではなく、無線通信で痛んだ。なぜなら、着陸後にわかったのだが、ロボットたちが〈ＬＥＭ〉のカバーをぶち割り、遠隔人を引っ張り出し、それから腹に取りかかったからだ。そのケーブルを軌道上で切り離すことはできなかった。もし切り離せば、実際私の腹痛は治まるだろうが、遠隔人との最後の通信手段を失ったら、どこを捜せばいいのかわからなくなってしまう。待ち伏せされた〈晴れの海〉は、ほぼサハラ砂漠のようなところだ。そのうえケーブルを取り違えた。というのも各々色違いになっていたのだが、ものすごくたくさんあったし、緊急操作説明書がどこかへ行ってしまった。ともかく腹が痛いのに説明書を捜すなんて頭に来たから、地球を呼び出す代わりに着陸することにした。いかなる状況であれ、それだけはしないようにと警告されていたにもかかわらず。だってもう出口はないのだ。だが私の性格からして撤退はあり得ない。それに、〈ＬＥＭ〉は電子機器が詰まった単なる機械にすぎないとはいえ、ロボットたちの餌食にはしたくなかった。

　どうやら、説明すればするほど、わかりにくくなっているようだ。事の発端から話した方がいいだろう。その発端がどうだったか私は知らない、というのは別の話。なぜなら私は主に右大脳半球で記憶しなくてはならなかったのに、右半球への通路が遮断されていて、考えることができないからだ。そう推測するのは、多くの物事を憶えていないからで、せめて少しでもそれらについて知るには、左手に対して右手で聾啞者の言語に属するような身ぶりをする必要があるが、左手はいつも答えたがるとは限らない。たとえば、左手は親指を人さし指と中指の間にはさむ軽蔑の仕草を見せるが、それとてまだ、奴の異なる意見のいちばん礼儀正しい表現なのだ。

　身ぶりだけで片手でもう一方の手に問いただすことは難しいので、反対を克服するために殴りつけてやった。ここでは歯に衣着せず言う。ついに自分の上肢に一発食らわせてやるところだったが、難しいのは、右手が左手よりも強いだけってことだ。その点、足は左右同等なのだが、まずいことに、右足の小指に古い魚の目があって、左足はそのことを知っている。バスの車内でひと悶着あったとき、私は左手を無理やりポケットに突っ込んだが、その仕返しに左足が魚の目を思いきり踏みつけたものだから、目から星が出たくらいだ。これが我が半身によって引き起こされた知性低下の結果なのかどうかはわからないが、自分が何やら戯言《たわごと》を書いているのはわかる。左手の足というのはまさに左足のことだ。私の不幸な身体が、二つの敵対陣営に分裂する瞬間があるのだ。

　書くのを中断しなくてはならなかった。自分を蹴ろうとしていたのだ。つまり左足が右足をだ。すなわち自分を蹴りたかったわけではないし、私が、ではないし、完全な私が、というわけでもなくて、しかし文法はこうした状況にまったく適合していない。靴の追跡にもうほぼ取りかかっていたが、放っておくことにした。人間はこんな窮地にあっても自分を道化役にすべきではない。あの説明書やケーブルがどうだったのかを知るのに、自分のあんよを傷つけるのはいかがなものか？正直な話かつて自分自身と殴り合ったことはあるが、それはまた別の状況だった。あるときは時間ループの中で早いほうと遅いほうが、またあるときはラブタミン中毒でのことだった。確かに自分と殴り合いはしたが、分割不可能な自分のままだったし、各々はそうしたければ、そんな立場に共感することができる。中世の人々は罰するために自分で自分に鞭を振り下ろさなかったとでも？だがいまはだれひとり私に共感してくれない。こんなのあり得ない。私は二人だ、と言うことさえできない。だって理性的に考えたら、そんなことありそうもないから。私は二人だ。つまり私は一部なのだが、それも部分的にだ。というのもどんな状況でもそういうわけではないから。私が遭遇したことを知りたければ、ぐだぐだ言ったり反対したりせずに、私が書いていることをすべて順番に読むべきだ。たとえ一切理解できなくても。あれやこれやは時が経つにつれて明らかになる。でも、とことんすべてではない、たぶん。だってとことんまで理解できるのは脳梁切断術《カロトミー》によってのみだからで、それはカワウソや亀になるとはどういうことか説明できないのと同じだ。仮にもしもだれかが、方法はどうでもいいが、亀かカワウソになったとしても、そのことを一切知らせることはできない。だって動物はしゃべらないし書かないから。普通の人々は、私も人生のかなりの部分そこに属していたけれど、理解できないのだ。ある男が脳を切り離されても、なおその人自身であるようでいて、自分のことを**私たち**ではなく**私**というからには、そうであるように見えるし、まったく正常に歩き、まともに会話するし、食べているときも、右半球は左が何をしているのか知らないなどとは全然わからない（私の場合、ひき割りのスープは例外）。とはいえ、こう主張する人たちもいる。脳梁切断術《カロトミー》は聖書が生まれたときにはすでにあったに違いない。だって聖書の中に、左手は右手が行うことを知っているとは限らない、と書かれているのだから、と。だが私は、それは宗教的暗喩だと思う。

　ある男が二カ月間、私につきまとって、私から真実を絞り出そうとした。いちばんまずい時期に私を訪問し、本当は私が何人いるのかと質問攻めにした。自分で読めばわかるからと専門参考書を渡したが、彼には何の役にも立たなかったろう。とはいえ私にも同様だった。その本を貸したのは、出ていって欲しかったからだ。そのとき私は紐のない靴を買いに行った。上部に弾力のあるゴムがついているもので、以前はたしかジョッパーブーツと呼ばれていた。というのも私の左部分が散歩に出かけたくないとき、靴の紐が結べなかったからだ。右手で結んだのを、左手がほどいてしまう。それでそのジョッパーブーツと、あとランニング用の運動靴を何足か買うことにしたのだが、流行《はや》りのジョギングを何マイルもやりたくなったわけではなく、右大脳半球にお灸を据えてやるためだった。というのも当時はまだまったく右の彼女《あいつ》と意思疎通ができず、青あざだらけで次第に腹が立つばかりだったからだ。靴屋の売り子を普通の店員だと思い、私はそこで何かつぶやいて、自分の奇妙な振る舞い（実は私のではないが）を弁明しようとした。つまり、店員が目の前で靴べらを持ってひざまずいたとき、私は左手で店員の鼻をつかんだ。つまり彼女《あいつ》が鼻をつかんだので、私は釈明しようとし、それを彼女《あいつ》のせいにした。私はこう思った。もし自分が狂人だと思われても（靴屋の店員が脳梁切断術《カロトミー》について何か知っているなんてことがあるだろうか?)、自分がしたいことはできる。だって結局は私にその靴を売ってくれるだろうから。狂人だって裸足で歩く必要はない。あいにく、そいつは臨時アルバイトの哲学科の学生で、いきなり怒りだした。

「お願いです、どうか常識的に考えてください、泰平さん!」彼は私の住まいで叫んだ。「論理的に言えば、あなたはひとりか、あるいは、それより多いかですよ! もしもあなたに右手がズボンをはかせ、左手はそうさせないなら、それはつまり、それぞれの手の背後に特定の大脳半球がいて、そいつが何かを考えている、少なくとも何かしたがっているんですよ。もう片方の半球が望んでいることをする気がない以上は。仮にそうでなかったら、切り離された手足だって互いに喧嘩するでしょう。あいつらは何をやらかすか、わかったもんじゃない!」

　そのとき私は彼にガザニガを渡した。切断された脳とその手術結果に関する最良の論文であるガザニガ教授の本 *The Bisected Brain*〔二分された脳〕は、一九七〇年にアップルトン・センチュリー・クロフツとメレディス・コーポレーション教育部門によって出版されたが、私の脳が元どおりに癒合する方法は、本当のことを言えば、このマイケル・ガザニガも、(彼が論文を捧げた)ダンテ・アキレス・ガザニガという名で、やはり博士(医学)だった彼の父も考案していなかった。信じないという人は、いますぐ最寄りの医学書店に馳せ参じ、私のことは放っといてくれ。

　私にしつこくまとわりつき、倍増後の生活とはどんなものか私から供述を絞り出そうとしていたあの男は、私からは何も引き出せず、私の両半球を同じように激怒させただけだったから、私は両手でそいつの襟首をつかまえて、ドアの外にほっぽり出した。落ち着きのない私の内的存在に、こうしたつかの間の調和が訪れることもあるが、この先どうなるのか皆目わからない。

　この若き哲学者はその後、真夜中にうちに電話してきた。いきなり起こされれば私が自分の不気味な秘密を打ち明けるだろうと考えたのだ。彼は、受話器を一度は左耳に、一度は右耳に当てるよう私に頼んだ。私が与えたもうたひどい言葉など気にも留めずに。

　彼が頑《かたく》なに主張していたのはこういうことだ。莫迦げているのは自分の問いではなく、私がいる状況である。なぜならそれは人類学的にも実存的にも、それからあと、みずからの知性を自覚している理性ある存在としての人間の哲学とも矛盾するからである。あの哲学科の学生は試験の直後だったに違いない。なぜかというとヘーゲルやデカルト（我思う、故に我在り、であって我々思う、故に我々在りではない）をまき散らし、フッサールで私を攻撃し、ハイデッガーを付け足したからだ。私のいまの状態が、ひょっとすると、精神生活のあらゆる解釈と矛盾するものではないと証明するために。だってその解釈はそんじょそこらの青二才のおかげではなく、優に数千年の歴史の最も偉大な思想家たちに負うているのだから。それは内省的な自己の研究に取り組んだギリシャ人たちに始まり、その後、大脳の脳梁を切断した男がやって来る。彼は一見ピンピンしているが、彼の右手は左手が何をしているかを知らないし、足も同様。ある専門家たちは、意識を持っているのは左側だけ、だって右側は無情な自動機械に過ぎないからと言い、別の専門家たちは、両方とも意識はあるが、右側は口がきけない、なぜならブローカ中枢は左下前頭回にあるからと言い、揚げ句の果てに、彼は部分的に分かれた二つの自我を持っていると言う者までいる始末だ。部分的に列車から飛び降りたり、部分的に死んだりできない以上、部分的に考えることもできないじゃないか！彼は私に向かって叫んだ。その後はもう家から追い出しはしなかった。というのも気の毒になったのだ。彼はやぶれかぶれで私を買収しようとした。それを友好のプレゼントと呼んだ。八四〇ドル――彼は誓った――これは彼女と過ごすバカンス用の貯金全額だが、貯金も、彼女さえも、あきらめる覚悟がある――私の右半球が考えているときに、一体**だれ**が考えているのか、私が打ち明けてくれさえすれば。だが**私**は右半球が**何**を考えているのか知らないのだ。ところが私が彼をエックルス教授のところへ行かせたら（というのも教授は左側意識理論の支持者で、右側はそもそも考えないと見なしていたから）、エックルスを酷評した。なぜなら彼は、私が少しずつ右半球に手話を教えていたことを知っていたからで、私がエックルスのところに行って、それは誤りだ、と説明すればいいのにと思っていたのだ。彼は毎晩講義に通う代わりに医学雑誌を読みふけるようになり、神経経路が交差していることはすでに知っていたので、分厚い参考書を何冊も読んで答えを探した。いったいなぜその交差ができたのか、どうして右脳は左半身で知らせるのか、またその逆もしかり。だが無論、それについてはどこにもひとこともなかった。これは人間である我々にとって役立つのか、それとも妨げになるのか、と彼は言った。精神分析の著作を研究し、左半球に意識があって、右には潜在意識がある、と考えている著者を見つけたが、私は彼の頭からそれをたたき出すことに成功した。私はもっともな理由で彼よりも博識なのだ。自分自身とも知識欲に燃えた若者とも殴り合いたくなくて、私はニューヨークに出かけた、というか彼から逃げ出したのだが、一難去ってまた一難だった。

マンハッタンに一部屋のアパートを借り、地下鉄かバスで公共図書館に通って、ヨザティッツ、ヴェルナー、タッカー、ウッズ、シャピラ、リクラン、シュウォーツ、シュワルツ、シュヴァルツ、サイ＝マイ＝ハラス、ロッシ、リシュマン、ケニオン、ハーヴェイ、フィッシャー、コーエン、ブランバックと、三〇人の異なるラパポートを読んだが、ほぼ毎回途中で露骨な場面に至った。というのも、容姿端麗な女、とりわけブロンドの女がいると、私が尻をつねったからだ。もちろんこれは私の左手がしていたことで、しかも人込みの中とは限らなかったが、どうかこれをひとことで弁明してくれたまえ！　一、二度平手打ちを喰らったのはまだしも、最悪だったのは、こうやってしつこく迫られたうちの大方が全然私を悪く思っていなかったことだ。無論、彼女たちはこれをちょっとしたロマンスのきっかけと見なしたわけだが、ロマンスはそのとき私の念頭にあった中で最下位だった。知り得た限り、私にびんたを喰らわせたのはウーマンズ・リベレーションの活動家だったが、それもごくまれで、というのも彼女たちの中には容姿端麗がいないも同然だったからだ。

ひとりではこの悪夢的状況から抜け出せないと見て、ついに私は主要な権威らと連絡を取った。その学者たちはもちろん私に関心を持ってくれた。私は検査され、レントゲン写真を撮られ、タキストスコープ〔瞬間露出機〕を見せられ、電流で刺激され、四〇〇エレクトロイドに包まれ、特別な椅子にしばりつけられて、何時間もスリット状の穴を通して、リンゴ・犬・フォーク・櫛・老人・

テーブル・ハツカネズミ・きのこ・葉巻・コップ・裸の女・赤ん坊およびその他スクリーンに映された数千もの物を見るように言われ、そのあと彼らから言われたのは、自分ではもう以前から完璧に知っていたことだった。すなわち、私にその装置でビリヤードの球を、私の左半球だけに見えるように見せると、様々な物が入った袋につっこまれた右手はその袋からビリヤードの球を取り出すことができない。その逆もしかり。なぜなら左手は右手が何をしているか知らないから。そのとき彼らは私をよくある症例と見なして、あまり興味を持たなくなった。なぜなら私が口の利けない自分の半身に手話を教えているとは、ひとこともわめかなかったから。なにしろ私は彼らから自分に関する何かを知りたがっていたわけで、したがって彼らの補習教育においては私は当事者ではなかったのだ。

それから私はＳ・タートルトーブ教授のもとへ赴いた。教授はあちらの学者全員に恨みを抱いていたのだが、私の状態について教えてくれる代わりに、彼らがいかにひどい一味かを吐露した。私は緊張して耳を傾け、教授は認識論的な理由から彼らを鼻であしらっているのだろうと思った。ところがタートルトーブが問題にしていたのは、彼らが自分のプロジェクトを拒否したということだけだった。最後にグロブス氏とサヴォドニク氏だか、あるいは別の専門家だかのところへ行ったとき、というのもあんまり大勢いたのでいささか混乱しているのだが、彼らは私がタートルトーブのところに行ったと知って最初は少々気を悪くしたが、その後、タートルトーブを自分たちの学界から除名したのは倫理的理由からだと言った。つまりタートルトーブは、終身刑または死刑判決を受けた殺人者に、刑の代わりに脳梁切断術《カロトミー》を受けるよう提案したがっていたのだ。彼の説明によると、脳梁切断術が医師の指示で、もっぱらてんかん患者に施されているからには、健常者における脳梁切断の結果が同じになるかどうかは不明なのだし、彼も含めてだれもが、たとえば仮に自分の姑を殺し、その罪のせいで電気椅子で死ぬことになったら、間違いなく *corpus callosum*〔脳梁〕が切られたほうがましと思うだろう。だが引退した最高裁判事クレッセンフェンガーはそのとき以下の判断を下した。倫理的な観点は措くとしても、そちらに進まない方が良い。なぜなら、仮に姑の謀殺に取りかかったのがタートルトーブの左半球だけで、右半球は何も知らず、抗議さえしたのに、支配的な側に負けて、精神・脳的内部闘争の結果、殺人に至ったのだとしたら、悪夢のような前例となる。なぜなら、公判後、大脳半球の片一方を収監し、もう片方は無罪放免にしなくてはならなくなるからだ。その結果、殺人者は五〇パーセントだけ死刑判決を受けることになってしまう。

　夢見ていたことが実現できないので、タートルトーブはやむなくサルを手術したが、サルは殺人者とは違って大変高価だし、助成金はどんどん減額されていたから、やぶれかぶれで、とうとうネズミやモルモットを使うようになったけれども、やはりこれは同じではなかった。同時に動物愛護協会や生体解剖反対同盟の女性メンバーたちが定期的に窓ガラスを割りに来たし、あまつさえ彼の車に火をつけたのである。保険金は下りそうになかった。同時に二つの焦眉の問題――動物愛護家たちによる告訴と物的利益（というのも車は古かったから）――を鑑《かんが》みると、車に放火したのが彼自身ではない、という証拠がないというのだ。あまりに退屈なので、私は彼の話をやめさせようと、右手で左手に教えていた手話に言及した。これがちょうどまずい時だった。彼は直ちにグロブスだかマックスウェルだかに電話し、神経学学会で彼ら全員を木っ端みじんにするような症例のデモンストレーションをすると予告した。まずいことになりそうだと見るや、私は別れの言葉も告げずタートルトーブのもとを飛び出し、真っすぐ自分のホテルへ向かったが、すでにあちらの連中がロビーで待ちかまえていた。その興奮した顔と不健康な研究心に燃える目を見て、私はこう言った。よろしい、いますぐ病院まで同行しよう、ただ部屋で着替えさせてくれ。彼らが下で待っている間、私は一二階から避難はしごで逃げ、最初につかまえたタクシーで空港に急いだ。実際もうどうでもよかった。どこへ飛ぼうと、あの学者たちからなるたけ遠くに行けるなら。それでいちばん早く出発する飛行機がサンディエゴ行きだったので、私はそこへ赴いた。そして、雑多ないかがわしい連中の真の巣窟である狭くて汚らしいホテルで、荷ほどきもせずタラントガに電話して助けを乞うた。

　タラントガは幸い家にいた。真の友は困ったときこそわかる。彼は夜中にサンディエゴまで飛んできてくれたので、一切合切をなるたけ簡潔かつ正確に話してみたら、科学者としてではなく、親切心から私の面倒をみると決意してくれた。彼の助言で私はホテルを変え、顎ひげを伸ばしはじめ、彼の方は、評判を呼ぶ面白い症例よりもヒポクラテスの誓い〔医師の倫理・任務についての宣誓文〕を高く評価している専門家を探すことになった。三日目にして我々の間にいさかいが起きた。というのも彼が具体的ないい知らせで私を喜ばそうとやって来たのに、私が部分的にしか感謝の気持ちを示さなかったからだ。彼をいらだたせたのは私の左半身の身ぶりだった。ひっきりなしに彼に目配せしていたのだ。これは私ではなく、私がコントロールしていない右大脳半球に過ぎないと説明したのだが、しかし彼は、最初こそ少し和《やわ》らいだものの、再び文句を言いはじめた。それで万事ＯＫとはいかぬと言うのだ。たとえ私の一つの身体に二人の私がいるとしても、私が半分に切り取ったそうした嘲るような意地悪な顔つきからは、手に取るように見える――すでに以前から私が少なくとも部分的に彼に対して嫌悪を抱いていて、それがいま、よこしまな恩知らずとして露見しているのだと。彼の考えでは、完全に親友か、まったく親友ではないか、どちらかなのだ。五〇パーセントの友情なんて好みじゃない。結局はなんとかなだめたものの、彼が帰った後、私は眼帯を買った。

　私のための専門家を彼はなんとオーストラリアで見つけたので、我々は一緒にメルボルンへ飛んだ。ジョシュア・マッキンタイア教授という人で、あちらで神経生理学の講義をしていた。彼の父親がタラントガの父親と大の親友で、遠い親戚でもあるらしかった。マッキンタイアはその外見からして信頼できそうだった。背が高く、白髪まじりの髪は梳《くしけず》られ、並はずれて穏やかで実務的で、タラントガが私に請け合ったように、人間的だった。だから私を利用したいとか、私をつかまえたくて仕方がないアメリカの連中とグルだということはあり得なかった。三時間も私を検査した後、教授は机の上にウイスキーの瓶を置き、私と自分に注いだ。それで雰囲気が和やかになったところで、足を組んでしばらく考え、緊張した面持ちになって、こう言った。

「泰平さん、あなたには単数形でお話ししますよ。その方が楽ですからね。あなたの脳梁が *comissura anterior*〔前交連〕から *posterior*〔後交連〕まで切断されていることは間違いなく確認しました。とはいえ頭蓋骨に穿頭の傷跡はありません……」

「でも教授、すでにお話ししたように」私は口を挟んだ。「穿頭術なんかじゃなくて、新型兵器の作用だったんです。これは未来の兵器で、だれも殺しはしないが、攻撃してくる軍隊に完全遠隔小脳切開術を施す。小脳が切り離された兵士は皆、麻痺状態になって即座にひっくり返ってしまう。そう言われたんです、センターで。そのセンターの名を明かすわけにはいきませんが。でもたまたま立っていた場所が脇にずれていて、何というか、あの超音波フィールドに、医者が言うところの矢状面（左右相称な体の正中に対し平行に、体を左右に分ける面）が当たっていたわけです。でも、それも確かではなくて、だってあのロボットたちときたらこっそり働いているし、あの超音波の作用もはっきりしてないし……」

「そんなことはどうでもいいのです」と教授は言い、親切で賢そうな目で金縁眼鏡ごしに私を見つめた。「医学以外の状況はいま我々の興味の対象ではありません。脳梁切断された人の精神の数については現在一八の学説があります。どの学説も実験の裏付けがあるため、完全な嘘とも本当とも言い切れません。あなたは一人ではなく、二人でもない。分数についても話にならない」

「それで実際、私は何人いるんですか？」私は驚いて尋ねた。

「不適切な問いに対する良い答えはありません。想像してみてください、生まれたときからずっと、二人挽《ひ》き鋸《のこぎり》で木を伐っている双子を。二人は協力して働いている。そうでないと鋸が挽けませんからね。この双子から鋸を取り上げると、あなたの現在の状況に似てきます」

「でもその双子はどちらも、鋸を挽こうが挽くまいが、それぞれ一つきりの意識を持ってるじゃないですか」私はがっかりして言った。「教授、あなたのお仲間がアメリカで、そういうたとえ話を山ほどふるまってくれたんです。鋸を挽く双子の話ももう聞きましたよ」

「そうでしたね」とマッキンタイアは言い、私に左目で目配せしたものだから、彼もどこか切断されているのかも、と思った。「我がアメリカの同業者たちは無知蒙昧だし、そんな比喩なんか何の役にも立ちゃしません。アメリカ人が考え出した双子の話をわざわざ引用したのは、それが間違いの元だからです。仮に脳の働きを図で表せば、あなたの場合、大文字のＹのように見えます。なぜなら相変わらずあなたは単一の脳幹と中脳をお持ちだからです。これがＹの軸で、脳半球はＹの腕のように分かれています。おわかりですか？　直感的にこれは容易に……」教授は急に言葉を途切らせ、うめいた。私が彼の膝を蹴ったからだ。

「これは私ではなく、私の左足です。すみません」私は急いで叫んだ。「私は本当に蹴るつもりなんか……」

　マッキンタイアは寛大に微笑んで（だがその微笑には、自分に噛みついた狂人が正常で好ましい人物であるというふりをする精神科医の顔に浮かぶような、わざとらしさがあった）立ち上がると、椅子ごと安全な距離まで私から離れた。

「右半球はたいてい左よりもかなり攻撃的だ。それは事実です」教授は慎重に膝に触れながら言った。「しかし、あなたは足を組んでおけますよね、手もです、いいですか。その方が会話しやすいですから……」

「やってはみましたが、すぐにしびれてしまうんです。それに、申し訳ないけど、そのYは何の説明にもなっていない。それのどこで意識が始まるんですか――分岐の下、分岐点、もっと上ですか、どうなんです？」

「それは正確にはわかりません」と教授は言い、相変わらず蹴られた足を動かしながら、自分で念入りにマッサージした。「泰平さん、脳は大量の機能性サブアセンブリからできていて、正常な人ではそれらは様々につながって様々な任務を果たすことができる。あなたの場合、最上位のアセンブリが切断されたままで、そのせいで互いに連絡を取ることができないのです」

「そのサブアセンブリについても、もう一〇〇回も聞きましたよ、先生には申し訳ないけれど。私は不作法にはなりたくないんです、教授、少なくとも、この、いまあなたに向かって話している私の左半球が不作法になりたくないことは請けあえます。でも相変わらず何ひとつわからない。だって私はまったく正常に動いてるんですよ、食べたり、歩いたり、読んだり、寝たり、ただ左手と左足を見張ってなくちゃいけない。注意してないと破廉恥な振る舞いを始めるから。私が知りたいのは、いったい**だれ**がこんないたずらを仕掛けているのかということです。もしもそれが私の脳なら、なぜ**私**はそれについて何も知らないのですか？」

「なぜならそれを引き起こしている半球は口が利けないからですよ、泰平さん。言語中枢は左にあって……」

私たちの間の床の上には、マッキンタイアが私を検査するのに使った様々な機器のケーブルを巻いたものがあった。私の左足がそのケーブルで遊びはじめたことに私は気づいた。左足は、黒く光る絶縁体に覆われた一本の太いケーブルをくるぶしに巻きつけたが、私はそれをあまり重要視していなかった。すると突然、左足がそのケーブルを強くすばやく後ろへぐいっと引っ張った。そのケーブルは、なんと、教授が座っていた椅子の脚に巻き付けられていた。椅子は後ろ足で立ち上がり、教授はリノリウムの床に音立てて倒れた。しかし、すぐにわかったのだが、この人は経験豊かな医師であり、自制した学者だ。というのも床から立ち上がりながら、ほぼ冷静な声でこう言ったのである。

「何でもありません。どうか気になさらないでください。右半球は立体認知を司《つかさど》っていますから、この種の行動の方が器用にできるのです。でも、いいですか、どうか机からも、ケーブルからも、そもそもあらゆるものから離れて座っていてください。その方が会話しやすいですし、適切な治療方法も考えやすいですから」

「私が知りたいのはただ、私の意識がどこにあるのかということです」足からケーブルをほどきながら私は答えた。それは容易なことではなかった。足がリノリウムの床に強く踏ん張っていたのだ。「一見、私が先生の座っている椅子を引っ張ったように見えますが、同時に私にそんなつもりはなかった。では一体**だれ**がやったんですか?」

「左〔ママ〕半球から通知を受けた、あなたの左下肢です」教授は曲がった眼鏡を直し、椅子をさらに少し離したが、ちょっと考えてから座らずに、その後ろに立って、背もたれを両手でつかんだ。ひょっとしてもう反撃する気になったのかと、どちらの半球でか知らないが私は思った。

「これなら最後の審判の日までおしゃべりしていられますね」と私は言い、自分の身体の左側がぴんと緊張するのを感じた。不安になって私は足と手を組んだ。マッキンタイアは私を用心深く観察し、優しい声でこう続けた。

「左半球が支配的なのは言語中枢のおかげです。いまあなたと会話している私は、つまり左半球と話しているわけですが、右半球はそれに耳を傾けることしかできません。右半球の言語の知識はひどく限定されています」

「ほかの人はそうかもしれないが、私は違う」と私は答え、念のため、右手で左手首をつかんだ。

「右半球は実際、口が利けないけれど、私が手話を教えてやったんですよ。そのせいで私の健康がかなり犠牲になりましたが」

「あり得ない！」

教授の目に現れた輝きは、彼のアメリカの同業者のところですでに見たものだったので、私は正直に言ったことを後悔したが、そんな反省をしてももう遅かった。

「だが右半球は動詞構文を使いこなせない！　それは確認されている……」

「そんなの何でもない。動詞は必ずしも必要ではありませんから」

「ならば、どうかいますぐそちらに訊いてみてください、つまりご自分に、つまりそれにってことですが、我々の会話についてどう思うかを。できますか？」

否応なく私は右手を左手に移し、まず数回撫でてなだめた。こうやって始めるのがよいとわかっていたので。それから左の手のひらに触れながら、しかるべきサインを示しはじめた。しばらくすると左手の指が動きだした。私はそれをじいっと見つめ、それから努めて怒りを隠しながら、抵抗する左手を膝の上に置いた。もちろん左手はすぐに私の太股をしたたかつねった。それは予測できたことだったが、教授の目の前で自分自身と格闘するところは見せたくなかった。

「で、で、何と言ってました？」うっかり椅子の後ろから身を乗り出して、教授は尋ねた。

「特に何も」

「でも、何かのサインをしたのが、はっきり見えましたよ。調整がとれていなかったのですか？」

「なぜです？　大変よく調整されていましたが、くだらないんですよ」

「お願いですから言ってください！　科学にくだらないことなんかありません」

「こう言ったんです。『おまえはクソだ』って」

教授は笑いもせず、非常に関心を示した。

「本当に？　今度は私のことを訊いてみてください」

「お望みとあらば」

私は再び左手を取り、教授を指差したが、今度は特に撫でてやる必要はなかった。即座に答えが返ってきたからだ。

「で何と？」

「『こいつもクソ』」

「そう言ったんですか？」

「ええ。実際、左手は動詞には対応できませんが、左手《こいつ》を理解することはできる。でも私は相変わらず、**だれ**が話しているのかわからない。身ぶりでね、だけど話し方はどうでもいい。私はあなたに口で話し、左手には指で話さなくちゃならない。これはどうなってるんです？　私の頭の中には**私**も、**彼**《あいつ》もいるんですか？　もし**彼**《あいつ》がいるなら、どうして私は彼《あいつ》について何も知らず、彼《あいつ》を感じることも、彼《あいつ》の経験も感情も何ひとつ経験することがないんですか？　彼《あいつ》は**私の**頭の中にいて、**私の**脳の一部だというのに。だって彼《あいつ》は外にいるわけじゃないでしょう。私の意識が分割されて、何もかもごちゃごちゃになったことは、まだ理解できるけれど、こればっかりは理解できない。彼《あいつ》はどこからやってきたんですか、この**彼**《あいつ》は？　こいつもやっぱり泰平ヨンなんですか？　でも、たとえそうだとしても、どうしてわざわざ手を介して遠回りに話しかけなきゃいけなくて、答えもやっぱり回り道で受け取ることになるんですか、教授？　彼《あいつ》、あるいは彼女《あいつ》が、もしも私の脳の半球だとしたら、そんなことはできないはずだ。彼、または彼女であるためには、意識が足りない。そのせいで私は幾度もいろんなスキャンダルに巻き込まれたんですよ」これ以上遠慮する意味がないと見て、私は教授にバスや地下鉄での事件について話した。教授はその話に魅了された。

「もっぱらブロンドの女性ですか？」

「ええ。脱色かもしれないけど、それは重要ではありません」

「そこから先に進むんですか？」

「バスの中では進みません」

「ほかの場所では？」

「わかりません、試してみなかったので。つまり、私は彼《あいつ》にチャンスを与えなかったんです。あるいは彼女《あいつ》に、その方がよければ。そんなに何もかも正確に知りたいとおっしゃるなら、付け加えますが、そのせいで私は何度か平手打ちされました。頬っぺたに一発喰らったときは頭に来たし、当惑しました。だって自分は全然、罪の意識を感じてないと同時に陽気な気分だったんですから。でもあるとき私の顔をぶった若い女は左利きだったに違いありません。つまり左の頬をぶったのですが、そのときはもう、浮かれた陽気な気分のかけらも感じませんでした。それについて考えてみた結果、その違いがわかりました」

「もちろんですとも！」教授は叫んだ。「左の泰平が右のせいで平手打ちを喰らった、まさにそのことが右を喜ばせたのです。しかし右が右のせいでぶたれたら全然面白くない。言わば、自分のせいではなく、自分の一部のせいでぶたれたわけですから」

「ええ、そうなんです。それでも私の不幸な頭の中で何らかの連絡はあるようなんですが、それは思考的というよりは感情的なものです。やはり感情も味わっている。でも私はそれについてはまったく知りません。もし無意識ならば、いいでしょう、でもどうやって意識せずにいられるんです？

結局、例のエックルスと彼の自動反射作用は戯言《たわごと》なんですよ。人込みの中で魅力的な女の子を見つけて、自分の方へ近づくようにあやつると、女の子はなぜだか知らないまま自分の後ろに立つ、等々――だってこれ全体が考え抜かれた行動であって、無思慮な反射作用なんかじゃない。考え抜かれた行動、すなわち意識的なものです。でも**だれ**に対して？　**だれ**がそれを考えているんですか、**私**でないなら、その意識を持っているのは一体だれなんです？」

「ああ、いいですか」絶えず興奮しっぱなしの教授が言った。「それは結局は説明可能です。光は闇の中で光るから見えるのであって、日向《ひなた》では見えません。右脳にはもしかして何らかの意識があるのかもしれないが、蠟燭みたいに弱々しい。左脳の意識が支配的なので、それを消してしまう。これはまったく……」

　教授は瞬く間に身をかがめたおかげで、靴が頭に命中せずに済んだ。左足は靴を少し脱ぎ、まずかかとを椅子の脚にもたせかけ、それから前へ勢いよく投げ出すと、靴は砲弾さながら、かろうじて教授をかすめ、壁に当たって大きな音を立てた。

「おっしゃるとおりかもしれません」私は言った。「でも、彼女《こいつ》はひどく怒りっぽいんですよ」

「もしかしたら自分にもよくわからない方法で危険を感じているのかもしれません。我々の会話に影響を受けて、というより、会話を誤解した内容を受けて」教授は言った。「右脳《かのじょ》に直接話しかける必要があるかもしれませんね」

「私がやっているようにですか？」私は考えた。「これまで考えたこともなかった。でも一体何のために。あなたは彼女《あいつ》に何を伝えたいのですか？」

「それは彼女の反応によります。あなたのケースは唯一無二だ。これまで脳梁切断術《カロトミー》を受けて精神が完全に健全な人はいなかったのです。しかも非凡な知性をお持ちだ」

「問題をはっきりさせる必要があります」私は答え、左手の甲を撫でながら、なだめようとした。というのも指を曲げたり伸ばしたり、怪しい動きを始めていたからだ。「私の利益は科学の利益とは一致しません。おっしゃるように、私が唯一無二の症例なら尚更です。もしもあなたが、あるいはだれか別の人が**彼女**と話をつけたら——私が考えていることはおわかりですね——私にとって不利になるかもしれない、それどころか、もし彼女が次第に自立すれば、ひどく有害にさえなるかもしれない」

「いや、それはあり得ません！」教授はきっぱりと言った。私の好みからすれば、きっぱりしすぎるくらいに。彼は眼鏡をはずし、セーム革で拭いた。レンズなしの彼の目には、眼鏡がないとほとんど何も見えない人によくあるような無力感はなかった。教授は、あたかもレンズなど必要ないというかのように、目ざとくちらっと私を見るや、すぐに目を伏せた。

「いつだって起きるのはまさに、あり得ないことなんです」私は丁寧に言葉を選びながら言った。「人類史全体だってあり得ないことばかりで成り立っているし、科学の進歩もそうです。ある若い哲学者が説明してくれましたよ。いまの私の状態はあり得ない、なぜなら哲学のあらゆる定説に矛盾するからだと。意識は分割できない。いわゆる二分された意識とは、実はその次の変化した状態であって、記憶障害や同一性障害を伴う。これはケーキじゃないんだから！　とね」

「専門の文献を相当お読みになったようですね」教授は鼻に眼鏡をのせながら言った。さらに何か付け加えたが、聞こえなかった。私が言いたかったのは、哲学者によれば意識はケーキみたいには切り分けられないということだったが、そこで言葉が途切れたのは、私の左手が右の手のひらに指を突っ込んでサインをしはじめたからだ。そんなことはこれまでになかった。マッキンタイアは私が自分の手を見つめているのに気づくや、瞬く間に察した。

「彼女は何か言ってますか？」だれかに聞かれたくないときのように、声を潜めて尋ねた。

「ええ」

　私はとても驚いたが、手が言ったことを繰り返した。

「彼女はケーキを一切れ欲しがっています」

　教授の顔に現れた歓喜が私を凍りつかせた。おとなしく待っていればケーキがもらえるよ、と手話で左手に請け合ってから、自分の話に戻った。

「仮に彼女が次第に自立していくなら、あなたの観点からすれば申し分ないでしょう。それが悪いとは思わない。なぜなら私の理解では、これは前代未聞の事態だからです。二人の完全に発達した男性が一つの身体に入っているんですよ。これでどれだけの発見や研究ができることか。しかし私の頭の中では、そうした民主主義の導入は行われていない。私は二分された状態を次第に強くするのではなく、だんだん少なくしたいんです」

「内閣不信任決議を表明なさるのですか？　私もそれはよくわかりますが……」教授は好意的に微笑んだ。「まずあなたに保証しますよ。あなたに関して私が知ったことはすべて外部には漏らしません。医師の守秘義務の封印下にあります。それに具体的な治療法を提案しようとも思いません。あなたはご自身で適切であると認めたことをおやりになるのです。どうかよくお考えください、いまここですぐにというわけではありません、もちろん。メルボルンには長く滞在されますか？」

「それもまだわからない。いずれにせよ、また電話します」

待合室で座っていたタラントガは、私を目にするなり立ち上がった。

「それでどうなんです……？　教授……？　ヨン……？」

「さしあたりまだ何の決定も下されていません」改まってマッキンタイアが言った。「泰平さんには、これから解明すべき様々な疑問点があります。私はいずれにせよ彼の希望に沿うようにいたします」

約束を守る人間として私は帰り道、タクシーに菓子店に寄ってもらって、ケーキを一切れ買い、すぐに車内で食べる羽目になった。自分は甘いものを食べたくはなかったが、彼女が要求したので。だが、少なくともしばらくの間、この場合**だれ**が食べたいのか、といった問いには悩まされないようにしようと決めた。私以外にだれもこうした問いに答えることはできなかったし、私は答えられなかったから。

タラントガと隣り合った部屋だったので、すぐに彼のところへ行き、マッキンタイア訪問の経過をかいつまんで話した。手が私を何度かさえぎった。というのも満足していなかったからだ。すなわち、ケーキは私の大嫌いなリコリスで甘味がつけられていた。にもかかわらず私は彼女のためだと思って食べたのだが、実は、私と彼女——私とあいつ——私ともうひとりの私——だれとだれだか、わけがわからんが——我々は好みが同じだということが判明した。手自体はいわば食べることができず、口と口蓋と舌は共通なのだから、それももっともだ。少々悪夢的で少々滑稽な、莫迦げた夢のような印象が私を悩ませはじめた。自分が、赤ん坊というほどではないが、小さくて気まぐれでずる賢い子供を背負っているという印象だ。ある心理学者たちの仮説を思い出した。小さな子供は単一の意識を持っていない。なぜなら彼らの脳梁をつなげている神経繊維が未発達だからというのである。

「君に手紙が来てるぞ」タラントガのその言葉で私は物思いから覚めた。驚いた。だって私の滞在先を知っている人はいないはずなのに。手紙はメキシコの首都から航空便で出されていて、差出人の住所はなかった。封筒の中に入っていた小さな紙切れにはタイプライターの字で「彼はＬＡからだ」とあった。

それだけだった。紙の裏側を見てみた。白紙だった。

タラントガは紙切れを手に取って眺めてから、私に向かって言った。

「どういう意味だ？　わかるか？」

「いいや。つまり……ＬＡはルナ・エージェンシーかもしれん。私を差し向けたのは彼らだ」

「月にか？」

「そうだ。あの偵察のために。戻ったら報告書を出すことになっていた」

「出したのか？」

「ああ。憶えていることを書いて、床屋に渡した」

「床屋に？」

「そういう取り決めだったんだ。彼らのところにわざわざ出向かなくてもいいように。でもこの〈彼〉というのはだれだろう？　おそらくマッキンタイアのことだろうな。彼以外にはここではだれとも会わなかったんだから」

「待てよ。さっぱりわからない。その報告書はどうなったんだ？」

「それはあなたにも言えない。守秘義務があるんだ。でもあそこに書いてあることは多くない。たくさんのことを忘れてしまったから」

「例の事故の後で？」

「そう。何をしてるんです、教授？」

　タラントガはやぶった封筒を裏返した。だれかがそこに鉛筆でブロック体でこう書いていた。

「これを焼け。右は左を失うな」

　相変わらずさっぱり理解できなかったが、それには何らかの意味があった。突然、私は目を見開いてタラントガを見つめた。

「見当がついてきたぞ。この封筒にも、あの紙切れにも、名詞が一つもない。気がつきましたか？」

「それがどうした？」

「彼女《あいつ》が理解できるのはせいぜい名詞だけなんだ。これを送った人は、私に何かを知らせたかったのであって、彼女には知らせたくなかったんだ……」

こう言いながら私は右手で右のこめかみを意味ありげに触った。タラントガは立ち上がって室内を歩き回ると、指でテーブルをトントンたたいて、こう言った。

「もしこれに意味があるとすると、マッキンタイアは……」

「何も言わないでください」

私はポケットから手帳を取り出し、白紙のページにこう書いた。「彼女は目で読んだことより、耳で聞いたことをよりよく理解する。この件については、しばらくの間、筆談でやりとりしなくてはならない。思うに、私がＬＡの報告書に書かなかったこと（というのも私は憶えていなかったから）を、彼女は憶えていて、だれかがそのことを知っている、あるいは、少なくともそう推測している。彼のところには今後、電話もしないし、訪問もしない。だってこれはおそらく、あの**彼**だからだ。彼は、私自身がやっているように、彼女と意思疎通したがっていた。彼女に問いただしたかったのだろう。すぐに返事を書いてください」

タラントガは読み終えると眉を顰《ひそ》め、もう何も言わずテーブル越しに書きはじめた。「だが、もし彼がＬＡからなら、なぜそんな回り道をする？　ＬＡが君に直接言えばいいことじゃないか？」

私は返事を書いた。「ＮＹで私が出向いた人たちの中に、きっとだれかＬＡの者がいたのだ。私が彼女と意思疎通できるようになったということを、彼らは彼から聞いて知った。なぜなら、私がすぐに逃げたため、彼ら自身はそれを試せなかったからだ。あなたのお父さんと親しくしていた男の息子は、もしこの匿名の手紙が本当ならば、それに取り掛かることになっていた。ひょっとすると、私の疑いを引き起こさずに、彼女が憶えているすべてを引き出したかもしれない。彼女から何がわかるのか知らないが。他方、仮に彼らが私に直接公式に申し出たとしたら、私はそんな尋問を受けることは拒否できたはずだから、彼らは困っただろうね。だって法的には彼女は個人じゃないし、だれかが彼女と話すことに同意できるのは私だけなのだから。どうか、分詞、代名詞、動詞、ならびに、なるたけ複雑な構文を使ってください」

教授は私が書いたページを手帳からやぶり取ってポケットにしまい、こう書いた。「でもどうして君は、いま起きていることについて彼女に知らせたくないのか？」

「万一にそなえて。封筒の内側に書いてあったことのせいだ。あれがＬＡからということはあり得ない。だってＬＡが私に対して自分たちに気をつけろと警告したがるとは到底思えないから。書いたのはだれか別の人物だ」

今度のタラントガの返事は簡潔だった。「だれ？」

「わからない。私が出かけて事故に遭ったあそこで起きていることについては、多方面が知りたがっているだろう。どうやらＬＡの競争相手は手ごわそうだ。カンガルーたちとのお付き合いはやめなくちゃいけないようだ。ずらかろう。命令法は理解できない」

タラントガはポケットから紙切れを全部出すと、手紙と封筒と一緒に丸めて、マッチで火をつけ、暖炉に投げ入れ、紙が燃えながら灰に変わるのを眺めていた。

「旅行代理店に行ってくる」と言った。「君はいま何をしたい？」

「ひげを剃る」私は答えた。「顎ひげがひどくくすぐったいんだ。それにもういまは必要じゃなくなったし。早ければ早いほどいい、教授。夜発の便でもいい。そして、どこ行きかは言わないでください」

浴室でひげを剃り、鏡を見ながらいろんな顔つきをしてみた。左目は瞬きもしなかった。私の見た目はまったく普通だった。そんなわけで荷作りに取りかかり、ときどき左手と左足に注意を向けてみたが、正常に振る舞っていた。最後の瞬間、ぱんぱんになったスーツケースのいちばん上にネクタイを並べていたら、左手が緑の地に茶色いドット柄のを床にぽいっと投げた。もう相当古かったが、私のお気に入りだった。彼女の気に入らなかったのだろうか？　右手でそれを拾いあげ、左手に渡し、左手を努めて制御しながら、スーツケースに入れようとした。もう以前に何度か気づいていたことが起きた。腕は私の言うことを聞いたが、指は言うことを聞かず、開いて、ネクタイを手放した。ネクタイはふたたびベッド脇の絨毯に落ちた。

「おまえには驚いた話だろうよ」私はため息をついて言った。ネクタイを右手で詰め込んで、スーツケースを閉めた。タラントガがドアを開けると、何も言わず二枚のチケットホルダーを見せて、自分の荷物を詰めにいった。自分には右半球を恐れる理由があるかどうか考えた。それについて落ち着いて考えることができたのは、あいつが何も知らないとわかっていたからで、あいつが知ることができるのは、私が手話で連絡を取るときだけだった。人間というのは、自分が何を知っているか自分自身は知らないようにできている。本の内容は目次を見ればわかるが、頭の中にはそんな目次はない。頭というのは中身の詰まった袋のようなものだが、中身を知るには全部順番に出す必要がある。手を袋の中へ伸ばすように思考を記憶の中へ伸ばすのだ。タラントガがホテルの料金を支払い、我々は黄昏時に空港へ行き、それから待合室に座っている間、私はこうし座からの帰還後に起こったことすべてを思い出そうとした。自分がどれだけ憶えているかを知るために。地球はすっかり様変わりしていた。全般的な軍縮に至っていたのだ。超大国でさえ、もはやこれ以上の軍備拡張競争に資金を供給することができなかった。ますます賢くなる兵器は、ますます高価になっていた。たぶんそのせいでジュネーヴ協定に至ったのだ。ヨーロッパとアメリカ合衆国では、もはやだれも軍隊に行きたがらなかった。人間の代わりを務めたのが自動機械だったが、一台がジェット機並みの値段だった。生きている兵士たちは好戦性では命なき兵士にかなわなかった。とはいえ、それはロボットなどではなく、ただの小さな電子ブロックが、ロケットや自走砲、大きなトコジラミみたいな平べったい戦車（というのも乗員用の席が必要ないから）にはめ込まれていて、そうした制御ブロックが破壊されたときには予備ブロックが代わりを務めるのだった。敵の主な任務は指揮通信の破壊となったため、軍事的進歩は自動機械の自立性向上にかかっていた。それは次第に効果的になり、次第に高価になった。だれが考え出したのか憶えてないが、新たな解決法というのは、軍備をそっくり月へ移すというものだった。兵器工場の形でではなく、いわゆる惑星機械の形でだ。こうした機械はすでにここ数年、太陽系開発で使われていた。思い出しながら気づいたのだが、どんなに努力しても多くの詳細がこぼれ落ちるし、自分がそれらをあらかじめ知っていたのかどうか自信がなかった。何かを思い出せないとき、多かれ少なかれそれを知っていたかどうかは、たいてい思い出せるものだが、私はそれすらできなかった。たぶん活動前に例の新しいジュネーヴ協定を読んだはずだが、それも自信がなかった。あの惑星機械を建設したのは多くの会社、とりわけアメリカの会社だった。惑星機械は、これまでの工業が作り出してきたものとは似ても似つかなかった。それは工場ではなく、ロボットでもなく、何かその中間のものだった。なかには巨大な蜘蛛に似たものもあった。もちろん、それらを武装させるな、鉱業などに限定して使え、といった、たくさんの議論や呼びかけがあったが、月に輸送する段になると、そうする余裕のある国は皆すでに、自走式ロケット発射装置、水中潜行が可能な砲台、モグラと呼ばれる砲撃通知本部（なぜかというと地面を深く掘り進んだから）、使い捨ての這いずるレーザー砲（というのも原子の電荷が放射線の一斉射撃を引き起こすと同時に、レーザー砲自体を灼熱するガスに変えてしまうから）を持っていた。各国が自国の惑星機械のプログラムを地上で行い、その後、そのために特別に設立されたルナ・エージェンシーがそれらを月のしかるべき区域に運んだ。だれが何をどれだけそこに置くことができるか、割り当ての原則が合意され、国際混成委員会がこのエクソダス全体を監視した。各国の軍事・科学の専門家らが月面で、自国の装置が着陸し、しかるべく動作していることを確認できた後、全員が同時に地球に戻ることになっていた。二〇世紀ならば、こんな解決法はナンセンスだったろう。なぜなら軍備拡張競争とは単なる量的増加ではなく、どれだけ革新的進歩を遂げたかであって、これは当時はもっぱら人間にかかっていたからだ。だがこの新たな装置は、植物や動物の自然な進化から借用した異なる原則で動いていた。それらは、いわゆる放射と発散の自己最適化が可能なシステムだった。つまり勝手に繁殖したり変形したりすることができたのだ。自分がこれも憶えていたので、ちょっと満足を感じた。私の右大脳半球は、主に若い女の尻と甘いものに興味があって、ある種のネクタイにアレルギーを示すが、そもそもこうした物事や問題を理解していたのだろうか？　もしかして彼女《あいつ》の記憶にはいかなる軍事的価値もないのでは？　たとえそうだとしても――私は気づいた――私にとっては余計にまずい。だって、彼女《あいつ》は何も知らないんだと私が一〇〇回誓っても、だれも私を信じないのだから。彼らは私を、つまり彼女《あいつ》を、つまりまさに私をつかまえて、私が彼女《あいつ》に手ほどきした手話で彼女《あいつ》からうまいこと何も引き出せなければ、彼女《あいつ》をもっといい学校にやって、解放しないだろう――彼女《あいつ》が事情を察しないように。彼女《あいつ》が知っていることが少なければ少ないほど、私は健康を損ねるし、ひょっとすると命も失う。これは被害妄想などではなかった。そんなわけで私はさらに記憶の探索を続けた。月面では新兵器の電子的進化が始まることになっていた。そのおかげで各国は軍縮にもかかわらず無防備ではなかった。なぜなら自己改良型の兵器庫を維持すると同時に、敵の不意打ちによるあらゆる急襲が無力化されたからだ。通告なしの戦争は不可能になった。戦闘を開始するには、各国政府はまずルナ・エージェンシーに自国の月区域へのアクセス権を請求する必要があった。それを隠しておくことは不可能だったから、危険にさらされた側は同じ権利を受け取り、攻撃手段の地球への返送が始まることになる。だが、安全上の失敗が、それを台無しにした。月が無人だったからだ。

だれひとり、そこへ人や偵察装置を送って、現在どのような武器があるのかを知ることができなかった。プロジェクトは当初、参謀部の強い抵抗と政治的疑義に直面したものの、巧妙に考えられていた。月は、各国に割り当てられた区域内での軍事的進化が発展する実験演習場となるはずだった。まず第一に区域間の衝突を阻止する必要があった。仮にある区域で生じた兵器が隣の区域の兵器を攻撃して破壊したなら、力の望ましい均衡を排除することになるだろう。月からそんな知らせが来れば、たちまち以前の状況に戻って、きっと戦争が始まるだろう。最初はごく控えめな手段で行われたとしても、じきにだれもが軍事産業を復活させるだろう。月システムのプログラムは実際、ルナ・エージェンシーと混成委員会の監視の下、ある区域が別の区域を攻撃できないよう制限されていたが、この安全保障対策は不十分であると見なされていた。相変わらずだれもがだれもを信頼していなかった。ジュネーヴ協定は人々を天使に変えもしなければ、国際関係を神聖な交際に変えもしなかった。それゆえ作業完了後、月は立入禁止ゾーンと公表された。ルナ・エージェンシー自体も月探索はできなかった。仮に演習場のどれかで安全保障プログラムが攻撃されたり出し抜かれたりした場合、地球全体が同時にそれを知ることになる。なぜなら各区域は、自動で休みなく働くセンサーをトゲトゲに逆立てた遮蔽物で覆われていたからだ。仮に任意の兵器が、たとえ金属製の蟻一匹でも、だれのものでもない地帯を形成する境界を越えれば、このセンサーが警報を発することになっていた。しかしそれでも戦争を一〇〇パーセント確実に防げるわけではなかった。この確実性を保証していたのが、いわゆる全体無知ドクトリンである。各国政府は実際、自国の区域に次第に効果的な兵器が展開していることを知っていたが、それらにどれだけの価値があるのか、とりわけ、それらが他の区域で生まれた兵器よりも効果的かどうかを知らなかった。あらゆる進化の過程は予測できないのだから、わかるはずがなかった。このことはすでに以前から厳密に証明されており、主な問題は政治家や参謀たちが科学的な論拠を受け入れないことだった。頑固者たちを納得させたのは論理的証拠ではなく、伝統的な軍備手続きがますます経済を破壊したことであった。どんな莫迦でも結局は理解せざるを得なかった——絶滅には、核戦争にせよ非核戦争にせよ、戦争などまったく必要ではない。どうせエスカレートする軍備拡張コストによって絶滅してしまうのだから、と。軍縮に関する交渉はここ何十年間、成果がなかったため、月プロジェクトが唯一の現実的な解決策となった。各国政府は、月基地のおかげで軍事的に自国が次第に強くなっていると推測はできたが、月で生まれた破壊力を他国政府の力と比べることはできなかった。勝利が期待できるかどうかだれにもわからない以上、戦争のリスクを取れる者はいなかった。

　この解決法のアキレス腱となったのが監視の有効性だった。専門家らは事前に理解していた——各国のプログラマーが最初にすべきことは、月に運ばれたシステムが監視の有効性を破壊できるようにすることだ、と。そして、それは必ずしも監視衛星に対する攻撃である必要はなく、地球に、とりわけルナ・エージェンシーに送信された観測データを改竄《かいざん》するため、彼らの通信にこっそり侵入することによる、発覚しにくい、より狡猾な措置なのである。私はこうしたすべてをよく憶えていたから、タラントガの後について飛行機に乗り込むときには、もう落ち着いていたのだが、座席に腰を下ろすと、さらなる記憶の捜索に取りかかった。そう、だれもが理解していた――平和の不可侵性は監視の不可侵性にかかっているのだが、問題はいかにしてそれを一〇〇パーセント保証するのかということだった。その課題は解決できない無限後退のように見えた。監視の不可侵性を監視するシステムを作るには、それ自体が攻撃目標になり得るから、監視の監視を、そのまた監視を作る羽目になって切りがない。だが、この底なしの穴に栓をはめることは至極簡単だった。月は二つの監視ゾーンに囲まれた。近月ゾーンが各区域の不可侵性を監視し、遠月ゾーンが近月ゾーンの不可侵性を監視した。二つのゾーンが地球から完全に独立していることが安全の要石となるはずだった。したがって軍拡競争は、あらゆる国と政府にとって完全機密の印の下、月面で行われることになった。軍備は進むだろうが、その監視は進まない。これが一〇〇年間、変わらずに機能するはずだった。実際には、この一切合切がまったく不合理に見えた。どの大国も、自国の月面兵器庫が豊かになっていることは知っていたが、どのようにかは知らなかった。したがって、これにはいかなる政治的利益もなかった。だから本当は月での悶着なしに完全軍縮に進むことが必要だったが、それは無理だった。つまり、もちろんそれに関しては人類の黎明期から論じられてきたわけだが、結果はご承知のとおりだ。とはいえ、地球非軍事化と月軍事化の計画が承認されたとき、遅かれ早かれ無知ドクトリンに違反する試みに至ることは明らかだった。実際、新聞は時折、大見出しで自動偵察機について報じた。それらは気づかれるとうまいこと逃げ去るか、報道によると、捕獲衛星に捕らえられるかした。どの陣営も、そうした偵察機を送ったことについて相手を非難したが、電子監視者は人間ではないから、偵察機の出自を特定することは不可能だった。適切に組み立てられている限り、そいつからはどうやったって何ひとつ絞り出せないのだ。しばらくすると、宇宙スパイと呼ばれるそうした匿名の偵察機は現れなくなった。人類はほっとした。この問題全体に経済的側面があったから尚更である。月の軍備には一銭もかからなかった。エネルギーは太陽が供給し、原材料は月が供給していた。加えて、このことが軍備進化を制限するはずだった。というのも月には金属鉱石がないからである。

　全陣営の参謀たちは当初この計画を承認したがらなかった。月には大気がないのだから、月面環境に適応した兵器は地球上では何の役にも立たない可能性があると主張したのである。どうやって月に余分な作業をさせたのか、これもルナ・エージェンシーで説明されたはずだが、憶えていない。私はタラントガと共にＢＯＡＣ〔英国海外航空〕機で飛んでおり、窓の外は真っ暗闇で、どこへ向かっているのか見当もつかないことに突然気づいて可笑しくなった。しかしタラントガに訊いても仕方がない。それより早めに別行動にした方が安全だろうと考えた。私が陥ったひどい状況では、黙って自分だけを信じた方がいい。彼女が私の考えを知ることができないと思うとほっとした。なにしろ頭の中に敵がいるようなものなのだ。敵ではないことは、わかっていたとはいえ。

　ルナ・エージェンシーは国連から選出された超国家機関であり、かなり特別な理由で私に話をもちかけてきた。二重監視システムは、蓋を開けてみれば、あまりにうまく作動しすぎたのである。区域間の境界は不可侵のままだとわかったが、それ以上は何もない。というわけで、独創的で不安な頭の中で生まれたのが、無人の月が地球を攻撃するというヴィジョンだった。各区域の軍事的中身が物質的に衝突したり、情報的に接触したりはできなかったが、それもしばらくの間だけだった。各区域は地面の振動、いわゆる地震チャネルによって、たとえば、そうした振動を時折月の岩を振動させる自然の地震に似せて、情報を伝えることができた。だから最終的には自動改良型の兵器たちが連合して、ある日、恐ろしく増殖した装薬が地球に異議を表明しかねなかった。何のためにそんなことをするのか？　言うなれば、進化プログラムの異常の結果だ。無人軍が地球を焦土と化すことに、どんな利益がある？　無論何もない、が、しかし高等動物や人間の体内で頻繁に見られるがんにも利益はないし、むしろ自然進化の非常に有害な結果なのだが、恒久的なものだ。この月のがんが取り沙汰されはじめ、そうした侵略を扱った論文や記事や小説や映画や本が登場すると、地球から追放されていた、核による絶滅に対する不安が新たな形でぶり返した。監視システムは地震センサーも含んでおり、月の地殻の振動が頻繁になってきたと言う専門家もいたが、そのグラフはいわくありげな暗号として扱われ、ますます恐怖をつのらせただけだった。ルナ・エージェンシーは世論をなだめるため、そんなことが起きる確率は二〇〇〇万分の一以下だという声明を発表したが、この厳密な算定は納得のいくものではなかった。恐怖はすでに政党プログラムにまで浸透し、各区域の境界ばかりか区域そのものの定期的監視を要求する声が拡がった。エージェンシーのスポークスマンらは、いかなる監査にも月面兵器庫の現状確認といったスパイ目的の可能性があると説明して、異議を唱えた。長期間の込み入った討論や会議を経て、ルナ・エージェンシーが最終的に調査の全権を得た。ところが、調査の実施はそう簡単ではないことがわかった。送られた自動偵察機がひとつも戻ってこなかったばかりか、無線を通じて一度もうんともすんとも言ってこなかったのだ。送られたのは特別な安全対策を施した着陸機でテレビカメラ付きだった。もちろん、衛星監視によれば、着陸機は区域間のだれのものでもない地帯にある、雨の海、氷の海、ネクタリスの正確に指定された場所に着陸したのだが、いずれもいかなる映像も送ってこなかった。まるで月の地面に潜ってしまったかのようだった。こうなると当然パニックが煽られた。ますます高度な要求が突きつけられる事態になった。すでに新聞は、月全体を予防的に水素ロケットで爆撃すべきだ、と書いていた。だが、まずそうしたロケットを再び建造しなくてはならないし、それには核軍備を再開しなくてはならない。この恐怖と混乱から生まれたのが私の使命だった。

　我々は穏やかに波打つ雲の厚い層の上を飛んでいたが、ついに雲の膨らみを、まだ地平線の下に隠れている太陽の光が薔薇色に染めた。なぜ私は地球の一切合切をこんなによく憶えているのか、それに比べて月で起きたことはなぜこんなに思い出せないのだろうと考えた。理由は推測できた。こっちに戻ってきてから、だてに医学文献を研究していたわけではない。記憶には短期記憶と長期記憶の二種類があることは知っていた。脳梁切断は、脳がすでにきちんと記憶に刻みつけたことには影響しないが、生まれたばかりの新鮮な想い出は長期記憶に移行せず、すべて消えてしまう。いちばん消えやすいのは、患者が手術直前に体験したり気づいたりしたことだ。だから私は月面で区域から区域へとさまよっていた七週間に起きたたくさんの物事を憶えていなかった。頭の中に残っていたのはぞっとする気分だけだったが、言葉では言い表せないので、報告書では触れなかった。だがしかし、そこには不安を起こさせるようなものはなかった。少なくとも私にはそう思えた。地球を狙った謀議も、準備態勢も、戦略的陰謀も一切なかった。それは確かだと感じた。だが、自分が感じていること、知っていることがすべてだと私は誓って言えただろうか？　彼女はこれ以上何も知らないと？

　タラントガは黙って、ときどき私の方へ目を向けるだけだった。東に向かって飛ぶときはいつもそうだ。なぜかというと眼下に太平洋があり、カレンダーがつっかえて、一日失ったからだ。ＢＯＡＣは乗客に対して倹約していた。レタスにまぎれたローストチキンが、マイアミ（と判明）着陸直前に出ただけだった。午後早い時間だった。税関の犬たちが我々のスーツケースを嗅ぎまわり、我々は暖かすぎる服装で自由な空間に出た。メルボルンはもっとずっと涼しかった。我々を待ちかまえていたのは運転手のいない車だった。タラントガはどうやらオーストラリアにいるうちに、この車を予約していたようだ。スーツケースをトランクに入れると我々は混雑するハイウェイを黙って走った。というのも、どこへ向かっているのかも言わないでくれと私が教授に頼んだからだ。もしかしたらこれほどの警戒は大袈裟で、まったく不要かもしれなかったが、もっといい方法を思いつくまでは、この決まりを守るつもりだった。とはいえ、たっぷり二時間も脇道を走ってどこに着いたのかを説明してもらう必要はなかった。椰子やサボテンの中で大きな白い建物が小さな棟に囲まれているのを目にするや、信頼できる友人が私を癲狂院に連れてきたことがわかったからだ。これは最悪の隠れ家というわけではない、と私は思った。車内ではわざと後部座席に座り、あとをつけられていないかどうか、ときどき確かめていたのだが、自分がこれほどの重要人物、スパイ小説に出てくるような従来型ではない方法で追跡される貴人になれるとは思いもしなかった。現代の人工衛星からは車を観察するだけでなく、庭のテーブル上に散らばったマッチ棒を数えることだってできる。これはしかし、私の頭に浮かんだのではなかった。厳密に言うと、手話の助けを借りずに泰平ヨンがどこへ消えうせたのか理解することができた、その半分の頭に浮かんだわけではなかった。

Ⅱ　秘密の開示

我が人生最悪の窮地に陥ったのはまったくの偶然で、エンツィアからの帰途、タラントガ教授に会おうとしていたときのことだった。教授は留守だった。何か用事があってオーストラリアに出かけていたのだ。数日後には帰るつもりだったのだが、教授が育てていた特別なプリムラは頻繁に水やりが必要なので、その間いとこに来てもらっていた。世界中のトイレに書かれた文字を集めている、あのいとこじゃなくて、古植物学をやってる別のいとこだ。タラントガにはいとこが大勢いる。このいとこのことは知らなかったし、応対に出ようとスモーキングジャケットにズボンなしの恰好で、用紙を巻き込んだタイプライターから立ち上がったので、私は帰ろうとしたが、帰らせてくれなかった。邪魔ではありませんし、と彼は言った。それどころか、ちょうど良い時にいらっしゃいました、いま難しくて画期的な本を書いている最中なんですが、準備中の章の内容を、たまたま居合わせた人でもいいから聞き手に語ると、考えがうまくまとまるんです。私は、彼が植物学の論文を書いていて、ノダイコンや多年生草本や子房でうんざりさせられるのかと慄《おのの》いたが、幸いそうではなかった。それどころか、かなり興味を引かれた。歴史の黎明以来、と彼は言った。野蛮な原始的部族の間を様々な変わり者が動きまわっており、彼らは確実に狂人と見なされていた。なぜなら目に付いたものを何でも食べてみたからだ――ありうる限りのあらゆる植物の新鮮な、あるいは干からびた、葉、塊茎、芽、茎、根を。その際、蠅みたいにバタバタと死んだに違いない。有毒な植物は多いのだから。だがそれでも次の非協調主義者らはひるむことなく、この危険な努力を続けた。もっぱら彼らのおかげで今日、アスパラガスやホウレンソウにどれだけ料理上の価値があるか、ローリエは、ナツメグはどうすればよいか、一方、オオカミナスビ〔ベラドンナ〕は避けたほうがよいことなどが知られている。タラントガのいとこは、世界の学問から忘れられた、ある事実に私の注意を向けた。燃やして煙を吸うのに最適な植物はどれかを見極めるため、古代のシーシュポスたちは煙草に行きつくまでに、優に四七〇〇〇種の植物の葉を採集し、乾燥し、発酵させ、巻いて、灰にしなくてはならなかったはずだ。なにしろ、「**これ**は葉巻製造にも、粉にすれば嗅ぎたばこにも適します」と書いた札が枝に下がっているわけではなかったから。こうした太古の献身的な人々の師団が何世紀にもわたって、すべてを口に入れ、かじり、嚙み、味わい、飲み込んできたのだ。柵の下や木の上など至る所に生えたもののすべてを、あらゆる方法で。火を通すか生《なま》のまま、水を足すか水なしで、濾過《ろか》するか濾過なしで、それもおびただしい組み合わせで。そのおかげで我々は今のやり方に行きつき、キャベツの位置は豚肉の脇だとか、野ウサギと対になる相手はビートだとかを知っているのだ。野ウサギにビートを認めず、たとえば紫キャベツとする地域もあるが、タラントガのいとこは社会的国籍の早期実現を求めている。ボルシチなくしてスラヴ人なし。どの国にもそれぞれ実験者たちがいたようで、一旦ビートに決まると、たとえ隣の部族がビートを蔑《さげす》んでいたとしても、子孫はその信者になった。食文化の違いが国民性の違いを決定すること（ミントソースと英国人の脾臓の相関関係、ついでにたとえば牛肩ロースとの関係）について、タラントガのいとこは別の本を一冊書くつもりだ。その本には、なぜ昔からあんなに大勢いた中国人たちは箸で食べるのが好きなのか、どうして何でも細かく刻まれていて、必ず米がついているのかも出てくる。だがそれについてはあとで書くことになるだろう。

　だれもが知っている――彼は声を張り上げた――スティーヴンソンが何者かを。だれもが陳腐な機関車のことで彼を尊敬している。だが機関車とは何だろう？　蒸気で動くなんて、永遠に我々と共にあるアーティチョークに比べたら全然現代的ではない。野菜は技術と違って古びない。私が来たとき彼はちょうどこの画期的なテーマに関する章を練っている最中だった。とはいえ、スティーヴンソンが既製のワットの蒸気機関を車輪の上に据えたとき、そのせいで死の危険にさらされただろうか？　蓄音機を発明したエジソンは生命の危機にあっただろうか？　両者ともリスクと言えばせいぜい家族のいらだちか自己破産どまりだ。技術的骨董品の発明者ならだれもが知っているのに、料理法の偉大なる発明者についてはだれも知らないというのは、なんと不公平なことか。無名戦士の記念碑があるように、せめて無名料理名人の記念碑を建ててしかるべきとは、だれひとり思いもしない。だが、こうした匿名の英雄たちの多くは、命知らずにも企てた試みによってひどい苦痛に陥ったのではないか。食用きのこと毒きのこを区別する方法がなかった頃、きのこ狩りの後は、採ったものを食べて、最期が来るかどうか待つしかなかったのだから。

どうして学校教科書は、パパから譲ってもらったできあいの王位につくアレクサンドロス大王みたいな人たちの与太話ばかりなのか？　なぜ子供たちはコロンブスをアメリカの発見者として学ばなければならないのか？　インドに行く途中、たまたまアメリカを発見しただけなのに。それに比べてキュウリの発見者についてはひとこともない。アメリカなしでも済ますことはできるし、遅かれ早かれその存在は知られただろう。だがキュウリの存在がおのずと知られることはなかったろうし、肉料理の皿の上にちゃんとしたマリネが載ることもなかっただろう。こうした匿名の人々の死は、兵士の死よりどれほど英雄的で神々しかったことか！　兵士は敵の塹壕に向かって走らないと軍法会議にかけられたが、未知のきのこやベリーに潜む死の危険にあえてさらされた者はいなかった。だからタラントガのいとこは、せめてしかるべき記念銘板が、きちんとしたどのレストランの入口にもはまっているのを見たら喜ぶだろう。そこにはふさわしい文字で、MORTUI SUNT UT NOS BENE EDAMUS〔彼らが死んだので私たちはよく食べることができる。ラテン語〕とか、せめてMAKE SALAD, NOT WAR〔サラダを作れ、戦争ではなく。英語〕といった文句が刻まれている。とりわけベジタリアン食堂では。なぜって狩猟用鳥獣では、そんな苦労は少なかったから。カツレツ肉をたたいたり、ハンバーグ用の肉を刻んだりするには、ハイエナやジャッカルが死肉にしていることをのぞき見れば十分だったし、それは卵でも同じだ。六〇〇種類のチーズについてはフランス人が小さな銘板をもらってしかるべきだが、記念碑や大理石の銘板とまではいかない。なぜなら、こうしたチーズの大多数はうっかりしたせいで発見されたからだ――うっかり者の羊飼いがチーズの塊《かたまり》のそばにカビの生えたパンを置き忘れ、そうやってロックフォールが生まれたのである。野菜を軽んずる現代の政治家らの価値低下に話が及んだとき、電話が鳴った。受話器を取ったタラントガのいとこは受話器を手渡しながら、私宛てだと言った。それで驚いて受話器を耳に当てた。だって私が星々から帰ってきたことを知っている人はいないはずだったから。だがすぐに事情が明らかになった。国連事務総長室のだれかがタラントガに私の住所を尋ねようとしたのだが、いとこは言わば短絡して、私に電話に出るよう言ったのだ。相手はカケスト・ヴァハタン博士、国連事務総長付きグローバルセキュリティ顧問の特別全権代表だった。なるたけ早く私と会いたがっていたので、翌日に会う約束をし、手帳に時間をメモしたものの、自分が何に巻き込まれているのか見当がつかなかった。でも、つかのま、この電話は好都合だった。だってタラントガのいとこが滔々とまくしたてる話の流れを断ち切ってくれたのだから。彼はピリ辛スパイスについて語りたがっていたが、急いでいるので、またすぐ来るからと嘘の約束をして、別れることができた。

　それからずいぶん後でタラントガは私にこう言った。プリムラは枯れてしまった。いとこが古植物学料理法に熱中するあまり、水やりを忘れたからだ、と。この現象は典型的だと私は思った。複数の物事に没頭する人は個別の物事を軽んずる。だから、人類全体を一度に幸せにしたがる偉大な改革論者は、個人に対して辛抱強くないのだ。

真相はすぐには明らかにならなかった。抜け目のない兵器たちが月で何を企んでいるのかを調べるため現地に飛ぶとき、自分が人類の代わりに頭を差し出すことになるとは知らなかった。まず、ヴァハタン博士は私をモカと年代物のコニャックでもてなした。彼は微笑をたたえた真のアジア人、完璧なアジア人だった。というのも彼からは何ひとつ聞き出せなかったのだ。それほど秘密厳守だった。どうやら事務総長が是非とも私の本を読みたがったのだが、高い地位にあってものすごく忙しい人なので、最も重要と思う自作を携えて私自身に飛んで来てほしいと言ったらしい。ヴァハタンの所では一見偶然を装って数人の男が現れ、サインを求めた。断るのは難しかった。もちろん話題はロボットや月についてだったが、主に月の歴史的役割、つまり、叙情的恋愛作品における展示品や装飾品としての役割について話した。ずっと後で耳にしたが、これは通常の会話ではなく、スクリーニングからクリアランスに至る過程だったそうで、というのも私がゆったりくつろいでいた安楽椅子にはセンサーがびっしり仕込まれていて、私の筋肉の緊張の微細な変化から、月やロボットといった、いわゆる鍵刺激となる語に対する私の反応を調べていたのである。なぜかというと私がこうし座に飛んでいる間に、地球の状況はいわば逆転していたからだ。私の秘密諜報部員としての有用性を調査し、その評価を私に見せたのはコンピューターであって、私の対談相手は単に聴診道具としてコンピューターに仕えていただけだった。自分でもどうしてそうなったのかわからないが、翌日私は再び国連事務所に行き、それから、招待されたので、もう一度出かけた。彼らはしょっちゅう私に会いたがり、かなりきちんとした施設附属の食堂で、私は彼らとディナーを共にするようになったが、次第に頻繁になる私の訪問の社交以外の目的は不明のままだった。どうやら概要は、国連が集めた私の著作を世界中のあらゆる言語で刊行するというアイデアのようだった。世界には四五〇〇以上の言語がある。私の中には虚栄のかけらもなかったが、その考えはもっともだと思った。新たな知人たちは私の『航星日記』の熱烈なファンであることがわかった。ロルティ博士、トッテンタンツ技師、ツィビルキス兄弟である。ツィビルキス兄弟は双子だが、ネクタイで区別すればよいと学んだ。二人とも数学者だった。兄のカストールが取り組んでいたのはアルゴマティクス、すなわち、すべての参加者が不幸に終わる紛争の代数学だった（そのため、このゲーム理論の分野はサディスティクスと呼ばれることがあり、同僚たちが言うにはカストールはサディストで、その際ロルティは、彼のフルネームはCastor Oil〔キャスター・オイル＝ひまし油〕だと言い張っていた。これはたぶん冗談だろう）。もうひとりのツィビルキス、ポルックスは統計学者で、しばらく黙っていたかと思うと、いきなり突拍子もない質問で会話に割り込むというかなり変わった習慣があった。たとえば、いまこの瞬間に世界中で鼻をほじくっている人は何人いるでしょう？　驚異的な計算力を持つ彼なら、そんなことは瞬く間に計算できた。彼らのうちだれかが礼儀正しく下のシャトル格納庫みたいに広い玄関ホールで私を待っていて、エレベーターへと導いた。我々はツィビルキス兄弟の研究室へ行った。あるいはヨナシュ・クシュティク教授の所だ。彼も私の本に惚れ込んでいた。なにしろページと発行年も含めて、そらで引用できたのだから。クシュティクは（トッテンタンツと同じく）遠隔《リモート》人理論、すなわちテレフェリスティクスに取り組んでいた。テレフェリスティクスとはロボット工学の新しい分野で、存在の仲介、または、存在の伝達と呼ばれる（かつては「テレプレゼンス」と呼ばれていた）。テレフェリスティクス学者の合言葉はこうだ。「人が自分で行けない所には、遠隔人《リモート》を送れ」。私に被遠隔化——すなわち自分を遠隔化すること——を試してみろと勧めたのが、まさしくクシュティクとトッテンタンツだった。あらゆる感覚を電波で遠隔人に伝える元の人を、被遠隔者または被遠隔人と呼ぶのである。

私は喜んでそれに出かけていった。ずいぶん後になって思い浮かんだのは、彼ら全員が本当に私の作品が好きだったわけではなく、職務の枠内で読んでいただけということだ。というのも、ルナ・エージェンシーの他の一連の職員ら——名は挙げないほうがいい、記録に残らないように——と共に、私をいわゆる月ミッション・プロジェクトにそろそろと引きずり込むつもりだったからだ。どうしてそろそろとかって？　なぜなら私は話を断って、月へ赴く代わりに帰宅することだってできたのだ——ミッションのあらゆる秘密を知ったまま。するとどうなる、抜け目のない奴が知らんぷりを装って、こう訊くかもしれない。それで何とかなりますか？　さて、何とかなっただろうってのが、難しいところだ。数千人の中からルナ・エージェンシーに選ばれた男は最高の能力と忠誠心で際立っているはず。能力はおのずとわかる、だが忠誠心は？　私は一体だれに対して忠実であるべきだったのか、エージェンシーに対して？　エージェンシーが人類全体の利益を代表していた、という意味ではそうだ。問題は、いかなる国家も、いかなる国家グループや秘密の国家連合も、月偵察がうまくいった場合、その結果を知り得なかったことだ。なぜなら、最初にあちらの軍備状況を知った者は、それにより戦略情報を得て、地球でたちまち優位に立つことができたからだ。地球で続く平和は、ここからわかるように、まったく牧歌的ではなかった。

それゆえ、私を愛情に浸し、子供に与えるように遠隔人《リモート》で遊ばせてくれた学者たちこそ、実は生きたまま私の脳を解剖したのだ。より正確に言うと、彼らは、我々のおしゃべりすべてを目に見えぬ形で補助していたコンピューターが、そうするのを手伝ったのだ。カストール・ツィビルキスはシュルレアリスティックなネクタイをして、ピュロス的〔損害が大きく得るものが少ない勝利〕に終わる紛争の理論家として出席していた。なぜかというと私との紛争であれ、私に対する紛争であれ、まさにそんなふうに行われていたからだ。ミッションを引き受ける、または、拒否するには、まず私がそれを知る必要があったが、仮に知ってから拒否したり、あるいは引き受けておきながら、戻る前に自分だけが知る偵察結果を漏洩したりすれば、アルゴマティクス学者らが大惨事寸前と呼ぶ状況に至っただろう。候補者は大勢いて、国籍、人種、教育、実績は様々だった――私はそのうちのひとりだったが、それについては全然知らなかった。選ばれた者は人類の代表者になることになっていて、どこかの大国の、潜在的とはいえ、スパイになるわけではなかった。だからオペレーション〈ひきわり麦〉にはコードネームＰＡＳ（*Perfect Assured Secrecy* 完全機密保持）がついていた。〈ひきわり麦〉は、正確なふるい分けをすることで、偵察者を選択的に完璧に選ぶのである。暗号化された報告書では宣教師《ミッショナリー》と呼ばれていた。〈ひきわり麦〉は〈篩《ふるい》〉の暗示だったが、はっきりと名指ししなかったのは、どういうことかを部外者が勘ぐらないようにするためだった。

こうしたすべてをだれかが私に最後まで説明してくれたか？　とんでもない。それどころか、すでに私が宣教師（ＬＥＭ＝*Lunar Efficient Missionary* ルナ高技能ミッショナリー）に任命され、Ｘ回ロケットに乗り込み、数時間後にそこから狼狽してコードや管がいっぱいくっついた宇宙服で這い出す羽目になったとき、というのも、発射のカウントダウンの際またもや何かがうまくいかず、ここ数カ月のことを検討する十分な時間があったので、それらは私の頭の中でしかるべく組み合わさり、ひとつひとつ考え合わせて私は隠されていたゲームの内容を理解したのである。そのゲームは私と共にＬＡが考えうる限り最高の掛け率で運営していたものだ。最高の掛け率というのは人類にとってでも世界にとってでもなく、私にとってである。なぜなら、アルゴマティクスもピュロス的ゲーム理論もなしに私は次のような確信に至った。すなわち、こうした状況においてＰＡＳの最も確実な行動方法とは、偵察員が地球に無事帰還して報告書を提出したら、ただちに抹殺することだろう。だって、いまや彼らが私を上に送らざるを得ないことを私は知っていたから。なぜなら候補者の中で私がいちばん優秀で確実だったし、一回目と二回目のカウントダウンの間に私は親愛なる仲間――ツィビルキス兄弟、クシュティク、ブラハウス、トッテンタンツ、ガラフィザ（ガラフィザについては後で別に述べるかも）にそう言ってやったからで、彼らは十数人の通信技術者と共に、私の月遠征の地上スタッフとなるはずで、つまり私にとって、アポロ計画の際のアームストロングと仲間にとってのヒューストンのようなものである。ところがこの偽善者どもになるたけ嫌な思いをさせたくて、私はこう尋ねた。私が英雄として戻ってきたら、だれが私の面倒を見るのか、わかってるんですか――ルナ・エージェンシー自体ですか、それともエージェンシーに雇われた**殺人組織**《マーダー・インコーポレイテッド》ですか？

まさに私はこの言葉どおりに言ってやった――彼らの反応を見るために。なぜなら、もし彼らがそもそも**この**ヴァリアントを考慮していたなら、瞬く間に私の言うことを理解したに違いないから。まるで雷に打たれたみたいに彼らは固まった。その光景がいまだに目に浮かぶ。ロケット発射場のさほど広くない、待合室と呼ばれる部屋は、スパルタ風のごく簡素な造り――薄緑色のプラスティックで覆われた金属板、コカ・コーラの自動販売機――だが、肘掛け椅子だけは本当に快適だった――私は天使のように白い宇宙服姿、頭を脇に抱え（ヘルメットのことを、こう呼んでいた。「頭を脇に」抱えている人とは、つまり、これから飛ぶ人だった）、向かいには忠実な仲間や学者やドクターや技師たち。たしか最初に発言したのがキャスター・オイルだった。それは彼らではない、と彼は言う――方程式の上ではコンピューター自身だ――なぜなら純粋に数学的に考えれば、*Perfect Assured Secrecy*〔完全機密保持〕の補題の解はまさしくそうなるのだから。だがこの抽象概念は倫理的要因を考慮していないため、一度も検討されなかった――こんなときに私が彼らを疑うようなことを言うなんて、全員を侮辱している、と。

「グダグダ言いやがって」私は答えた。「すべてコンピューターのせいだってことはわかってるさ。この醜男め！　だが倫理はこの際どうでもいい。ここにいるあなたがた全員はほぼ聖人君子なんだし、私だってそうだ。しかし――コンピューターを筆頭に、あなたがたのうちだれひとり、**これ**が思い浮かばなかったのかね？」

「**これ**とは？」うろたえたピュロス・ツィビルキス（そうも呼ばれていた）が尋ねた。

「私が推測していることだ、**この**自分の憶測を確かめるとき――たったいま私がしたように――その事実が私の忠誠心を算定する方程式に入りこみ、それによってこの行列式を変えてしまう……」

「ああ」もうひとりのツィビルキスがうめいた。「もちろん、それも考慮されていました。だってそれはアルゴマティクス統計学のＡＢＣですから。私が知っていることを、君が知っていることを、私が知っていることを、君が知っていることを、私は知っている――なにしろこれは紛争理論のあの無限の側面であり、それは……」

「いいから、いいから」私は興奮を鎮めながら言った。物事の計算面に興味をそそられたのだ。

「それで結局どうなったんです？　こうした憶測が私の忠誠心に影響するんですか？」

「そのようです」キャスター・オイルが弟に代わってしぶしぶ答えた。「しかしあなたの忠誠心の低下は、**あの**（これもモデル化しなくてはなりませんが……）ような**ああいう**事件の後では、境界ゼロの減少列です」

「ああ」私は鼻を掻いて、ヘルメットを右の脇の下から左へと移した。「すると**それ**が**いま**、**ここ**で、我が忠誠心減少の数学的予想を下げていると？」

「下げています、下げていますとも！」彼は言った。弟が私の目をやさしく、同時に探るように見つめながら、こう付け足した。「ご自分でもおそらくそう感じているのでは……」

「実際そうだな」私はうなり、彼らあるいは彼らのコンピューターが、この心理学的計算において正しかったことを、いささか驚きを持って確かめた。というのも、彼らに対する私の怒りはすでにかなり減少していたのだ。

　ロケット発射場の射座への出口の上に緑色の信号が点《とも》り、同時にあらゆるブザーが鳴って、欠陥が取り除かれたことを知らせると、私は再びロケットに乗り込むことになる。もう何も言わず、後ろを振り向き、彼らのアシストで動きだし、その途上で話全体のポイントをよく考える。事故を見越していたが、始めたからには終わらねばならない。私が地球周回静止軌道を出て、彼らが私に軽蔑の仕草をしたかもしれないとき、気分はどうかと訊かれ、私は申し分ないと答えた。なぜなら、地球の知人幾人かをやっつけるため、月の国家と手を結んではどうかと考えていたからだ。彼らの笑い声が私のヘッドフォンの中でいかに嘘くさく聞こえたことか……。

　だがそれはその後のこと、疑似月面演習場への遠征後、ギナンドロイクス・コーポレーション訪問後のことだ。この巨大企業はすでに売上高ではインターナショナル・ビジネス・マシンズ社を追い越していた——そのささやかな分社として生まれたにもかかわらず。ここで説明しておかねばならないが、ギナンドロイクスは一般に思われているのに反して、いかなるロボットもアンドロイドも製造してはいない——その名称をヒューマノイド型心理を備えたヒューマノイド型マネキンと理解するならば。人間の知性の完全なシミュレーションはほぼ不可能だ——無論、第八〇世代以降のあらゆるコンピューターは我々よりも聡明だが、彼らの精神生活は人間のそれとは似ていない。普通の人間はきわめて非論理的な存在であり、そこにこそ人間性がある。これが、なるほど、知性なのだが、しかし幼年期から、あるいは父母の遺伝子から受けた偏見・感情・確信によって、ひどく汚染されている。それゆえロボットは、（たとえば電話口で）人間のふりをしても、専門家によってかなり容易に正体を暴くことができる。この根本的な疑義にもかかわらず、悪名高き**セックス・インダストリー**社は市場調査用に**Sドールズ**というシリーズを短期間、製造した（これは**セックス・ドールズ**、つまり恋愛行為をする人形なのだと主張する人もいれば、これは**セダクティヴ・ドールズ**――なまめかしい誘惑者、あるいは誘惑する求婚者だと言う人もいる。火傷の際の皮膚移植手術に使用されるほど、生物学的に大変よく似た新材料でできている）。このファム・ド・コムパニー〔交際用の女たち〕は受けなかった。あまりに**論理的**すぎた――ざっくばらんに言えば、聡明すぎたのだ――この教養ある女性と付き合った男は劣等感に陥った――それに値段が高すぎた。こんな恋人を持つ余裕のある人（いちばん安いメイド・イン・ジャパンでも一体九〇〇〇〇ドル以上もした。現地料金および贅沢税を含まず）なら、自然なパートナーと、もっと安くロマンスを持てるではないか。市場を激変させたのが遠隔女《リモージョ》、すなわち〈空っぽ女〉である。これも女性にそっくりの人形だが、〈空っぽ〉、つまり脳なしなのだった。私はミソジニストではないし、私が〈脳なし〉と言うとき、女性に知性を認めない様々なヴァイニンガー〔一八八〇―一九〇三、オーストリアの性差別主義かつ反ユダヤ主義のユダヤ系哲学者〕どもの戯言《たわごと》を繰り返しているわけではなく、文字通りの意味で言っている。遠隔人も遠隔女も、人間に制御された単なるマネキン、つまり空っぽの外被にすぎない。

皮膚にくっつく大量の電極が縫い込まれた服を着れば、だれでも遠隔人または遠隔女に入ることができる。この技術が性愛を筆頭にした人間生活にいかなるショックを引き起こすかは、だれも知らなかった。それも夫婦生活に始まって、世界最古の職業に至るまで。ここから法律家にとって新たなジレンマが生まれた。法律は、だれかがいわゆるセックス・ドールと犯した親密な行為を、離婚の根拠となる不義とは認めなかった。中身が詰まっていたか、自転車用ポンプで膨らましたか、フロントドライブか、リアドライブか、自動変速機《オートマ》か手動式《マニュアル》かは関係なかった。だれかが抽斗《ひきだし》と一緒に暮らしたのと同じく、不義は問題にならなかった。だがテレフェリスティクス製品のせいで、既婚者が遠隔人または遠隔女と付き合うことは不義となるか否かを民法が決定せざるを得なくなった。「遠隔的不義」の概念が専門誌や新聞で盛んに論じられた。これは難しい問題のようやく端緒に過ぎなかった。たとえば、いまの妻より若い妻自身と不義を働いて、妻を裏切ることは可能だろうか？　アドライ・グラウツァーとかいう男がギナンドロイクス・ボストン支社で、自分の妻（現在五九歳）が二一歳のときの複製としての遠隔女を注文した。問題を複雑にしたのは、二一歳のグラウツァーさんはまだグラウツァー夫人ではなく、ジェイムズ・ブラウンの妻だったことで、彼と二〇年後に離婚して、グラウツァーに嫁いだのだった。この訴訟は最高裁まで長引いた。裁判所が判断することになったのは、夫が購入した遠隔女として親密に動きたくない妻は、そのことによって結婚生活を拒んでいるか否かであった。遠隔的近親相姦やサディズム、マゾヒズムは可能だろうか。また男色はどうか。どこかの会社が発売したマネキン・シリーズは、交換部品入りの箱に手を伸ばせば、女性型にも両性具有型にも改造可能だった。日本人はアメリカとヨーロッパに両性具有型をダンピング価格で輸出した。手の動きひとつで性別を決めることができた（「ここ入れりゃ《トゥ・ヴラタ》、あっちで出るぞ《タム・ヴィラタ》、蒸留酒《アクア・デスティラータ》」の原理に基づいて）。ギナンドロイクスの顧客の中には高齢の売春婦が大勢いたらしい。自分ではもう仕事をする機会がなかったが、長年の熟練により遠隔操作の技で際立っていた。当然、問題はエロティックなものにとどまらなかった。たとえば、ある一二歳の男子児童が書き取りで綴りを間違えて先生に悪い点をつけられたので、父親所有の筋骨たくましい遠隔人を使って、先生をこっぴどく殴りつけ、先生のうちの家具を全部たたきつぶした。これは家の番人と呼ばれる遠隔人だった。このモデルは飛ぶように売れた。この遠隔人は、その家族の庭の小屋にいて、泥棒を見張ることになっていた。このため少年の父親は電極が縫い込まれた特別なパジャマを着て眠り、警報装置が庭に部外者がいることを知らせた場合、ベッドから起きあがらずに、遠隔人として一度に数人の闖入者にも対処でき、通報を受けた警察が到着するまでつかまえておくことができた。息子は父親の留守にこのパジャマを盗んだのだ。ギナンドロイクス社や似たような日本メーカーに狙いを定めたピケやデモを、通りで一度ならず見かけたことがある。そこでは女性が優位を占めていた。同性愛が依然として処罰を受ける不法行為であったアメリカ合衆国最後の数州の立法者たちはパニックに陥った。なぜなら、普通の男性に恋をした男色家が魅力的な遠隔女をその男性に送って、自分で操作するとき、そうした不法行為を犯しているのかどうか、わからなかったからである。新たな概念が生まれた。たとえばテレメイトは、遠隔ラブコンパニオン、恋人または妻のことだ。最高裁判所が最終的に容認できると、すなわち、配偶者双方の合意の元での代理（遠隔人を介した）夫婦関係は結婚関係の範囲に属すると認めたときに、クッカーマン夫妻事件が起こった。夫は営業マンで、妻は美容室を経営していた。ふたり一緒にいることは滅多になかった。なにしろ妻は美容室を離れられなかったし、夫はしょっちゅう出張に出ていたから。無論、ふたりは自分たちの関係の仲介には同意していたが、仲介者となるべきは遠隔人・夫なのか、妻の代わりをつとめる遠隔女なのかが問題となった。クッカーマンの隣人は夫妻の怒りを買った。というのもその隣人は親切心からふたりを助けようとして、ペアのテレフェリスティクスを使って妥協してはどうかと提案したのである。遠隔夫と遠隔妻というのは彼には賢明なジレンマ解決策のように思えた。だがクッカーマン夫妻は、このアイデアは莫迦げていて侮辱的だと思った。きっとふたりは知らなかったのだ――夫妻の論争が新聞に出た後、いわゆるテレフェリスティクス・エスカレーション現象が起きることを。つまり、遠隔人にも電極付き衣装を着せて、次の遠隔人を駆動することができるのだから、切りがない。このコンセプトを熱狂的に受け入れたのが犯罪者の世界である。なぜなら無線送信機を容易に発見できるのと同じく、具体的な遠隔人がどこから操作されているのかを突き止めることもできるからだ。強盗や殺人がテレフェリスティクス的に行われた際、警察はこの方法をよく使っていた。だが加害者の遠隔人が別の遠隔人にナビゲーション装置で操作されている場合、このもう一体の方が見つかって、そいつが捕まる前に、実際の犯人である人間は「中間」の遠隔人との無線通信を切って、みずからの痕跡を消してしまう。**テレメイト・カンパニー**と（日本の）会社**ソニー**のカタログには、リリパットからキングコングに至る遠隔人たち、および、ネフェルティティやクレオパトラやナバラの女王といった歴史上著名な人物や現代の映画スターを卓越した方法で再現した遠隔女たちが載っていた。いわゆる身体的類似性の濫用に関連した訴訟を避けるため、アメリカ合衆国のファースト・レディや隣人の妻のコピーを戸棚に入れておきたいと思った人はだれもが、あらかじめ部品に分解された、そうしたコピーの通信販売を利用した。購入者は取説にしたがい待望のプレイメイトを家に閉じこもって自分ひとりで組み立てた。いわゆるナルシシズムをわずらって、自分以外のだれも愛せずに、自分のそっくりさんを注文した人まで現れたという話だ。立法は無数の新たな問題の重荷で崩壊したが、と同時に遠隔人の製造を、原爆や麻薬の製造が私人に禁止されているのと同じように、禁止できないことは明らかだった。なぜなら遠隔人技術はすでに国家経済ばかりか、宇宙工学を含む技術と科学に資する巨大産業だったからである。なにしろ人間は遠隔人としてのみ土星や木星といった巨大な惑星に着陸可能だったのだ。遠隔人はまた、鉱山作業や、しばしば高山における救助作業、地震その他自然災害時の救助作業にも使われた。破壊的と言われる、命にかかわる危険な実験に、遠隔人はなくてはならないものだった。ルナ・エージェンシーは月の遠隔人のためにギナンドロイクス社と特別な連絡を取っていた。やがて私は知ることとなった。遠隔人をＬＥＭ（ルナ高技能ミッショナリー）プロジェクトに使おうと試みたものの、結果は不可解であると同時に壊滅的だったことを。

　ギナンドロイクス社の組み立てホールを案内してくれたのは主任技師パリドン・サウェカフだっ

た。気をつけなくてはならなかった。というのも彼は自国の習慣で私をファーストネームで呼んだのだが、こちらはパリドンをピラミッドとしょっちゅう間違えたからだ。私にはトッテンタンツとブラハウスが同行していた。サウェカフ技師は嘆いていた。次々と新たな法規制ができて、会社は新しいプロトタイプの研究開発が困難になっている、と。たとえば銀行の入口には遠隔人を発見するセンサーがあまねく設置されたが、それだけならまだどうってことはなかった。銀行は遠隔強盗を恐れている、それは理解できる。だが純粋な警報装置の代わりに多くの銀行が熱誘起装置を使っている。体内に含まれる電子機器によって識別されるやいなや、遠隔人は目に見えない高周波の衝撃を受ける。それによって引き起こされる温度の急上昇が導線を溶かし、遠隔人をスクラップに変えてしまう。大勢の購入者がこれについての不満を、銀行に対してではなく、ギナンドロイクス社に対して抱えていた。そのうえあいにくすでに、遠隔女、とりわけ美しいタイプの輸送中、爆弾による襲撃事件まで起きている。パリドン技師は私にわからせた——彼の会社はそうしたテロ行為についてウーマンズ・リベレーション運動を疑っているが、いまのところ法的手段に踏み込むことができるような理由がないのだ、と。

　生産の全工程を見せてもらった——超軽量ジュラルミン骨格の溶接から、その「シャシー」を肉付けする材料で覆うまで。大部分の遠隔女は、通常「口径」と呼ばれる八つのサイズで製造される。個人の注文に応じて製造されたものは二〇倍以上の値段だ。もっとも遠隔人が人間に似ている必要はまったくないが、構造が人間と異なれば異なるほど、制御はより難しくなる。尾は、吊り橋のワイヤーや高電圧ケーブル設置の際、高所で働く遠隔人にとっては非常に便利な備えだが、人間には物をつかむ尾を制御するものがない。それから我々は小型電気自動車で（敷地が広大なので）倉庫へ行き、そこで惑星と月の遠隔人を見た。重力が大きければ大きいほど、遠隔人の設計者たちの課題はより難しくなる。というのも遠隔人が小さすぎると多くの仕事をこなせないし、大きすぎると、それを動かすための大きなエンジンを積んで、重くなってしまうからだ。

　我々は最終組立室に戻った。国連事務所のヴァハタン博士はアジア人の外交官で、控えめに礼儀正しく微笑んでいたが、パリドン技師は熱狂的なアジア人で、彼の青みがかった唇は閉じることなく、見事な歯並びを見せて笑うのだった。

「信じますか、ヨンさん、ジェネラル・ペディプラトリックスのスタッフが自社のロボットたちと一緒に何で倒れたか？　二足歩行ですよ！　彼らは自社のプロトタイプと共に転んだんです。だってそいつがのべつまくなしに転んだから！　悪くない、でしょう？　ハッハッハ！　ジャイロスコープも、平衡錘も、膝下のダブル・フィードバック・センサーも——何ひとつ役立たなかった。もちろん私どもにはいかなる問題もありません。なにしろ遠隔人のバランスを取るのは人間なんですから！」

　赤ん坊のからだに似たピンク色の遠隔女が、ベルトコンベヤーから順番にリフトで運ばれていくのを眺めつつ、そうやって立っていた我々の頭上を、無気力な裸の若い娘の列がリズミカルに梱包室へと流れていき、垂れ下がる長い髪が生きているみたいに揺れ動いて波打っていたとき、私はパリドンに妻帯者かと尋ねた。

「ハッハッハ！　ふざけるのがお好きですね！　ヨンさん！　ええ！　妻子持ちですとも。もちろん！　靴屋は自分で作った靴を履かない！　そうお思いですか？　でもね、うちの従業員には年に一体ずつボーナスとして提供しているんです。彼らにとっちゃ申し分ない取引ですよ！」

「どういった従業員に？」私は尋ねた。ホールは無人だった。ベルトコンベヤーの傍らで働いていたのは黄色や緑や青色に塗装された可動アーム付きロボットたちで、足がたくさんある角張った芋虫に似ていた。

「ハッハッハ！　事務所にはまだ少し人間がおります。選別室や技術管理部、梱包室にも。おっ——欠陥品だ！　足がどこかおかしい。歪んでる！　ヨンさんは一体ご希望ではないですか？　無料で一週間、お宅までお届けできますが？」

「いや、結構」私は言った。「いまは要らない。人形愛《ピュグマリオニズム》は趣味じゃないんだ」

「人形愛《ピュグマリオニズム》ですって？　ああ、ピュグマリオニズムですか！　バーナード・ショーですね！　わかります！　もちろん、あてこすりはわかりますとも。これに異議を唱える人たちもいますよ。でも、ライフル銃より女マネキンを製造する方がいいとは思いませんか？　平和のための製造。メイク・ラブ、ノット・ウォー！　違いますか？」

「一定の条件付きならば」私は曖昧に言った。「入口の前でピケを見ましたよ」

「ええ。問題はありますよ。当然！　普通の女性は遠隔女とは比べものにならない。人生において美とはたいてい例外ですが、我が社においては技術的な規格なのです！　市場の法則。供給は需要によって調整される。仕方ありません。世の中とはそういうものです……」

我々はさらに更衣室を見た。ざわめくドレスや下着がいっぱいで、鋏《はさみ》を手にメジャーを首にかけた若い女たちが忙しく立ち働いている。女たちは生身なのでかなり地味だ。それから我々はパリドン技師に別れを告げると、技師は我々を駐車場の車まで送ってくれた。トッテンタンツとブラハウスは帰路、妙に無口だった。私も話す気はなかった。だがその日はまだ終わっていなかった。

帰宅すると、郵便受けに分厚い封筒があり、中には次のような長いタイトルの本が入っていた。*Dehumanization trend in weapon systems of the twenty first century or upside-down evolution*〔二一世紀の兵器システムにおける非人間化の潮流、あるいは逆さまの進化〕。著者名——メスラント——に思い当たるふしはなかった。本は重く、がっしりしていて、大判で、グラフや図表がたくさん入っていた。ほかにとりたてですることもないので、安楽椅子に腰を下ろして読みはじめた。一ページ目、序文の頭に、題辞がドイツ語で書かれていた。

„Aus Angst und Not
Das Heer ward tot.“
〔恐怖と苦痛から
軍は死んだ〕

オイゲン・フォン・ヴァーンゼンシュタイン

自己紹介によると著者は最新の軍事史の専門家である。この歴史は——と彼は書いていた——二〇世紀末の二つの警句的スローガン、FIFとLODの間で拡大する。前者は *FIRE AND FORGET*〔火と忘却〕を、後者は *LET OTHERS DO*〔他の連中にやらせておけ〕を意味する。現代の平和運動の父は繁栄であり、母は——恐怖だった。両者の掛け合わせが戦争無人化の傾向を生み出した。武装したがる人は次第に少なくなったが、この闘争心の消失はまさしく生活水準に正比例していた。豊かな国の若者たちは「*dulce et decorum est pro patria mori*〔祖国のために死するは甘美にして名誉。ホラティウス『抒情詩』第三巻二・一三〕」という崇高な格言を疫病の宣伝とした。ちょうどそのとき知的産業におけるコストの低下が始まった。**CHIPS**〔チップ〕というコンピューティング要素は、**CORN**〔穀物〕と呼ばれる遺伝子工学製品に置き換えられた。それらが穀物と呼ばれたのは、人工ミクロプス——おもに、サイバネティクス創設者にちなんで命名された **SILICOBACTERIUM LOGICUM WIENERI**《シリコバクテリウム・ロジクム・ヴィエネリ》——の栽培所由来だったからだ。一握りのこうしたエレメントは一握りの黍《きび》と同じ値段だった。そんなわけで人工知能は安くなったものの、新世代の兵器は幾何級数的に値上がりした。第一次世界大戦の航空機は車一台分の値段、第二次大戦では車二〇台分だったが、世紀末にはもはや六〇〇倍の値段になっていた。計算によると、七〇年後、超大国は航空機一八機から二二機分を持つ余裕しかなくなるだろう。このようにして——人工知能コスト減少曲線と兵器コスト増加曲線の交点から——軍隊の無人化傾向が生じた。軍隊は生ける力から命なき力に変わりはじめた。それは世界が二つの深刻な危機を経験したときのことだった。一つめは原油が急激に高騰したとき、二つめはその後すぐに暴落したときである。市場経済の古典的法則が機能しなくなったが、この現象の意味を理解している人は少なかったし、軍服を着てヘルメットをかぶった兵士が銃剣で攻撃する姿が、鋼鉄で鋳造された中世の騎士たちと並び立つには、もはやほど遠いことを自覚している人もほぼいなかった。技術者の思考的慣性の結果、かさばる兵器はしばらくの間まだ製造されていた。戦車、大砲、輸送機、その他の対人戦闘機は、単独で——つまり無人で戦闘に行けた当時でさえ巨大だった。だが、装甲巨大マニアのこの段階はやがて崩壊し、急速な小型化の段階に入った。これまであらゆる兵器コンポーネントは人間に合わせてできていた。効果的に殺せるよう、人間の解剖学に合わせ、効果的に殺されるよう、人間の生理学に合わせて作られていた。

　歴史の中ではたいていそうであるように、次に何が来るのか、だれひとり理解していなかった。なぜなら、*DEHUMANIZATION TREND IN NEW WEAPON SYSTEMS*〔新しい兵器システムにおける非人間化の潮流〕としてまとめられることになった発見は、互いに隔たった学問領域で発生したからである。ロボット工学は草のように安価なマイクロ計算機を作り出し、神経昆虫学はついに昆虫の謎を解明した。ミツバチのような昆虫は社会的に暮らし、共通目的のために働き、自分たちの言語で意思を伝え合う。だが人間の脳はミツバチの神経系の三八〇〇〇〇倍も大きい。兵卒にはミツバチの知恵で足りる——適切に変えさえすれば。少なくとも戦場では、戦闘効率と知性は別物だ。兵器を小型化する圧力の主な要因は原子爆弾だった。小型化の必要性は単純でよく知られた事実によるものだったが、それは当時の軍事知識の外にあった。七〇〇〇万年前、巨大な隕石が地球に落下し、その破片で大気が暗くなって、地上の気候が長いこと冷えこんだとき、この大災害は巨大なトカゲ、恐竜たちをノックアウトしたが、昆虫にはほとんど害を与えず、細菌には触れもしなかった。古生物学の意味するところは明確であった。作用する破壊力が大きければ大きいほど、より小さな体系の方がそれを逃れることができるのである。原子爆弾は軍隊と同様に、兵士にも散開を要求した。しかし兵士を蟻に縮小するというアイデアは、二〇世紀においては幻想以外に表現することができなかった。なにしろひとりの人間を分散したり、縮小したりはできないのだから。当時、自動兵士は人型《ヒューマノイド》ロボットを念頭に考えられていたが、その当時でさえ、それは素朴な時代錯誤だった。産業は無人化していったが、自動車生産ラインの労働者に取って代わったロボットは人型ではなかったではないか。それらは人間の部分を選択的に拡大したものだった。巨大な鋼鉄の手がついた脳、目と拳《こぶし》がついた脳、感覚と両手といったものだ。だが、原爆の脅威の下では大型ロボットを戦場へ運ぶことは不可能だった。こうして出現しはじめたのが、放射性合成虫《シンセクト》（合成昆虫）、セラミック甲殻類、チタン製マムシやミミズで、それらは土を掘って潜りこみ、原爆の爆発後に地面から這い出すことができる。空飛ぶ合成虫は、航空機と飛行士とミサイルが融合して微細な一体と化したようなものだった。同時に作戦部隊となったミクロ軍隊は、全体としてのみ戦闘力を示す。これは、ミツバチの群れ全体こそが独立した生命単位であって、個々のミツバチは何者でもないのと同様である。かくして二つの対立する原則に基づき、多くのタイプのミクロ軍隊が生まれた。独立の原則に応じて、そうした軍隊は、蟻の戦争行進のように、細菌の波やスズメバチの群れのように行動した。遠隔指向性《テレトロピズム》の原則によると、ミクロ軍隊とは、飛行もしくは這行する自己組み立てエレメントの巨大な集合に過ぎなかった。戦術的または戦略的な必要性に応じて、それは強く分散しながら目標に向かい、目標に到達したところで、あらかじめプログラムされた全体としてまとまった。それはまるで、戦闘機が完成形ではなく、半製品または四分の一製品として工場を出て、標的に到達する直前に戦闘機として組み合わさるようなものだった。こうした軍隊は自己接続《ジャンパー》とも呼ばれた。最も単純な例が自動分散型原子兵器である。核弾頭を搭載した打ち上げロケット（ＩＣＢＭ）は、宇宙からは衛星監視により、地上からはレーダーで追跡することが可能だ。だが、強く分散してウランやプルトニウムを運ぶ微粒子の巨大な雲を追跡することはできない。それは標的——工場あるいは敵の都市か——に至ってまとまり、臨界質量に達するのだ。

　しばらくは新旧の兵器が共存していたが、かさばる重たい兵器は結局たちまちのうちにミクロ兵器に攻撃された。なにしろそれはほとんど目に見えなかった。病原菌がこっそり動物の体内に侵入して、内部から動物を殺すように、命なき人工細菌は与えられた指向性にしたがって、砲身、薬室、戦車や航空機のエンジンに侵入し、金属を腐食したり、装薬にたどりついて爆破したりした。手榴弾を持った最も勇敢な兵士が、命なき微細な敵に対して一体何ができただろう？　医者がコレラ菌と金槌で戦おうとするようなものだった。プログラムされた標的へと自己誘導し、生きるものすべてを殺す生物指向性のミクロ兵器の群れの中で、軍服を着た人間は、弾丸の霰《あられ》の中で盾と剣を手にしたローマ軍団兵のごとく無力だった。

すでに二〇世紀において、緊密な編制でたたかう戦術は、軍隊の分散に道を譲った。機動戦の際、軍隊はさらに分散した。だが当時はそれでもまだ前線が存在していた。いまやそれも消えてしまった。ミクロ軍隊は防衛レーンに容易に侵入し、敵の奥深くにまで達した。一方、大口径の核兵器は無力であることが次第に明らかになった。そんなものを使うのはまったく割に合わなかった。熱核爆弾でウイルス性伝染病と戦う効率はごくわずかに違いない。また、弾丸のコストを、それによって破壊される標的の価値よりはるかに高くすることはできない。巡洋艦で蛭《ひる》を狩るわけにはいかないのだ。

無人段階の人間同士の戦いで最も難しい課題は、敵・味方の区別だった。以前からＦＯＦ（*Friend Or Foe* 味方か敵か）と呼ばれていたこの課題を、かつて解決したのは、合言葉と応答のルールに応じて動作する電子システムだった。電波で問われた航空機またはミサイル自体は、己の送信機を使ってしかるべく回答する、さもないと敵として攻撃された。この二〇世紀的な方法は時代遅れになった。新時代の武器職人たちは命ある者たちの国で、植物や細菌や動物の方法を借用していた。識別は生物種の方法を繰り返した。生物の免疫、抗体と抗原との戦い、指向性のほか、擬態、保護色、迷彩、カムフラージュなどを。命なきミクロ兵器はたびたび、無害な微生物や、植物の綿毛、花粉などのふりをしたが、そのうわべの下に死をもたらす侵食性の中身を隠していた。情報衝突の重要性も増していた——プロパガンダという意味ではなく、敵の通信に侵入して攻撃するか——核イナゴ襲撃のときのように——臨界質量との早期接触を強いることによって、標的の防御を許さないのだ。この本の著者は、あるミクロ兵士のプロトタイプとなったゴキブリについて記述していた。このゴキブリの腹部には数本の細い毛がある。この毛が空気の振動で曲がるとゴキブリは逃げ出す。なぜならこれらのセンサーは、罪のないそよ風と、攻撃者によって引き起こされた振動とを区別する後神経節と短絡しているからである。

　読書に没頭した私は、軍服・軍旗・勇敢戦闘章などの右翼愛好家を哀れに思った。この戦争の新時代は彼らにとっては恥辱にほかならず、自分たちの高尚な理想を侮辱するものだったに違いない。著者はこの変化を「逆さまの進化」（*upside-down*）と呼んだ。というのも自然界では初めに微細な生物が生まれ、それが徐々により大きな種へと変化していったのに対し、軍事進化ではその逆の傾向が支配的だったからだ——超小型化と同時に、人間の大きな脳は昆虫神経節模造品《シミュラント》に置き換えられた。ミクロ軍隊は二段階に分けて作成された。第一段階では、無人兵器の設計者と製作者はまだ人間だった。第二段階で、命なき師団を創案し、戦闘テストをし、大量生産へ振り向けたのは、同じく命なきコンピューターシステムだった。人間をまず軍から取り除き、その後、軍需産業から取り除いたのは、社会統合的退化と呼ばれる現象であった。退化したのは個々の兵士である。なにしろ次第に小さくなっていき、そのせいでより単純になっていったのだ。ついには蟻かシロアリ程度の知性しかなくなった。だが、それよりも重要な役割を果たしていたのがミニ闘士の社会的集団であった。命なき軍隊は蜂の巣や蟻塚よりはるかに複雑であり、この点ではむしろ自然の偉大なビオトープのようなものだった。すなわち、競争・拮抗・共生の微妙なバランスが保たれた種のピラミッドである。この軍隊において軍曹や伍長には、もはや何もすることがなかったことは容易に理解できる。結局のところ、指揮の間ではなく、せめて軍の査察の間だけでも全体を把握するには、大学全体の知性でも足りなかった。そのため、将校団は、第三世界の貧しい国々と並んで、二一世紀の軍事大変動において最も困窮した。軍隊無人化傾向の無慈悲な圧力は、演習・衛兵交替・剣術・礼装用軍服・教練・報告といった美しい伝統を破壊した。しばらくの間は、あいにくさほど長くはなかったが、参謀部を筆頭にした指揮官の高い階級を人間に割り振ることはまだ可能だったものの、それも長続きはしなかった。コンピューター化された指揮部隊の戦略的計算の優位性は、ついに元帥を含めた最高司令官たちを失業に至らしめた。胸に輝く勲章の綬《じゅ》の綴れ織りも、傑出した参謀たちを早期退役から守ってはくれなかった。その頃、士官級職業軍人らの反対抵抗運動が起こったが、失業でやけっぱちになって――なぜなら職業軍人だったから――地下テロ活動に移行した。実際、歴史のおぞましい悪意というのは、こうした反乱が麻痺させられたことだった――前述のゴキブリの原理に基づいて作られたミクロスパイとミクロ警察によって。闇も、霧も、アキレスとクラウゼヴィッツの思想に忠実な必死の伝統主義者が使うまぎらわしいカムフラージュも、ミクロの闘争心をくじくことはできなかったのである。

　貧しい国々は、もはや従来どおり、生きた兵力で戦うしかなかった。それはつまり――同じように時代遅れな敵としか戦えないということだった。軍隊を自動化するだけの経済力がない者は、箒の下のネズミみたいに、おとなしくじっとしているほかなかった。

　だが豊かな国でも、いまや暮らし向きが良いとは言えなかった。昔ながらのやり方では政治ゲームは動かなかった。すでにずいぶん前から曖昧だった戦争と平和の境界線が完全に消えてしまった。二〇世紀は宣戦布告という堅苦しい儀礼を廃し、第五列〔敵に味方する人々〕・大量破壊工作・冷戦・代理戦争といった概念を導入したが、それは違いをさらに拭い去る作業の始まりに過ぎなかった。軍縮会議における入札は、合意や兵力均衡の確立だけを目指していたわけではなく、敵の長所と短所をあばくという目論見もあった。戦争と平和――二つの選択肢のある世界は、平和である戦争と、戦争である平和の世界に変わった。第一段階で優勢を占めたのは、公式に宣言された平和の仮面の下での、他分野の破壊工作だった。この破壊工作は政治運動や宗教活動、汚染から生活環境を守る運動といった高潔で純真な社会運動にまで浸透し、文化やマスメディアに害悪を与え、若者の幻想と老人の伝統的な態度を利用した。第二段階では匿名軍の破壊工作が激化し、その活動は戦争と見まごうほどだったが、ただそれは認識できない戦争であった。酸性雨が降るのは、燃えて硫化した石炭が煙となって、雲を希硫酸に変えたときだということは、二〇世紀にはすでに知られていた。降った雨は腐食性が強く、屋根や工場の表面材、道路や電線を破壊したが、同時にそれが毒された自然のしわざなのか、有毒な雲をしかるべく方向づけた風で送った敵のしわざなのかを判断することは不可能だった。すべてがかくのごとしだった。家畜が大量に死んだ――だが、この疫病は自然なものか、意図的なものか？　暴風雨が沿岸を襲う――かつてのように偶然か、それとも海上のサイクロンを巧妙に押しやったものか？　日照りは——危険とはいえ通常のものか——それとも雨雲をはらむ気団をこっそり移動させて引き起こされたものか？　気候・気象の防諜、地震スパイ、疫学者の偵察任務、ついには——遺伝学者や水路学者までもが仕事で手一杯になった。世界の学問の多くの部分が次第に鑑別診断軍務に吸収されていったが、同時に調査偵察研究の結果はだんだん不明瞭になっていった。破壊工作員の検出は、それが人間であるうちは、子供のおもちゃだった。だが、人間以外のものにまで破壊工作が疑われるようになった。ハリケーン・雹《ひょう》・作物の伝染病・家畜の大量死・乳児死亡率とがん発生率の増加、そしてついには隕石の落下にまで（敵の領土に小惑星を落とすというアイデアは二〇世紀に生まれた）——人生は耐えがたくなった。そしてそれは平凡な人々の人生ばかりではなく、無力で混乱した政治家たちも同じだった。やはり混乱した諮問機関から何ひとつ確かなことを聞けなかったのだから。士官学校の講義には次のような新たな科目が組み込まれた。隠密攻撃および隠密防衛の戦略と戦術、対防諜隠密学（これは次勢力のスパイ監視員を欺き騙すこと）、暗号作成学、野戦謎学《エニグマティクス》、そしてついには**隠密隠密学**まで。これは、無実の自然現象と見分けがつかないような秘密兵器の秘密裏の活用を秘密の方法で提示するものだった。

前線や大小の敵対関係の境界線は薄れていった。自国の世論で敵側を中傷するために、諜報機関が、自国の領土で、不自然さが目につくような性質を持った自然災害の偽造品を製造していた。豊かな国々は、貧しい国々に対する援助として、（かなりの安価で）販売した穀物、トウモロコシまたはカカオに——添加物として——性的能力を弱めるある種の薬剤を加えていたことが判明した。

つまりそれは秘密裏の出生戦争だった。平和が戦争になり、戦争が平和となった。この傾向がさらに進めば壊滅的な結果は明らかだったが――双方の勝利は双方の敗北と等しくなる――政治家たちは相変わらずやりたい放題、有権者に受けるよう、近い将来ますます有利になりそうなことをますます曖昧に約束しながら、現実世界の推移に影響を与えることが次第にできなくなっていった。戦争とは、かつてオーウェルが示したような、全体主義的な企てによる平和ではなく、あらゆる分野、人間世界のあらゆる部分とその周辺の、自然現象と人工現象の境界を曖昧にするテクノロジーの状態による平和であった。なんとなれば宇宙空間においても同様だったからである。

DEHUMANIZATION TREND IN WEAPON SYSTEMS OF THE TWENTY FIRST CENTURY〔二一世紀の兵器システムにおける非人間化の潮流〕の著者はこう書いていた。天然たんぱく質と人工たんぱく質の間、自然知能と人工知能の間に違いがないとき、故意の加害者がいる不幸は、だれのせいでもない不幸と区別することができない。重力に引き込まれてブラックホールの深みに落ちた光が、もはや重力トラップから抜け出せないのと同様に、人類は敵対する力で物質の秘密の奥へ引き込まれ、テクノロジーの罠に陥った。新たな再軍備に全力を投入することを決めたのは、もはや政府でも政治家でもなく、参謀本部の意図でもなく、独占企業あるいは他の圧力団体の利害でもなくて、優位をもたらす発見と技術を、敵陣営が先に見つけるのではないかという――次第につのる不安であった。このことが最終的に伝統的な政治を麻痺させた。交渉者はもう何も交渉できなかった。なぜなら、彼らの善意――新型兵器の放棄――は、相手側にとっては、すでにもっと新しい兵器の用意が

あることを意味していたからである。私は紛争理論の数学的公式を見たことがあるが、それは、更なる軍縮会議がいかなる効果も発揮できなかった理由を示していた。こうした会議では、特定の決定が下される。さて、決定を下す時間が、決定の対象となる状態を根本的に変えるようなイノベーションを生み出す時間よりも長い場合、その決定は採択時には時代錯誤になる。〈今日〉ごとに、昨日のことについて決定する羽目になる。決定は現在から過去へと移り、それによって空しい見せかけのゲームになる。まさにこのことが諸大国をして、兵器の月への脱出というジュネーヴ協定に至らしめたのであった。世界はほっと一息ついたが、安堵したのもつかの間、なぜなら恐怖が戻ってきたからだ——今度は無人の月による地球侵略という幻として。そのため、月の謎を診断する以上に緊急の課題はなくなった。

　この章はこんな言葉で終わっていた。この本の結末までにはまだ十数ページ残っていたが、開くことができなかった。まるで糊付けされているみたいだった。初めは製本用接着剤が垂れて、くっついているのだと思った。次のページをはがそうとあれこれやってみたが、とうとうナイフを手に取り、貼り付いたページの間に慎重に差し込んだ。最初は何も印刷されていないように見えたが、ナイフの刃が触れた所に文字が現れた。ナイフで紙をこすると、こんな文字が出てきた。「この重荷を負う覚悟はあるか？　ないなら、本を箱に戻せ！　あるなら、次のページを開け！」

　私は切った。——何も書かれていなかった。ナイフの刃をページの上から下に滑らせた。電話番号みたいに二つずつハイフンで区切られた八つの数字が現れた。その先のページをはがしてみたが、そこには何もなかった。世界の救世主を募集する特別な方法だ！　と思った。同時に頭の中でぼんやりと、これから自分を待ち受けていることを思い描いた。本を閉じたが、数字がはっきりと印刷されたページがひとりでに開いた。受話器を取ってその番号をダイヤルする以外に仕方がなかった。

それは大富豪のための私設療養所《サナトリウム》だった。その一方で、狂った億万長者の噂は聞かない。気が狂うのは映画スターや政治家であって、王様だって狂うかもしれないが、でも大富豪ではない。発行部数の多い新聞を読んでいると、そんなふうに思える。そうした新聞は政府の崩壊や革命のニュースは中程のページに小さく載せて、一面には全裸で巨乳の娘たちの精神的幸福に関するニュースや、蛇がサーカスの象の鼻に這い上がったせいで、その象がスーパーマーケットに飛び込んで、キャンベルのトマトスープ缶三〇〇〇個をレジとレジ係もろとも踏みつぶしたというようなニュースがわんさか載っている。こういう新聞にとって狂った億万長者というのは大ヒットするだろう。だが億万長者は、まずまず正常なときも、狂っているときも、評判になることを望まない。まともな狂気は映画スターの経歴にはプラスになるかもしれないが、億万長者にとってはそうではない。映画スターは多くの映画で見事な演技をしているから有名になるわけではない。かつてはそうだったかもしれないが。スターは大根役者でもいいし、飲み過ぎでしゃがれ声でもいい、というのも声はあとで吹き替えるのだし、顔をよく洗ってみればそばかすだらけで、ポスターや映画とは全然違ってもいいが、「何か」を持っていなくてはならず、実際「何か」を持っているのだ——しょっちゅう離婚したり、ロードスターに白貂《しろてん》の毛皮を貼りつけていたり、〈プレイボーイ〉にヌード写真を載せて二五〇〇〇ドル稼いだり、同時に四人のクエーカー教徒と浮気をしたりするからには。仮に女子色情症《ニンフォマニア》になったら、年輩のシャム双生児を誘惑して、少なくとも一年はしっかりした契約を期待できるだろう。また、政治家たるもの今日では主に、オペラ歌手カルーソーのような声を持ち、悪魔のようにポロをプレイし、俳優ラモン・ノヴァロのように微笑み、テレビを通してすべての有権者を愛することで有名になるべきである。他方、億万長者にとってそうしたことは害にしかならないだろう。信用を下げるし、さらに悪いことには、市場に恐慌を引き起こす。大富豪はつねに距離を置き、落ち着いて、予測可能でなければならない。さもなくば、己の気まぐれともどもしかるべく身を隠さねばならない。しかし今日、新聞報道から身を隠すことはきわめて難しいため、億万長者のサナトリウムは目に見えない要塞となっている。目に見えない、というのはつまり、その近づきがたさは偽装されていて、外からは目を引かないということだ。制服姿の警備員も、鎖でつながれた獰猛な犬も、有刺鉄線も一切ないのは、まさにそれこそがジャーナリストを刺激し、怒らせさえするものだから。そうしたサナトリウムはむしろ退屈に見えるはずだ。まず、精神障害者用のサナトリウムとはあえて呼ばれない。私が赴いたのは、過労性潰瘍患者と心臓病患者の避難所だった。それじゃどうやって一目で、それが上っ面に過ぎず、その向こうに狂気が隠れていることがわかったかって？　あんたたちはいっぺんに何もかも知りたがっているようだな。タラントガが信頼するハウス医師が迎えに来てくれるまで、我々は中に入れなかった。ハウス医師は、タラントガと話す間、ちょっと庭園を散歩していてくれないかと私に頼んだ。それで、私のことを狂人と見なしているのだなと思った。どうやら教授は事前にしかるべく通知しておかなかったようだが、それももっともで、だって我々はなるたけ早く騒ぎを起こさずにオーストラリアを離れたかったのだから。ハウスは私を花壇や噴水や生け垣のただ中に置き去りにし、我々の荷物の面倒を見てくれた二人の容姿端麗な若い女性はエレガントな衣装を着ていて全然看護師には見えなかったが、これにも考えさせられた。残りはパジャマ姿の太鼓腹の老人がやってくれたが、その人は私を見ると、ブランコ型ソファーに私が座れるよう席を詰めてくれた。親切には親切で返し、私は老人の隣に腰を下ろした。しばらくの間、黙って一緒にブランコで揺れていたのだが、その後老人は、自分に向かって放尿できるか、と訊いた。とはいえ彼はそれをもっと簡潔に表現した。あまりに驚いたものだから、私は拒否する代わりに理由を尋ねた。それが彼をいたく感動させた。老人はふかふかのブランコから下りて、左足を引きずりながら、どうやら私について大声でひとりごとを言いつつ去って行ったが、私はあえて聞き耳を立てようとは思わなかった。庭園を散策しながら、ときどき反射的に左手と左足を見た——最近プレゼントされた、すでに数人に噛みついたことがある純血種の犬を見つめるみたいに。それらが私と共におとなしく揺れていても全然落ち着かず、最近の出来事を思い出しながら、自分の思考のすぐ横、頭の中に他の思考が潜んでいることを思った——それは自分の思考のようでありながら、まったくアクセスできないのだ――これは統合失調症よりもひどい、だって統合失調症は治療できるから。聖ヴィトゥスの病〔リウマチ性舞踏病〕のほうがまだましだ、だってその病気の患者はせいぜい自分が踊ることはわかっている。ところが私ときたら己の存在の中での奇行という終身刑を宣告されていたのだ。患者たちが小道を散策していて、幾人かの後を一定の距離を置いてゴルフカートに似た車が静かに動いていたのは、たぶん散策者が疲れた場合に備えているのだろう。ついに私はブランコから飛び降りて、ハウス医師はもうタラントガとの協議を終えたかどうか確かめようとしたとき、グラマーと知り合った。彼をおぶっていた、もうかなり年輩の付き添い人は汗だくで顔色が悪かった。というのもグラマーの体重は一〇〇キロ近かったからだ。この人が気の毒だったが、私は何も言わずに、ただ道を譲った。自分の現状では何事にも口を挟まないほうがよいと判断したのだ。だが私を見るやグラマーは介護士の背から降りて、先に自己紹介した。どうやら新顔に興味を持ったようだった。困ったことになった、というのも自分が何という名前で療養所に登録したのか憶えていなかったからだ、タラントガと一緒に決めたのに。憶えていたのはヨナタンというファーストネームだけだった。見知らぬ人がファーストネームだけを名のる、という真心がグラマーの気に入り、自分のことはアデライダと呼んでくださいと言った。

　彼はおしゃべりになった。鬱が過ぎ去って以来、ひどく退屈していたのだ。鬱でいる間は心配で退屈できなかった。この鬱は、彼の説明によると、以前ベッドに横たわって少々夢を見ないでいると、決して眠れなかったことから起きた。はじめは、自分の買った株が上がり、売った株が下がることを夢見ていた。それから一〇〇万持つことを夢見た。一〇〇万持つと、二〇〇万に、その後三〇〇万に増えたが、五〇〇万以降は夢としての魅力がなくなった。想像するための新たな対象を見つけなくてはならなかった。それは次第に難しくなっていった、と彼は憂鬱そうに言った。だって、いまあるものや、これからすぐに持てるものは夢見ることができないからだ。しばらくの間、一銭も養育費を支払わずに三番目の妻と縁を切ることを夢見ていたが、それもうまくいった。ハウスは一向に姿を現さず、グラマーはどっぷり私にからんだ。しばらくの間、彼は紛争相手を眠らせることに取り組んだ。だがこれは間違いだった。こうした空想から憎しみを燃え上がらせると眠気が止まったので、粉薬を服用する羽目になったが、それは肝臓肥大を考慮して医者が止めていた薬だったし、夢の対象を取り除く以外に、彼はこうした夢を取り除く方法を知らなかった。一〇万ドル以上なんてどうってことありません、と彼は私に請け合った。どこかの殺人組織《マーダー・インコーポレイテッド》に関わったわけじゃありませんよ、とんでもない。そんなのは映画のために考え出された戯言《たわごと》です。専門家を雇ったら、その人が非常にうまくやってくれた。どうやって、ですか？　まあ、場合によりけりです。殺しは芸術ではない。死んだ人はどこにもいない、死人に対して何ができますか？　肉体的な苦痛にも満足を見出せなかった。敵や羨《うらや》む人たちや悪意ある競争相手は、同情を示しつつ滅ぼさねばならないが、それ以上のものではない。これは一種の戦略的狩り出しなのだ。非常に印象的で効果的な。彼には知的な趣味があって、それは他の億万長者の目からは隠さねばならなかったが、本を読んでいたのだ――ド・サドさえも。この人は不幸なロバだった！　サドの串刺しや皮剥ぎや内臓抜きを夢見ていたのに、狭い所に座って、蠅以外に自由にできるものは何もなかった。不幸な彼にはそれでよかったのだ！　すべてが彼を誘惑し、何もかもが彼の気に入った。どんな美女も彼の手には届かない。だから当然、ポルノ業界が繁栄する。口を大きく開けた、空気で膨らませた愛人、乱交を描いたカラフルなイラスト、交接器、ペースト、軟膏、なにしろこうしたすべての代用品が頭を悩ます。だが、乱交ほど疲れるものはない、たとえどれだけ効率的に配置されていたとしても。話すことも夢見ることもない。ああ、かなえられない憧れを持つということは！　こうした告白を聞いて、私は困惑した表情だったに違いない。でもアデライダはただうなずいて、こう言った。自分が座っていた枝を無意識に切り落とし、自分が望んだ人を演じたいという欲求を満たしたのだと。もはや夢見るものがなく、彼は慢性不眠症に苦しんでいた。そのとき彼は新たな夢を考え出す専門家を雇った。たぶん作家か詩人だろう。無論その専門家はいくつか悪くないテーマを出したのだが、夢というのは堅実であれば、かなえられることを要求し、その後消えてしまうのだから、必要とされていたのは、ほぼかなえられない夢だった。おそらく、それを考え出すのはそう難しくないでしょう、と私は口を挟んだ。大陸を動かすこと。月を鋸で四等分すること。アメリカ大統領の足を中華料理店が家鴨《あひる》に出すソースで食べること（自分が狂人に話している感じがつのってきた）。聖ヨハネ虫〔蛍のこと〕がいちばん明るく光った瞬間にそいつと性的に生きること。水の上を歩くこと、あるいはより広く、奇蹟を行うこと。聖人になること。神様と立場を入れ替わること。テロリストを買収して、様々な大臣や大使やその他資本家に安らぎを与え、実際に鞭打たれるべき人たちに取りかかること。終油の秘蹟も含めて。

　アデライダはすでに共感から賛嘆を込めて私を見つめていた。「残念だな」彼はため息をついた。「もっと早く君と知り合っていたらよかったのに、ヨナタン。君の言うことには何かある、だが完全じゃない。大陸や月や奇蹟については個人的な関係を持てない。真の夢想家は、それがないと感情的に何物にもコミットしないんだ。虫にも興奮しないな。少なくとも僕はね。良い夢は無力な怒りや高まった情熱には移行しないけれど、なぜかきらきら光っている、わかるだろ、少しはあるけど、少しはもうない、そういうときに眠れるんだ。日中、起きている間はそうする時間がなかった。その僕の物書きが言うには、手に入る夢の数は、持っている支払い方法の数に反比例するのだそうだ。すべてを持っている人は、もはや何も夢見ることができない。神様と入れ替わるだって？　とんでもない！　でも君なら雇ってもいい」――背の低い、トゲなしサボテンの巨大な葉の上で大きなカタツムリが休んでいた。それはかなり気持ち悪く見え、おそらくそのせいでアデライダは介護士を呼びつけた。「これを食べろ」と指差して言った。同時にパジャマのポケットから小切手帳とボールペンを取り出した。

「いくらなら食べるだろう？」私は興味を持った。介護士は黙ってカタツムリに手を伸ばしたが、私は彼を止めた。

「もしそれを**食べない**なら、グラマーさんより一〇〇〇ドル余計にあげよう」私はポケットから手帳を取り出しながら言った。アデライダの小切手帳と同じく緑色のプラスティックの表紙がついていた。

介護士は動かなくなった。億万長者の顔に現れたためらいは、私にとってかなりリスキーだった。というのも競《せ》りになるかどうかわからなかったからだ。私のいまの持ち合わせは、グラマーがカタツムリに関して設定した値段にまず届かない。だから私はこの状況に切り札を出さなければならなかった。

「いくらなら**あなた**はそれを食べますか、アデライダ？」と私は尋ね、小切手を切ろうとしているかのように手帳を開いた。それが彼をうっとりさせた。介護士とカタツムリは彼にとって存在をやめた。

「白紙の小切手をあげよう、もし噛まずに飲み込んで、お腹の中でどんなふうに動くか話してくれるなら」いくぶん興奮でかすれた声で彼は言った。

「あいにくもう朝食を食べてしまったし、間食をする習慣がないのでね」私は微笑んで答えた。「それに、アデライダ、君の口座は凍結されているに違いない。無能力プラス後見人などで。違うかな？」

「いや、いいや、そうじゃない！　マンハッタン・チェースは僕の小切手ならどれも換金する」

「そうかもしれない、でも食欲がないんだ。夢に戻ったほうがいい」会話にあまりに夢中だったので、自分の左側がその存在を知らせてくるまで、左半身のことをすっかり忘れていた。危機的なカタツムリからすでに離れたとき、私は億万長者に片足を突き出し、さらに首筋をぶん殴って、草地に転ばせてやった。一人称で話しているが、実際そうしたのは私の左手足だった。すばやく顔をかばってやる羽目になった。

「許してください」私は言葉に腹蔵のない真心の調子を込めながら言った。「でも**これ**が私の夢だったんです」私は彼を助けて立ち上がらせた。ぼんやりしていたぶん、彼は機嫌を損ねてはいなかった。どうやらここでも、療養所の壁の外でも、彼をこんなふうに扱った人はひとりもいなかったようだ。

「君は、変わったこと考えるなあ」彼は土をはたきながら言った。「でもこれ以上はするなよ、椎間板ヘルニアになるかもしれないし、それに僕だって君を夢見ることはできるんだから」ここで彼はいやらしく笑いだした。「君はいったいどうしたんだ？」

「何でもない」

「そうか、でもどうしてここにいるんだ？」

「少し休むためだ」

陰になった小道の奥にハウス医師の姿が見え、私を目にすると片手を挙げ、こっちへ来いと合図をし、向きを変えて、病棟の方へ歩いていった。

「もう行く時間だ、アデライダ」私は彼の肩をたたきながら言った。「また今度、夢を見よう」

開いたドアから心地よい涼しさが吹いていた。冷房は音を立てず、壁は淡い緑色、ピラミッドの中のような静けさ、というのもホッキョクグマの毛皮のように白い絨毯の上皮が足音を消していたのだ。ハウスは自分の執務室で私を待っていた。そこにはタラントガもいた。困惑しているようだった。タラントガは膝の上に置いたブリーフケースに詰まっている書類を出したり入れたりし、その間ハウスは私に肘掛け椅子を勧めた。私は腰を下ろし、自分自身と縁を切る以外に振り切ることができない問題に立ち戻るのは嫌だな、と思っていた。

　ハウスは机の向こうで新聞を読みはじめた。タラントガはついに探していた書類を見つけた。

「つまり、こういうことなんだ、ヨン……。君の法的状況を確定するため、一流と評判の二人の弁護士を訪ねた。無論、依頼人の名は明かさなかった。君のミッションについても一切言わず、問題の核心だけが残るように話を作り変えた。ある人が特定の機密性の高い問題にアクセスすることになり、知り得た内容を政府機関に報告する必要があった。前者と後者の間に脳梁切断術《カロトミー》を受けた。自分が突き止め、報告するはずだったことの一部を彼は忘れてしまった。というのもそれはおそらく彼の脳の右半球に入っているからだ。彼は委任者に対してどのような義務があるのか？　その情報を得るために、合法的にどこまでやることが可能なのか？　二人が言うには、このケースは難しい、なぜなら前例がないから、だとさ。裁判所が決定を下すことになれば、専門家を任命し、彼らの意見に従うこともできるが、必ずしもそうしなくてもよい。いずれにせよ裁判所の命令なしに君はいかなる検査もテストも受ける必要はない、その機関がそれを要求したとしてもね」

　ハウス医師が新聞から顔を上げた。

「めずらしく可笑しな話だ」と彼は言い、抽斗からジンジャーブレッドの袋を取り出すと、中身を小皿にあけ、私に差し出した。「わかってますよ、泰平さん、あなたにとっては全然笑い事なんかじゃないって、でもね、悪循環型のパラドックスはどれも面白いんです。側性とは何か、ご存知ですか？」

「ええ」と私は答え、少しも食べたくないのに、自分の左手がジンジャーブレッドに伸びていくのをうんざりしながら眺めた。でも自分は道化になりたくないのでジンジャーブレッドをかじった。

「それについてはずいぶんと読みました。平均的な人では左脳半球が支配的です。言語を制御していますから。右は通常、言葉を話さない。簡単な文はまあ理解するけれど。ときどき少し読むこともできますが、話すことと読むことの程度は異なる。左の側性が強く出ていない場合、右半球はそれに応じて、言語使用においても、より独立性を持つ可能性がある。ごく稀に側性がほとんどないことがあり、その場合、言語中枢が両半球にあって、吃音その他の障害を引き起こす可能性がある……」

「大変よろしい」ハウスは私に好意的に微笑んだ。「わかったことから推断するに、あなたの左脳は――我々はこう呼ぶこともあるんですよ――明らかに優勢ですが、右は通常よりも活発ですね。はっきりしたことは言えませんので、長期的な検査が必要でしょうね」

「このどこにパラドックスが？」私はなるたけ穏やかに左手を押しのけるようにしながら尋ねた。というのも、またもや私の口にジンジャーブレッドを詰め込んでいたからだ。

「あなたの右脳を問いただすことに実際の利益があるかどうかは、右の側性がどれだけあるかによります。こうした尋問をわざわざする価値があるかどうかを知るには、まず側性の程度を突きとめなくてはなりません。つまりあなたを検査する必要がありますが、あなたを検査するには、まずあなたの同意が必要です。つまり、裁判所が任命した専門家も、私がいま述べた以上のことは何も言えないでしょうということです。彼らの見解は泰平ヨンの側性の程度によるでしょうが、検査なしに側性の程度を突きとめることはできない。したがって、あなたを検査すべきかどうかを判断するために、あなたを検査しなくてはならなくなる。おわかりですか？」

「わかります。それでどうすればよいとお考えですか、先生？」

「あなたに言えることは何もありません、私も裁判所の専門家と同じ立場ですから。世界中でだれひとり、あなたも含めて、あなたの右脳に何が入っているのか知る人はいない。あなたが思いついた、手話を使うというアイデアは、すでに試してみましたが、大した結果は得られませんでした。右の側性がこの場合は弱すぎたのです」

「本当にこれ以上何も言えないのですか？」

「言えますとも。もしあなたが面倒を避けたければ、どうか左手を吊り包帯で吊ってください、ギプスならなおいい。彼女はあなたを裏切っています」

「どうしてそれがわかるんです？」

ハウスは黙ってジンジャーブレッドの小皿を指差した。

「右脳は概して左脳よりも甘いものを好みます。これは統計資料から明らかです。あなたの側性をおおよそ突きとめるのに使える簡単な方法をデモンストレーションしたかったのですよ。右利きのあなたはジンジャーブレッドを取るのに当然右手を使うはずです――あるいは何も使わないか」

「どのくらいの間、何のために手にギプスをするんですか？　それでどうなります？」

ハウスはわずかに肩をすくめた。

「よろしい。本当は言ってはいけないことを、あなたにお話ししましょう。ピラニアについて聞いたことがおありでしょう？」

「ええ。こんな小さな、とても残忍な魚ですね」

「それです。水中で人間を襲うことは滅多にありませんが、ほんの小さなかすり傷でもあれば、一滴の血で十分、みんなが襲いかかるでしょう。右脳の言語能力は三歳児より高くはありませんし、その能力もかなり稀です。あなたの場合は相当なものだ。もしこれが拡がれば、かなり面倒なことになる可能性があります」

「あるいは真っすぐルナ・エージェンシーに行くべきじゃないでしょうかね？」タラントガが口を挟んだ。「彼らの保護に委ねては？　だってそれくらい当然でしょう、彼らのために身を危険にさらしたのだから……？」

「それも最悪ではない解決法ですが、良いわけでもない。良い解決法はありません」

「なぜです？」私はタラントガと声を合わせて尋ねた。

「彼らが右脳からたくさん引き出せば引き出すほど、さらにもっと引き出したいという欲求がつのるからです。あるいはこれは——礼儀正しくこう呼びましょう——長期の孤立、を意味するかもしれません」

「一カ月、二カ月？」

「あるいは一年以上。右脳は通常、主に左半身で、言葉と文字を使って、世界とコミュニケートしています。これまで右が言語を、それも流暢に、習得できた例はありませんでした。この場合、賭け金があまりに高いので、彼らはこれまで専門家全員がしたよりも多くの努力をその習得につぎ込むでしょうね」

「しかし何か始めないことには」タラントガがつぶやいた。ハウスは立ち上がった。

「もちろんです、しかし、必ずしも今日いまここで、でなくてよいのです。差し当たり急ぐ必要はありません。泰平さんは私の所に数カ月滞在することだってできますよ、もしもそうしたければ。もしかしたら、その間に何か明らかになるかもしれません」

　後になって、あいにくハウス医師が正しかったことがわかった。

　自分自身よりも自分をうまく助けられる人はいないと思って、私はこれまでに起こったことをすべて書き記し、それをディクタフォンに録音してから、メモは焼き捨て、いまからディクタフォンをカセットと一緒に密閉容器に詰めて、カタツムリに会ったサボテンの根元に埋める。こんな言葉をディクタフォンに向かって話すのは、テープの残りを無駄にしないためだ。「カタツムリに会った」という表現は幸運ではないようだが、理由はわからない。なにしろ雌牛に会うことはできるし、猿にも、象にも会えるが、カタツムリはそうでもない。これは、私を認識できる生きものしか、会ったものとは認められないということだろうか？　たぶん違う。カタツムリがたとえ角を伸ばしていたとしても、私を認識したかどうかはわからない。これはサイズの問題なのか？「私は蚤《のみ》に会った」と言う人はいない。でもとても小さな子供に会うことはできるじゃないか。なぜ私はテープの終わりをこんな戯言《たわごと》で無駄遣いしているのかわからない。これから容器を埋めるが、今後のメモは自分で考案した記号を使って書くことにする。自分の右大脳半球については「彼女」以外の呼び方はしないようにする。あるいは彼女をただ「IJA《イャ》」と呼ぶ。そう悪くはない、IJAとはIJA〔これも私〕、JA〔私〕とJA〔私〕という意味、明瞭すぎるかもしれないが。でももうテープが終わりそうなので、シャベルに手を伸ばす。

七月八日。ものすごい暑さ。みんなパジャマか水着で歩いている。私もだ。グラマーを通じて別のふたりの富豪、ストルーマンとパダーホーンと知り合った。ふたりとも憂鬱症だ。ストルーマンは六〇歳くらい、顔は垂れ下がり、腹は大きく、足は曲がり、ひそひそと話す。それはまるで神様ならどんな秘密かご存知だと、明らかにしようとしているかのような印象を与える。自分の治療には見込みがないと彼は断言する。最近、憂鬱が深まってきたのは、こんなに自分が心配な理由を忘れたせいだった。彼には三人の娘がある。三人とも既婚で、スワッピングしていて、様々な男たちがそのとき写真を撮るが、それが〈ハスラー〉誌に載らないよう、彼は大金を払って買い取らねばならなかった。彼を助けたくて、もしかしてそれが心配の原因ではないかと私は示唆したのだが、彼は、そうじゃない、だってもう慣れたから、と言うのだった。とはいえ彼は禁治産者なので、娘たちが動物学者とスワッピングしたからといって、心配するのは後見人であって、彼ではない。なぜ私はこんなことを書いているのか、わからない。裸の富豪はひどくつまらない人物だ。パダーホーンはひとこともしゃべらない。どうやら、どこかの日本人と合併したのが、うまくいかなかったらしい。一緒にいるとうんざりしてくる仲間たち。でもガーガスティンはおそらくもっとひどい。ひとりでニヤニヤし、よだれを垂らしている。露出狂という噂だ。こういうむかつく連中からは距離を置かねば。ハウス医師が私に言うには、明日やって来る人物はハウスと同じように信頼できるそうだ。一見、若い開業医のようだが、本当は民族学者で、富豪に関して、いわゆる小集団のダイナミックスとかそういった分野で論文を書きたがっているとのこと。

　七月九日。タラントガが出かけた後、私はハウスと彼の助手と、庭園をぶらつく富豪たちと共に残った。ハウスは私と差し向かいでこう言った。さらなる検査をして右の側性の程度をつきとめない方がいい、なにしろだれも知らないことは、だれも盗むことができないのだから、と。助手は実際、若い民族学者だった。私が金持ちに属していないと知るや、誓ってそう明かしてくれた。彼はフィールドワークをしていた。原始的部族の信仰を研究するように、富豪たちの習慣と精神構造に関する論文を書きたいのだという。ハウスはこの若者が医学とは何の関係もないことを知っていて、それゆえ彼を受け入れたのだろう。私はこの民族学者と夕方になると小さい方の実験室でティーチャーズ・ウイスキーの瓶を傾けながら長々と話した。グラスには試験管を使った。アデライダ以外に私は数人の大富豪を知った。これほど退屈な面々にはこれまでお目にかかったことがない。民族学者は私に同意した。彼は悩んでいた。というのも集めた資料では論文を書くのに足りないかもと思いはじめていたのだ。

「いいかい」彼を手助けしようと私はこう言った。「手っ取り早く比較研究論文を書きたまえ。お金持ちの過去と現在。なにしろ国家や財団による文化芸術支援《メセナ》というのはごく最近のことだ。古代ローマにはすでに私的なメセナがいた。芸術の庇護者だ。ミューズ等々。その後、様々な金持ちや王侯貴族が芸能人や彫刻家や画家に良い暮らしをさせてやった。彼らはいかなる学問も修めていなかったが、そうしたものに興味があったらしい。一方、あいつらときたら——私は親指で背後の窓の外の暗い庭園を指した。夜が訪れていた——為替レート以外に何の興味もありゃしない。自分は結構有名なんだと言っても、偽りの自慢にはならないだろう。私の旅の本に対して、ありがたいことにたくさんの手紙を受け取ったが、何百万人もの読者の中に億万長者はひとりもいなかった。なぜか？　あなたの国で大富豪がいちばん大勢いるのはテキサス州だそうですね。ここにはそういう人が三人いる。狂人としても彼らは退屈だ。どうしてそうなるのか？　ラティフンディア〔古代ローマにおける奴隷労働に頼った大土地経営〕のせいでぼんやりするようになったわけじゃない。何が彼らを愚かにしているのか？　取引所？　資本？　いかなる方法で？」

「いや、それは別の話です。昔の人たちは神を信じていたとしましょうか。彼らは神様に貢献したかったが、自分では肉体的苦痛を受けたくなかった。また別の話ですよ――大聖堂を建設し、画家に金を払って、『最後の晩餐』や『モーゼ』や何か大きなものを、他のすべてに勝る丸天井と共に手っ取り早く描かせることは。彼らはそこに自分たちの利益を見ていたんです、泰平さん、ただ、それが見えていたのはあそこなんです」彼は天井を、つまり天を指差した。「ある人たちがそうすると、別の人たちもその真似をした。それは礼儀にかなったことでした。王侯、元首《ドージェ》、貴族の周りには、庭師、馭者、書記、画家といった人たちがいた。ルイ一五世には、裸の淑女たちの肖像を描いてくれるブーシェがいた。無論ブーシェは三流だけれど、彼の後には何かが残り、他の芸術家の後にもなにがしは残ったが、馭者や庭師の後には何も残らなかったのです」

「庭師の後にはヴェルサイユが残ったさ」

「まあそうですね。馭者の後には鞭のほかに何が残ります？　彼らは精通していたわけではない、いいですか、ただそこに己の利益を見ていたにすぎないんです。いまや、この専門化の時代に、そんなことをしても何も得られないでしょうが……どうしました？　心臓が痛むのですか？」

「いや。盗まれたようだ」

実際、私は心臓を押さえていた。上着の内ポケットが空っぽだったからだ。

「それはあり得ない。ここには窃盗症の人はいない。きっと財布を部屋に置いてきたんでしょう」

「いや。ここに入ってきたとき、まだポケットの中にあった。それはわかってる。あなたに顎ひげの生えた私の写真を見せようと思っていたんだ。財布に手を伸ばしもしたが、取り出さなかった」

「あり得ない。だってここにいるのは僕たちだけですよ、僕はあなたに近寄ってもいないのに……」

　何かがわかりかけてきた。

「どうか正確に順番に話してください、私たちがここに来てから、私が何をしたかを」

「あなたはすぐに腰を下ろして、僕は戸棚から瓶を取り出しました。そのとき何を話していたか？例のグラマーのことです。あなたはあのカタツムリの話をしましたが、あなたが何をしていたのか僕は知りません。汚れてない試験管を探していたので。僕が振り向いたとき、あなたは座っていた……いや違う、あなたは立っていた。タキストスコープ〔瞬間露出機〕の横に。ここです。あなたは中をのぞきこんでいて、私はあなたにウイスキーを渡した……。そうだ。ふたりとも飲み干してから、あなたは自分の席に戻った」

　私は立ち上がって、機械を見た。片側の机の前に椅子、接眼レンズの付いた黒い壁、その後ろにサイドランプ、スクリーン、プロジェクターの平べったい箱。私はスイッチを探した。空っぽのスクリーンが明るく光った。仕切りの向こうをのぞいてみると、内部は黒く酸化した板で覆われていた。メインの壁と黒い上板の間に、状差しよりも狭い隙間が空いていた。そこに手を突っ込もうとしたが、あまりに狭すぎた。

「ここにピンセットみたいなものはありますか？」私は尋ねた。「なるべく長くて平たいやつがいいんだが……」

「さあどうかな。おそらくないでしょうね。消息子《ゾンデ》ならありますけど。出しましょうか？」

「お願いします」

それは金属製のしなやかなもので、様々な方法で曲げることができた。それを鉤型《かぎがた》に曲げて、隙間に入れてみると、かなり柔らかな抵抗を感じた。何回か試してようやく姿を現したのは黒革の三角形だった。それをつかむには、もっと長い手が必要だったようで、うまくいかなかった。私は学生を呼んだ。彼が手伝ってくれた。それは私の財布だった。

「彼女だ」私は左手を挙げて言った。

「でもどうやって？　あなたは何も気づかなかったんですか？　そもそも――一体何のために？」

「いや。気づかなかった。簡単なことではないはずだが。ポケットは左側だし。軽々と手慣れたものだ、掏摸《すり》のように。だがこれこそ右脳の専門分野なんだ。あらゆるゲームやスポーツにおける連係動作。何のために？　推測するしかないが。これは言葉による論理的な判断ではなく、いささか幼稚な考え方だ。おそらく、私の同一性《アイデンティティ》を消すためだったのだろう。いかなる書類も身分証明書も持っていない者は、彼を知らない人たちにとっては無名なのだ」

「ああ……あなたを消すために、ですか？　でもこれは魔法だ。魔術的な考えだ」

「何かそういったものだ。でもこれはまずいな」

「なぜです？　あちらはできるだけあなたを助けたがっている。それも不思議はない、だって結局はあちらもやっぱりあなたなんですから。ただちょっと別々なだけで。孤立してて」

「まずいな、だってあちらが私を助けたがっているということは、私に危険が差し迫っているという状況をわかっているということだからだ。莫迦げているが、次はこれがもう熊の親切《ありがためいわく》になりかねない……」

夕方、私の所にハウスが立ち寄った。私はもう服を脱いで、パジャマ姿でベッドに腰を下ろし、左のふくらはぎを眺めていた。膝下にかなりの青あざが見えた。

「ご気分はいかがです？」

「いいですが、でも……」

私は彼に財布のことを話した。

「めずらしい。本当にあなたは何も気づかなかったのですか？」

私は目を伏せて、また例の青あざを見ていたら、出し抜けに短い痛みとそれが生じた理由を思い出した。タキストスコープをのぞきこんでいたとき、左足の膝下を何か堅いものにぶつけたのだ。非常に痛かったが、それには注意を払わなかった。あのときに違いない。

「はなはだ示唆的だ」ハウスは言った。「左手は、筋肉の緊張が身体の右側に移らないような複雑な動きをすることができない。だからあなたの注意を引くことが必要だったのです」

「これでもって？」私は青あざを見せた。

「まさしく。左足と左手の共同作業だ。痛みを感じた瞬間、あなたはほかに何も感じなかった。それで十分だったのです」

「こういうことはよくあるんですか？」

「いや、きわめて稀ですね」

「もしだれかが私を完全に捕まえようとするなら、やはり同じことをするのでは？　たとえば右側から私をちくっと刺して、訊かれた左側に対して口出しできないようにするとか……？」

「専門家なら、違うやり方をするでしょうね。アミタールを左頸動脈に注射するのです。頸動脈《カロティス》に。すると左脳は眠りに落ち、右脳だけが目覚めていることになる。これは数分間続きます」

「それで足りますかね？」

「もしも足りなければ動脈に小さいカニューレを挿入し、アミタールを点滴投与します。しばらくすると右脳半球も眠ってしまう。というのも、脳動脈はいわゆる側副血行路でつながっていますから。その場合はしばらく待てば点滴を再開できます」

　私はパジャマのズボンの裾を下ろして立ち上がった。

「どのくらいの間、自分はここにこうして座って、何だかわからない何かを待っていられるのか、わからない。いまわかっていることは、何もわからないよりはいい。どうか処置を始めてください、先生」

「ご自分ひとりでできないのですか？　だってあなたはすでに片手ともう一方の手でなんとか意思疎通できているじゃないですか。その方法で何かわかりましたか？」

「あまり」

「問いに対して答えを拒みますか？」

「というより理解できない方法で答えます。私にわかるのは、彼女の記憶は私のとは違うということ。もしかしたら、すべての情景、すべての場面で。それを言葉や記号で表現しようとするとパズルになってしまう。おそらくすべてを順番に何らかの記録にとどめておいて、それを一種の速記録として扱う必要があるのでは。そんなふうに思えます」

「それはむしろ医者というより暗号解読者の仕事だ。そうした記録をここでとることができる、としましょう。それであなたは何が得られますか？」

「わかりません」

「私もです。今日のところはこれで、おやすみなさい」

そして彼は出ていった。私は明かりを消して横になったが、眠れなかった。仰向けになった。ある瞬間、左手が持ち上がり、ゆっくりと何度か私の顔を撫でた。明らかに私を哀れんでいた。私は起き上がって明かりを点け、セコナール錠を飲み、こうして両方の泰平ヨンの意識を失わせると、忘却に沈んだ。

私の状況は悪いだけではなかった。莫迦げていた。私は自分がだれから身を隠しているのか知らないまま、サナトリウムに隠れていた。何を待っているのか知らずに待っていた。手を通じて自分自身と話をつけようとしてみたが、以前より活発に答えたとはいえ、彼女の言うことはわからなかった。サナトリウムの図書室をくまなく調べ、部屋に教科書や論文や専門誌の山を運んできて、自分の右側はだれなのか、あるいは何なのかを突きとめようとした。手に質問すると、それに対して彼女は明らかに努めて善意で答えた。そのうえ新たな言い回しや新たな単語を習得したものだから、私はさらに会話をする気になったのと同時に心配にもなった。私が恐れたのは、彼女が私に比肩すること、それどころか現在の私よりも優勢になって、彼女を尊重するばかりか、彼女の言うことを聞かねばならなくなること、あるいはもみ合いになって二方向に引っ張られること、そうなったら私は真ん中にいられず、バラバラになるか真っ二つに割れて、踏みつけられ、ある脚は前に別の脚は後ろに伸びたコガネムシみたいになるだろう。様々な逃亡と、どこか暗い崖をよじ登る夢を見たが、どちらの半分で夢見たのかすら、わからなかった。本の山から知り得たことは、真実と合致していた。右脳との結びつきを失った左脳は貧弱になる。たとえおしゃべりなままだとしても、話はそっけなくなる。それは、助動詞「być ある／いる〔英語の be 動詞に相当〕」と「mieć 持っている〔英語の have に相当〕」を頻繁に使うことからわかる。メモを取り、あとからそれを読んでみて、自分がそうだと気づいた。だがそうした詳細以外に、専門の論文から何ら重要なことは知り得なかった。そこには完全に矛盾した多くの仮説があって、それぞれ突き合わせてみたが噛み合わなかったので、いまの私の状態を私よりもよく知っているふりをした学者たちに腹が立った。ある日、あらゆる慎重さをなげうって、ニューヨークのルナ・エージェンシーへ行く覚悟がもうできていた。翌朝、これは自分がすべき最後のことのように思えた。タラントガは何も言ってこなかった。私からの合図を待つよう、私自身が頼んだこととはいえ、彼の沈黙もまた私をいらだたせはじめた。結局、男らしく自分でやることにした。かつての分割されてない泰平ヨンならば、そうしたであろうように。私はサナトリウムから二マイル離れた小さな町、デルリンに行った。住民はこの町をベルリンと名付けたかったのだが、なぜか最初の文字を間違えてしまったらしい。私はタイプライターを買いたかった。左手に質問の十字砲火を浴びせ、その答えを記録して、それらが何らかの意味を成すかどうか確認できるくらいまで十分に集めるために。とうとう私は、自分が右側の間抜けである可能性を考えたが、ただ自尊心があったからそれに納得はしなかった。ブレア、ゴッデック、シャピール、ローゼンクランツ、ボンバルディーノ、クロスキー、セレンギの意見によると、右半球の発話障害は、未知の才能、直感、予感、非言語的全体認識の深み、ある種の天才でさえあり、また、左の合理主義が受け入れたがらない、テレパシー、透視力、存在の他次元への精神移動、幻覚、神秘的な忘我や歓喜の状態といった、あらゆる驚異の源泉地であるという。だが、クライス、ツッカーカンデル、ピノッティ、ヴェーホルド、マイヤー女史、ラバウディ、オッティチキン、ニュエルレ、その他八〇人の専門家は、そんなことはあり得ないと主張した。もちろん、共振器、感情の組織者、連想システム、思考と、それに何らかの記憶の反響空間ではあるだろうが、言語表現はしないのだと。右脳とは、非論理的な奇妙な生き物、変人、夢想家、ほら吹き、解釈学者であり、精神であるが、生《なま》の状態であり、粉であるが、酵母でもあり、しかしそれでもってパンを焼くことができるのは左脳なのだ。また別の人たちの意見は次のようなものだった。右脳は発電機、左脳はセレクターである。それゆえ右脳は世界から離れているので、それを導き、人間の言語に翻訳し、表現し、コメントし、箍《たが》を嵌めて、そいつを人間にしてやるのが左脳なのだ。

　ハウスは私に、町まで自分の車に乗っていってはどうかと提案した。彼は私の意向に驚きはせず、思いとどまらせようともしなかった。紙切れに主な通りを描いて、地元のデパートがある場所を十字で示した。ただ、その買い物は今日はもう間に合わないだろう、土曜日だから、そのデパートは一時に閉まる、と言った。それで日曜日は一日中、できるだけアデライダを避けながら、庭園を歩き回った。月曜日、ハウスがどこにも見つからなかったので、私は一時間ごとに運行しているバスで出かけた。乗客はほとんどいなかった。黒人の運転手のほかは、アイスクリームをなめている子が二人いただけだった。サナトリウムから数マイル離れた、この小さな町は、半世紀前のアメリカの集落のように見えた。広い一本道、電信柱、庭に囲まれた家々、低い生け垣、木戸、それぞれに郵便受け、州道との交差点にある数軒の大きなビルが町のふりをしていた。そこでは郵便配達員が、花柄のシャツを着た汗まみれの太った男と立ち話をしていた。男が連れている犬——スパイク首輪を嵌めた大きな雑種犬が街灯に小便をひっかけていた。私はその近くで降車し、バスが臭い煙の渦を巻きあげながら去っていくと、ハウス医師が教えてくれたデパートを探した。ガラス張りのかなり大きな建物が通りの反対側に立っていた。作業着姿の二人の店員が何かの箱を倉庫から電動リフトで運び出し、トラックに積み込んでいた。太陽が耐えがたく照りつけた。トラックの運転手はドアを開けたまま座って缶ビールを飲んでいたが、それが一本目ではなかった。というのも足元に空き缶がいくつか転がっていたから。この男の顔は全然年寄りではなかったが、頭はすっかり白髪の黒人だった。通りの日が当たる側を二人の女が歩いていた。若い女はキャビンを置いた乳母車を押していて、年嵩の方は乳母車をのぞきこんで何か言っていた。こんなに暑いのに、その女は黒い毛織りのショールで頭と肩を覆っていた。二人の女がちょうど開いている自動車修理工場を通りすぎると、そこでは洗い終えた数台の車が輝き、水音と空気のしゅっという音が聞こえていた。私がこうしたすべてになんとなく気づいたのは、通りの向こうのデパートへ行こうと、車道に出たときのことだった。私は立ち止まった。というのも数十歩先に停まっていた大きな暗緑色のリンカーンが突如私の方へ向かって走りだしたのだ。フロントガラスが緑色がかっていて、運転手のシルエットはほとんど見えなかった。顔が黒いような気がして、黒人だと思った。車を通すため私は歩道の端に立っていたが、その車は相当な急ブレーキをかけて目の前で停まった。何か訊きたいのかと思ったとき、突然だれかが私の口を手でふさいで背後からガシッとつかまえた。あまりに驚いたものだから、抵抗すらできなかった。後部座席にいただれかがドアを開け、私はもがきはじめたが、締めつけられて声も出せなかった。郵便配達員がこちらに突進してきて、身をかがめ、私の足をつかんだ。そのとき近くで何かが轟音をあげ、一瞬のうちに通りは様変わりした。

　年嵩の女がショールを歩道に投げつけ、我々の方を振り向いた。両手で短機関銃を持っていた。彼女が撃ったのだった、車の前部に真っ直ぐ、長い連射でラジエーターやタイヤを穴だらけにして、埃が舞い上がるほどに。白髪の黒人はもうビールを飲んではいなかった。運転席に座り、トラックを方向転換させてリンカーンの行く手を阻んだ。毛むくじゃらの犬が射撃手に飛びかかっていき、のたうちながらアスファルトに平たく伸びた。郵便配達員は私から手を放すと飛び退いて、自分の鞄から何か黒くて丸い物を取り出し、それを女たちの方へ投げた。轟音が鳴り響き、白煙がどっと噴き出し、若い女が乳母車の陰でひざまずくと、乳母車がなぜか開いて、巨大な消火器から出るような泡立った液体が中から柱となってほとばしり、ちょうど車道に飛び出したリンカーンの運転手にかかったが、泡にすっかり覆われる前に、その顔は何か黒い物で隠されており、彼がリボルバーを手にしているのを私は見てとった。噴出する液体はリムジンのフロントガラスに相当な力でぶつかったため、ガラスが砕け散り、郵便配達員に当たった。私を背後からつかまえていた太っちょは私の体を盾にして後退した。ガレージからツナギ姿の数人が飛び出してきた。我々に駆け寄ると、私から太っちょを引き離した。そのすべてに五秒もかからなかった。修理工場に停まっていた車が開いた門から後ろ向きに最寄りの通りへ出て行き、作業着の男二人がリンカーンの運転手に触れないようにしながら網を投げかけた。運転手の全身から、ねばねばする泡がしたたり落ちていた。太っちょと郵便配達員は、すでに縛りつけられ、修理工場から出てきた車に押し込まれた。私はその場に立ちつくして、先にリンカーンの後部ドアを開けた男が両手を挙げて車から降り、リボルバーを突きつけられておとなしく小型トラックの方へ歩いていき、白髪の黒人が彼に手錠をかけるのを見つめた。だれひとり私には手を触れず、だれひとり私には話しかけもしなかった。車は出発した。負傷した、もしかすると射殺された運転手とその仲間を乗せたピックアップトラックが動きだし、女は黒いショールを拾って埃をはたき、機関銃を乳母車にしまってキャビンを元どおりにし、何事もなかったように歩いていった。再び人けがなくなり静かになった。ただ、タイヤがぺちゃんこでライトが割れた大型車と犬の死骸だけが、私が見たものが幻ではなかったことを証言していた。デパートの横、背の高いヒマワリでいっぱいの庭に、ベランダ付きの小さな木造平屋が立っていた。開いた窓には、パイプを手にし、窓台にゆったりと肘をついた男の姿が見えた。よく日焼けした顔、ほぼ白い髪のそのブロンド男は、意味ありげに落ち着きはらってこちらを見つめていた。まるで「それ見たことか?」とでも言いたげに。そのときになってようやく気づいたのは、誘拐未遂よりもさらに奇妙なことだった。私の耳にはいまだ一連の射撃や爆発や叫び声がこだましていたのに、窓一枚開かず、外をのぞき見る人もなかった。まるで私を取り囲んでいたのが劇場の書割であるかのように。どうすればいいのかわからず、かなり長いこと立ちつくしていた。タイプライターを買うのが、もはや得策とは思えなかった。

Ⅳ　ルナ・エージェンシー

「泰平さん」所長が言った。「私どものスタッフがあなたに〈ミッション〉の詳細をすべてご案内します。私は全体像のみご説明したい――あなたが木々の中で森を見失わないように。ジュネーヴ協定は四つの不可能を達成しました。軍拡競争を継続しながらの全般的な軍縮、これが一つめ。ゼロコストで最大速度の軍備、これが二つめ。だれかが戦争をしたがった場合、戦争続行の権利は守ったうえで、奇襲攻撃に対する各国の完全な保護。これが三つめです。そしてついには、それでもなお存在している、あらゆる軍隊の廃止。軍がひとつもなくても、参謀部は残っていて、好きなように考えることができる。ひとことで言えば、私どもは地球の平和《パーチェム・イン・テリス》を成し遂げた。そうじゃないですか?」

「もちろんですとも」私は答えた。「でも私は新聞を読んでるんですよ。それによると、私たちは雨から雨樋の下に移ったわけです。ところがいつだったか読んだのですが、どこかはもう忘れましたけど、月が黙してあらゆる偵察機を飲み込んでいるのは、だれかがうまいこと、あちらのロボットたちと秘密の協定を結んだからだというのです。いまや月面で起きているあらゆる出来事の背後には某国がいる。そして、エージェンシーはそれを知っているのだと。それについてはいかがです？」

「そんなのは戯言《たわごと》ですよ」所長は力強く言った。私たちはホールのように広々とした彼の執務室に腰を下ろしていた。横の台の上には、クレーターのあばただらけの巨大な月球儀が立っていた。各国の区域は、緑、ピンク、黄色、オレンジ色に塗り分けられ、政治地図さながらに極から極へと伸びていたので、この月球儀は子供のおもちゃか、皮をむいて照明されたガラス製オレンジのようだった。所長の背後の壁には天井から国連の旗が垂れ下がっていた。

「そうした戯言がいまやたくさんあります」所長は強調し、浅黒い顔に憐れみの表情を浮かべて私に微笑みかけた。「私どものプレスオフィスがそうした与太話を見直すのに役立つでしょう。すべてでっち上げですよ」

「でもあの運動は――あのネオ平和主義者たち――愛月者《ルノフィル》たちの運動は事実でしょう？」

「いわゆる夢遊病者《ルナティク》たちの？　もちろんですとも。彼らの宣言をお読みになりましたか？　あの綱領を？」

「読みました。彼らは月との合意を要求しています……」

「合意！」所長は蔑むように鼻を鳴らした。「合意ではなく、降伏あるのみ。しかし、だれに対してなのかわからない！　考えが足りん。彼らは、月が当事者になると思っているのですよ――協定や条約を結べる相手と見なせると、強力で知的な相手だと。あそこにはもう、すべての区域を飲み込んだ巨大なコンピューターしかないのだと思っている。恐怖は大きな目を持つだけでなく、泰平さん、小さな分別しか持たないのですよ」

「なるほど――ただあのすべての兵器の連合といったものを除外できますか、あちらの、あの軍隊の連合を、もしあれが軍隊ならばですが――そうしたことが起きなかったと、どうやって確認できますか、何ひとつ不明なのに……？」

「何ひとつ不明な場所でも、ある種の物事は不可能なのです。各国の区域は進化する演習場として開設されました。ご覧ください」彼は小さな平たい箱を手にしていた。月面の個々の区域に明かりが点り、全体がカラフルな提灯のように輝きだした。

「この最も広い区域は超大国に属しています。無論、私どもは自分たちが何を運んでいるのかを知っていました。なにしろ私どもエージェンシーが運送業者として働いていたのですから。準備作業も行いました。ＳＵＰＳ、つまりスーパー・シミュレーターの下に穴を掘ったのです。各区域にそうしたシミュレーターがあり、生産複合施設に囲まれています。区域同士が戦うことはできません。それは問題外です。ＳＵＰＳは新型兵器を製造し、ＳＥＫＳ――選択的《セレクティブ》シミュレーター――がそれらと戦って追い落とすよう努める。どちらもコンピューター・シミュレーションです。プログラムは剣と盾の法則に根ざしています。これは言わば各国が月に自国の二ユニットコンピューターを据えて、それぞれがひとりチェスをしているようなものです。だがこのチェスに駒はなく、あるのは兵器だけで、戦いの最中にすべてが変化する。駒の動き、攻撃力、チェス盤の種類。何もかも」

「何ですって」私は驚いた。「あそこには軍拡競争をシミュレートするコンピューター以外に何もないのですか？　ということは地球をおびやかす何らかの危険は……？　だってシミュレートされた兵器なんて紙切れ一枚ほどの危険もないでしょう……」

「とんでもない！　最適に選択された計画は実際の生産に進みます。問題は、いつ進むのかですが、これは別の話。つまりこういうことです。ＳＵＰＳが計画しているのは、何かひとつの新しい武器ではなく、戦闘システム全体なのです。これは、無論、無人システムです。兵士は兵器と一体です。自然の進化を考えれば、もっとよく理解できるでしょう。生き残るための戦い、いいですか？　生存のための戦いです。具体的に言えば、ＳＵＰＳが何らかの猛獣を設計し、ＳＥＫＳはその弱点を探して破壊しようとする。それがうまくいくと、ＳＵＰＳは何か新しい物を考え出し、ＳＥＫＳは再びそれに対抗する。原則として、こうした模擬的な戦闘は改良を続けながら一〇〇万年でも続く可能性がありますが――どのグループも一定の時間が経てば実際の兵器生産を始めることになります。**どのくらい**の時間の後に――プロトタイプから**どのような**効果を要求するのかは――当該国のプログラマーによってあらかじめ設定されています。まあ、各国が月面に本物の武器倉庫、兵器庫を持ちたがっていたわけですからね、紙上やコンピューター上の計画としてのシミュレーションだけではなく。ここにも重要な障害、矛盾がある、おわかりですか？」

「よくわからない。どんな矛盾です？」

「シミュレートされた進化は、実際の進化よりもはるかに速く進みます。シミュレーションの効果をより長く待てば待つほど、より完璧な兵器を手に入れられる。だが待っている間は無防備のままです。一方、より短いシミュレーションを受け入れれば、より早く入手できる。これをハザード比といいます。各国は、月面に自国の軍事力を置きながら、あらかじめどちらにするか決めねばならなかった。より改良された兵器を後でか、より劣る兵器を先にか」

「何だか変だな」私は言った。「それで遅かれ早かれ製造が始まると、どうなるんです？　兵器は倉庫に行くんですか？」

「一部は行くかもしれません。でも一部だけです。なぜならそのときはもう本物の、模擬的ではない戦闘が始まるからです。もちろん当該区域の内部でだけですが」

「演習みたいな？」

「いいえ、演習において戦いはつねに見せかけで、兵士は死にませんが、あそこで」所長はカラフルに光る月を指差した。「行われているのは本物の戦闘です。区域内でですよ、繰り返しますが。何物もだれも隣を攻撃することはできません……」

「つまり最初その兵器たちがコンピューター内で戦って壊しあうのは体裁だけで、そのあと本当に戦うと？　それからどうなるんです？」

「そこですよ！　それからどうなるかは、わかりません。基本的に二つの可能性があります。軍拡競争には限界がある、あるいは、ない。仮にあるとすれば、つまり、〈最終兵器〉が存在していて、シミュレートされた進化としての軍拡競争は最終的にその兵器に至る。この兵器は己自身に打ち勝つことはできず、恒久的な均衡状態が生まれる。発展は止まります。月の兵器庫は、この最終試験に合格した兵器で満杯になり、それ以上何も起きない。私どもはそうなるよう望んでいました」

「そうではなかったと？」

「おそらくそうではないでしょう。第一、自然進化に終わりはない。ないのです、なぜなら〈最終的な〉、つまり、完全な生物は存在しませんから。どんな生物種にも何らかの弱点がある。第二に、月面で動いていたのは自然進化ではなく、人工進化、それも兵器の進化です。各区域はおそらく他の区域で起こっていることを観察しようとし、それに対して自分なりに反応します。軍事バランスは生物学的バランスとは異なります。生物種は競争において過度に効果的になることはできない。なぜか？　完全な有毒細菌は宿主を皆殺しにしてしまい、それによって自分たちも共倒れになる。だからこそ自然において平衡が確定するのは全滅よりも少ないのです。そうでなければ、進化は自己破壊的になってしまったでしょう。一方、兵器開発は敵よりも優位に立つことを目指します。兵器には自己保存本能がありません」

「待ってください、所長」突然のアイデアに驚いて私は言った。「各国はこっそり地球に、月に置いたのと同じ設備を建てて、その動きを追跡すれば、双子の片割れがあちらで何をしているのか知ることができるのでは……？」

「いいえ！」所長は意地悪な笑みを浮かべて叫んだ。「そんなことは不可能です！　進化の道筋は予測できません。それについて私どもは実際に確認しました」

「どうやって？」

「あなたがおっしゃったとおりのやり方で。私どもの研究センターで同一のコンピューターに同一のプログラムを組んで動かしてみたのです。進化はまったく見事なまでに分岐しますよ。まるで、一〇〇台のグランドマスター・コンピューターの間で行われるモスクワのチェス・トーナメントの経過を予測しようとして、ニューヨークの同じコンピューター一〇〇台でゲームをシミュレートするようなものです。モスクワのゲームについてそれで何がわかります？　絶対に何もわかりませんよ。だって人間であれコンピューターであれ、つねに同じ一連の動きをするプレイヤーなどいませんから。無論、政治家たちはそういったシミュレーターを欲しがりましたが、そうしたところでどうにもならなかったでしょうね」

「見事なものだ。でもこれまでに目的を遂げた者がひとりもおらず、あなたがたの偵察機はすべて水に投げた石のごとく行方知れずとなれば、私がうまくいくなんてどうして期待できます？」

「あなたは、これまでだれも手にしたことがない手段を手に入れます。詳細は私の部下からお聞きになるでしょう。ご成功を祈ります……」

三カ月間私はルナ・エージェンシー・センターのトレーニングマシンでへとへとになって、それが終わる頃にはテレマティクスがすこぶる上手になっていたと誇張でなく言える。これは遠隔人《リモート》を駆動する技術である。素っ裸になって弾力性のある服を着る必要がある。スキューバダイビングのスーツに似ているが、もっと薄い素材でできていて、生きている銀のように光る。というのも蜘蛛の巣より細い線で織られているから。これが電極だ。身体に接して、皮膚を通して筋肉の電気的変化を集め、それを遠隔人に伝えると、遠隔人はそれによって、行われたそれぞれの動きを完璧な精度で繰り返す。とはいえ、これ自体はそれほど不思議ではない。もっと不思議なのは、遠隔人の目を通して物が見えるばかりか、彼の立場で感じられるであろうことが感じられるということだ。石を手に取れば、その形や重さが自分の手で持っているかのように感じとれる。一歩ごとの歩みも、つまずきもすべて感じられるし、遠隔人が何かに強くぶつかれば、痛みも感じられる。これは誤りだと私は思ったが、私の訓練のボス、ミゲル・ロペス博士はそうあるべきだと請けあった。さもないと遠隔人は絶えず破損の危険にさらされることになっただろう。痛みが強ければ、その送電チャンネルを切ることもできるが、痛みの強さを変調器《モデュレーター》で小さくしたほうがよい。そうすれば遠隔人の状態をつねに知ることができる。人工皮膚に移った人間は自分自身がいる場所の感覚を失い、全身が遠隔人に移行する。私は様々なモデルで訓練した。基本的に遠隔人は人型である必要はなくて、こびとより小さくてもゴリアテより大きくてもいいのだが、それだと様々な悶着を引き起こす。もしも足の代わりに、たとえばキャタピラーがあったとしたら、自動車か戦車を運転しているときのように、直接地面と接している感覚は消えてしまう。遠隔人が人間の一〇倍の大きさの巨人だったら、とてもゆっくりと動かなくてはならない。というのも手足はそれぞれ数十トンあり、地球から月へ行ったときと同様、思い通りには動かないからだ。私はそれを二〇〇トンの遠隔人で体験したが、水中で行進しているような感じだった。水が抵抗するのではなく、巨大な足と胴体が動かないのだ。ともかく遠隔巨人は塔のサイズの標的となって、障害にしかならないだろう。その代わり、なかんずく、こびとと呼ばれる、より小さな遠隔人シリーズを使わせてもらえた。それはむしろ昆虫に似ていた。全然楽しくはないが、こうした視点から見ると、どんな小石も山のように大きくなって、自分の位置を把握するのが難しい。重たい月面遠隔人はかなり不格好だった。最も太かったのが足で、それも重心をたるたけ低くするために短かった。こうした〈ＬＥＭ〉（ルナ高技能ミッショナリー）は宇宙服を着た人間よりもうまくバランスがとれる。ふらつかないし、腕がオランウータンみたいに長いからだ。この腕は二〇メートルをひとっ飛びするのに役立つ。私が何より聞きたかったのは、これまでの偵察でどんなモデルが使われ、彼らの首尾はどうだったのかである。こうした不首尾に終わった遠征を私に明かすため、私の面倒を見ている人たちは所長から特別な許可を得なくてはならなかった。私に関係したことはすべて機密だったからだ。とはいえミッション全体が機密扱いだったし、これまでの一連の偵察が失敗に終わったことも同様だった。問題は言わば、奇天烈な虚構によって新聞が広めるパニックが拡がらないようにすることだった。ＣＯＭ（*Centralna Ostona Misji* 中央任務保護局）が私をルナ・エージェンシーの顧問だと発表したものだから、私は新聞記者たちを疫病のごとく避ける羽目になった。結局、無事に戻った二人の偵察者に質問することができたが、直接会ったわけではなく、それぞれ別々に電話で話したのだ。二人とも現在はまったく別名を名のっており、外見を変えられたため、実の母親が見てもわからないという話だった。一人目はロンという名で（だが本名は違っただろう）、問題なく〈無線沈黙〉ゾーンにたどり着き、〈雲の海〉上空二〇〇〇マイル付近で月静止軌道に入って、装甲遠隔人を下に送ると、それはまったくの荒野に着陸した。そして一〇〇歩も行かないうちに攻撃された。私は彼から具体的な詳細を引き出そうとしたが、彼は絶えず同じことを繰り返した。〈雲の海〉の平地をたったひとりで歩いていた。あらかじめ半径数百キロメートルの付近一帯をよく調べたが、疑わしいものは何も認めなかった。するといきなり脇から、それもすぐ近くから、少なくとも〈ＬＥＭ〉の二倍はある巨大ロボットが現れて砲撃を開始した。無音の閃光で目が眩《くら》み、それですべてだった。その後、軌道から現場の写真を撮ってみると、なんと、小さなクレーターのそばに横たわっていた遠隔人の残骸は、溶けて金属スラグの塊と化しており、周囲にはひっそりとした空虚が広がっていた。もうひとりの偵察者は二体の遠隔人を持っていたが、一体は出発直後に宙返りを始め、岩にぶつかって壊れた。もう一体は双子と呼ばれるペア機だった。双子とは、ひとりの人間によって同時に駆動される一対の遠隔機のことだ。したがってすべての動きを完璧に同じように行う。一機が先に行き、もう一機は一〇〇メートル離れて後についていって、前の一機を攻撃するものを見つけることになっていた。そのうえ両者はミクロプスで守られていた。ミクロプスというのは極微キュクロプスの略語である。これは極微対物レンズを備えた、蝿より小さな無数のセンサーからなるテレビカメラのようなものだ。ミクロプスの雲は双子の遠隔人に同行し、月面のたっぷり一マイル上空に浮かんで、二機を周囲ともども視野に収めている。人間が遠隔人を駆動し、ミクロプスは画像を直接、地球の航空管制センターに伝えていた。このように熟考され安全対策を施された遠征の結果はしかし、むなしいものだった。二機の遠隔人は月面の砂の上に降り立った瞬間に破壊された。二人目の対談者によると、そのとき攻撃してきた二体のロボットはとても変わった構造で、背が低く、猫背で、非常に太っていたという。彼の記憶では、ロボットたちはどこからともなく忽然と現れ、いきなりこちらを狙ってきたので、銃を構えたが、引き金を引く間もなかった。青白い閃光が見えた。おそらくレーザー光線だろう。我に返ったら船内だった。その後、遠隔人の残骸を撮影したが、地球の管制が確認したのは彼の報告のうち最後の点だけだった。実際、遠隔人は、大出力のレーザー光線が命中したように、灼熱して一瞬で飛び散ったのだが、その一撃の出所は発見できなかった。私は、ミクロプスによって観察された一部始終を記録した映像に目を通し、最後の瞬間の重要な写真を最大限に拡大して、じっと眺めた。コンピューターは半径二キロメートル以内（というのも、これが月面で見渡せる範囲で、レーザーは直線でしか進まないからだ）の小石ひとつひとつの映像を分析した。これは事実上、不可解に見えた。遠隔人は二機とも非常にうまく着陸した。ふらつきもせず地面に両足で立ち、前後に並んでゆっくりした速度で行進していたが、それから、ひとりの男のように二機が同じ動きで己の軽迫撃砲を持ち上げた――まるで何らかの危険に気づいたかのように、写真ではそれらしい様子は何も見えなかったが――そして砲撃と同時に、彼ら自身に命中した。一機は胸に、もう一機はわずかにそれより下に。輝く衝撃が二機を粉砕し、埃と燃える金属の雲の中に広げた。これらの画像は十方向から分析され、方位によってレーザーが発射された地点をあばこうとしたが、何も見つからなかった。サハラ砂漠だって、これらの写真ほど空虚じゃない。攻撃した者も彼らの武器も目に見えなかったのだ。同時に偵察者は頑として自説を曲げなかった。攻撃の瞬間、二体の不格好な猫背の巨大なロボットが見えたのだが、その一瞬前、そこには絶対にロボットはいなかった。二体は無から出現し、武器を構え、撃って、消えた。ロボットたちが消えた様子は遠隔人の目では見えなかった。なぜなら遠隔人はすでにばらばらになっていたから。だが船内からはまだ、敗北の場所で埃の雲が収まっていく様子を観察することができた。まさにここで彼の言明はあらゆるミクロプスのデータと一致した。ミクロプスが伝えてきた映像では灼熱した遠隔人の破片が砂埃の渦の中ではっきり見えたが、それ以外には何もなかった。

　知り得たことはわずかだけれど、私にとって意味がなかったわけではない。なぜなら、これは〈ミッション〉から無事に戻れる可能性があることを意味していたからだ。理解できない攻撃の問題では多くの仮説が生まれ、中にはこんなのもあった。月面で何かが二機の遠隔人の制御を奪い、二機は互いに砲撃しあって壊れた、というのである。だが拡大した写真を見ると、二機は互いを狙ってはおらず、武器を横に向けていたし――最高精度の測定でわかったのだが――二機の発砲に反応したレーザー光は同時に、つまり最初の砲撃から一〇〇〇万分の一秒後、適切に砲撃を粉砕していたのだ。これら遠隔人の燃えた装甲のスペクトル分析に基づいて突きとめられたのは、月側が使用したレーザーは双子のレーザーと同じ出力だったが、放射が異なっていたことだった。

　地球上では月の弱い重力をシミュレートできないので、演習場での予備訓練の後、私は週に何回かエージェンシーの軌道ステーションに飛んだ。そこには重力が地球の六分の一の特別なデッキが設置されている。遠隔人の皮膚を着て完全に自由に動けるようになると、次の、まったく安全ではあるが、ぐっと現実的なリハーサルの段階に入った。しかし、それがとりわけ楽しかったのは言うまでもない。私は偽《にせ》の月面を、大小のクレーターの間を、いつ何が突然襲ってくるかわからぬまま前進した。

　前任者たちは何の武装もしていなかったので、ミッション参謀部は、私も武器なしで出発する方が良いと決定した。私は遠隔人の中でできるだけ長く持ちこたえることになっていた。というのも一秒ごとに、私の背後に蜜蜂の群れのように伸びているミクロプスによって、大量の観察データが記録できるからだ。効果的な防御についてはそれでも話にならないが、トッテンタンツに説きつけられて、私は死の危険があるひっそりした難所に踏み込み、確実に敗北することになっており、それが今後のための有益な敗北となることにすべての望みがかけられていた。最初の偵察者たちは、もっともな心理的理由から武器携行に固執した。困ったときに指が何かの引き金に掛かっている方が何かと安心なのだ。私の顧問たち（私は迫害者と呼んでいた）の中にも複数の心理学者がいた。彼らは私があらゆる種類の予期せぬ嫌な出来事に慣れるよう気を配っていた。実際には何の危険もないとわかってはいても、私は灼熱した鉄板に足を踏み出すように恐る恐る作り物の月面に足を踏み出して四方を見回した。見た目がわかっている敵を捜すのと、亡骸よりも命なき近くの岩が突然ぱかっと開いて、こちらに砲撃してくるかどうか見当もつかない、というのとでは全然別の話だ。

シミュレーションだったにもかかわらず、そうした不意打ちの瞬間はぞっとした。なるほど、命中すると自動遮断機が私と遠隔人の接続を切り離しはしたが、一瞬の遅れがあって、私は何度も名状しがたい感覚を味わった。いかがなものか、あなたがばらばらに飛び散るとき、切り離された頭で、その目で、映像が消える前に、引き裂かれた腹から飛び出す臓物が見えるのだ。それらがシリコンと磁器でできていたのが、せめてもの救いだった。こうした死の苦しみを数十回味わったおかげで、月面でどんなアトラクションが私を待っているのかを悟ることができた。もう何度目かわからないがばらばらに引き裂かれて、私は遠隔技師長スルツァーのところへ行き、自分の疑念を明かした。ひょっとすると私は月から一部分しか戻らないかもしれない、解体された〈LEM〉の残骸を月面に残して、でも一体それが何になるんです？　未知の兵器システムについて、ほんの一瞬で何を知ることができますか？　そもそも何のためにあそこへ人が飛ばなくちゃいけないんですか、どうせ着陸できないのに？

「だってあなたは理由をご存知じゃないですか、泰平さん」シェリーのグラスで私をもてなしながらスルツァーは言った。小柄で痩せていて、つるっぱげだった。「地球からはそれができないのですよ。四〇万キロメートルで約三秒、制御が遅延します。なるたけ低く下りてみましょう。一五〇〇キロメートルならまだ可能だ。これが沈黙ゾーンの下限なのですよ」

「そういう問題じゃない。遠隔人が一分間も持ちこたえないと、あらかじめ仮定するなら、ここから遠隔人を送ればいい。ミクロプスがその最期を記録するでしょう」

「それはすでにやりました」

「それで？」

「何も」

「ミクロプスは？」

「埃を少し見せただけです」

「遠隔人の代わりに何かちゃんとした装甲をつけたものを送ることはできませんか？」

「ちゃんとした装甲とはどういったものでしょう？」

「ええと——何というか——たとえば、かつて深海探査に使われたような球としましょう。しかるべき小窓やセンサーなどがついている」

「そうした嗜好のものも作られました。あなたの言うとおりではないが、似たようなものは」

「それで？」

「うんともすんとも」

「どうなったんです？」

「何も。今日までまだあそこにありますよ。通信が途絶えたのです」

「どうして？」

「それは六万四〇〇〇ドルの価値がある問いです。仮に我々が知っていたら、わざわざあなたにご面倒をかけずに済んだのですよ」

こんな会話が当時は何度も繰り返された。訓練の第二段階が終わると休暇をもらった。ここ三カ月間、基地の厳重監視区域で暮らしていたので、せめて一晩でもこの兵舎から逃れたかった。それで援護長（ＫＯと呼ばれていた）のところへ通行証をもらいに行った。これまで彼に会ったことはなかった。応対した青白く悲しげな文官は半袖シャツ姿で、話を聞くと哀れむような表情をしてこう言った。

「大変お気の毒ですが、あなたを外に出すことはできません」

「何だって？　どうして？」

「そういう命令なので。公式には私はこれ以上何も知りません」

「非公式には？」

「非公式にも何も知りません。おそらく彼らはあなたのことを心配しているのでしょう」

「月面で、ならわかる、だが**ここで**？」

「ここでは尚更です」

「つまり出発までここから動けないということか？」

「あいにくそうです」

「そういうことなら――」私は腹が立ったときいつもそうするように、大層小声で礼儀正しく言った。「どこにも飛びませんよ。そんなのはもう全然話になりませんね。私の義務は首を差しだすことであって、監獄にこもることじゃない。私は自分の意志で飛ぶことになっていた。まさにその意志を失ってしまう。あなたがたは無理やり私をロケットに乗せるつもりなのか、どうなんだ？」

「まあ何をおっしゃいますか？」

　私は頑として意見を譲らず、結局その通行証を手に入れた。普通の通行人のつもりになって、大都市の雑踏にまぎれ、映画館にでも行きたかった。いちばんやりたかったのは、きちんとしたレストランで夕食を取ることだった。基地の食堂で男どもと一緒にではなく。あいつらときたら遠隔人に入った泰平ヨンが花火みたいにぱあんとはじける最期の瞬間を一秒ごとに論じていたのだから。ロペス博士が貸してくれた車で基地を出たときには、すでに黄昏《たそがれ》ていた。ハイウェイのスロープにライトの光に照らされて、ハザードランプを点滅させた小型車の脇で片手を挙げている人が見えた。私は停車した。それは若い女で、白いスラックスに白いセーター姿のブロンド、顔はグリースで汚れていた。エンジンが焼き付いたのではないかと言う。実際スターターを回すこともできなかったので、町まで送ってあげようと提案した。女が自分の車からコートを取り出したとき、助手席に大柄な男がいるのに気づいた。木でできているかのように身じろぎもしなかった。私は近寄ってまじまじと見た。

「これ、わたしの遠隔人」女は説明した。「壊れちゃったの。何でもかんでも壊れちゃう。修理工場へ持っていきたかったんだけど」

　声はうつろで、少しかすれており、ほとんど子供じみていた。この声は前に聞いたことがあるに違いない。それはほぼ間違いなかった。右のドアを開けてやると、女が乗り込み、バックミラー上のランプが消える前に近くから彼女の顔を見た。私は唖然とした。前世紀の映画スター、マリリン・モンローにそっくりだったのだ。おんなじ顔、おんなじ、一見無意識のような、あどけない口と目の表情。女は、どこかレストランにでも寄って、顔と手を洗いたがった。だから私は速度を落とし、照明された広告を通り過ぎて、混んでいない道に入った。

「この先に小さなイタリアン・レストランがあるの、ちゃんとした店よ」と女は言った。

なるほど、私たちに向かって *Ristorante* というネオンが光っていた。私は駐車場に乗り入れた。私たちは暗いホールに入った。数少ないテーブルの上で蠟燭が燃えていた。女はトイレに行き、私はしばらくどうしようかと立っていたが、ついに木製の仕切りの間の片隅に腰を下ろした。テーブルはそれぞれ三方から木製のベンチに囲まれて隔てられていた。ほとんど人けがなかった。よくある色とりどりの瓶を背景に赤毛のバーテンダーがグラスを洗っており、脇の磨かれた真鍮《しんちゅう》に覆われたスイングドアが厨房に続いていた。隣のブースではだれかが食べかけの皿を前に座っていて、前かがみで手帳に何か書き込んでいた。女が戻ってきた。

「お腹空いちゃった」彼女は言った。「一時間以上立ってたのよ。だれも止まってくれないんだもの。何か食べましょうか？　ご馳走するわ」

「いいですね」私は答えた。

私たちに背中を向けてカウンターに座っていた太った男は、自分のグラスをのぞいていた。両足の間に大きな黒い傘を挟んでいた。ウェイターが現れ、汚れた皿が載ったトレイを持ったまま注文を取ると、スイングドアを蹴って厨房に消えた。ブロンドの女は何も言わなかった。スラックスのポケットからしわくちゃになった煙草の箱を取り出し、蠟燭で一本に火をつけると、私に箱を差し出したので、私は会釈して感謝した。あまりじっと見つめないようにしながら、彼女のどこが女優と違うのか見つけようとした。どこも違わなかった。大勢の女性がモンローみたいになろうとしたが、うまくいった人はひとりもいないのだから、尚更奇妙だった。あの女優は容貌が抜きん出ていたわけでもエキゾティックだったわけでもないが、唯一無二だった。彼女についてたくさんの本が書かれたけれども、あの幼さと女らしさの混合をとらえたものはなかった。それこそが彼女がほかのだれとも異なっていたところだった。まだヨーロッパにいたとき、彼女の写真を見て、この人を女の子とは呼べないなと思ったことがある。彼女はいつも、まるで驚いたかびっくりした、気まぐれな子供みたいに陽気な、少女っぽい女で、自分の良くない秘密を打ち明ける相手がいない人のように、絶望や恐怖は隠していた。女は煙を深く吸い込むと、私たちの間でくすぶっていた蠟燭に向かって、口から煙を吐いた。いや、これは似ているなんてものじゃなくて、本人そのものだった。今いろいろと考えてみれば様々な疑念が浮かんでくるように感じた。私は盲目ではないのだから、なぜ彼女が煙草をポケットに入れていたのか、疑うことだってできた。女は決してそんなことはしないのに。だってハンドバッグを持っていたじゃないか、それもかなり大きな、中身が詰まったのを。彼女はそれを手すりに掛けた。ウェイターがピッツァを運んできたが、キャンティを忘れていたので、それを詫び、急いでホールを出ていった。ワインは別のウェイターが持ってきた。私がそれに気づいたのは、このレストランではタヴェルナ・スタイルが支配的で、ウェイターは膝丈のエプロンを巻くようにテーブルクロスを巻いていたからだった。だがこの別のウェイターはテーブルクロスを肘を曲げて持っていた。私たちのグラスにワインを注いだ後、戻っていかず、一歩退いて、仕切りの向こうに立っていた。そこにいる彼の姿が見えたのは、鏡に映るようにスイングドアの真鍮の覆いに映っていたからだ。ブロンドの女は深く腰掛けていたので、彼が見えないようだった。ピッツァはまあまあで、生地がかなり硬かった。私たちは黙って食べた。皿をどけると、女は再びキャメルに手を伸ばした。

「お名前は？」私は尋ねた。知らない名前を耳にしたかった。あの人だという印象を薄めるために。

「まずは飲みましょう」あのほとんどかすれた声で言った。女は私たちの二つのグラスを取り上げ、交換した。

「それには何か意味があるの？」私は訊いた。

「迷信かつぎよ」

女は笑っていなかった。

「わたしたちの成功に！」

こう言ってグラスを口に近づけた。私もそうした。ピッツァは胡椒《こしょう》が利いていたから、ワインを一気に飲み干しかけたが、突然カシャンと音立てて私の手からグラスが落ちた。キャンティが女に飛び散り、白いセーターに血のようにこぼれた。あのウェイターの仕業だ。立ち上がろうとしたが無理だった。両足は木製ベンチの下深くにあり、足を引き出す前に周囲のすべてが動きだした。エプロンを着けていないウェイターが前に飛び出し、女の腕をつかんだ。女はそれを振り払い、顔を隠そうとするかのように両手でハンドバッグを持ち上げた。バーテンダーがカウンターの向こうから走り出た。眠そうな太った禿げ頭が足を引っ掛けた。バーテンダーはどすんと倒れた。女はハンドバッグで何かしていた。消火器みたいにバッグから白い泡の流れが噴き出した。女のそばにいたウェイターが飛び退いて、自分の顔をつかんだ。顔を覆った白いべとべとした物質がチョッキに滴《したた》り落ちた。ブロンド女が白い液体をもうひとりのウェイターに向けて発射すると、ウェイターはスイングドアの向こうに飛び込んで叫んだ。命中したのだ。二人とも必死に白い泡がくっついた目と顔をこすっていた。スラップスティック・コメディでクリームパイを投げつけあう俳優のように。

私たちはもう白っぽい霧に包まれていた。というのも、つんとする刺激性のにおいのあるこの泡がたちまち蒸発し、ぼやけた渦となってホール中に拡がったからだ。ブロンド女はすばやく左右の無害化された二人のウェイターを見るや、ハンドバッグを私に向けた。今度は私の番だとわかった。

今日まで不思議なのだが、なぜ私は自分の身を守ろうとしなかったのだろう。何か巨大なものが目の前を暗くした。黒い物質は太鼓のように大きな音を立てた。それはあの太った男だった。彼が開いた傘で私を覆い隠したのだ。ハンドバッグはホールの真ん中に飛んでいき、ほとんど音もなくピカッと光った。そこから暗く濃い煙が噴き出し、白い霧と混じりあった。バーテンダーが床から立ち上がると、カウンター沿いに厨房のドアの方へ突進した。ドアはずっと揺れていた。ブロンド女はその向こうへ消えた。太った男はバーテンダーの足元に開いた傘を投げつけた。バーテンダーはそれを飛び越えると、バランスを崩してカウンターの上によろめき倒れ、ガシャガシャとグラスをすべてなぎ倒し、厨房側に落ちた。私は立って、戦場を眺めていた。炭化したハンドバッグがテーブルの間で絶えず燻っていた。白い霧が分散し、目を刺激した。開いた傘の周りの床に飛び散った皿やコップやピッツァやグラスのかけらは、べとべとした物質に覆われ、ワインがぶちまけられていた。すべてはごく短い間に起きたので、キャンティの瓶は藁苞に包まれたまま、まだ転がっていて、ようやく壁までたどりついたところだった。私のテーブルと隣のテーブルを分けている仕切りの向こうで、だれかが立ち上がった――そこで手帳に何か書きつけ、ビールを飲んでいた男だ。すぐにだれだかわかった。それは二時間前に基地で私が言い合いをした、あの青白い文官だった。彼は憂鬱そうに眉を上げて、こう言った。

「で、泰平さん、あの通行証を手に入れるのに、あれほど戦った価値はありましたか？」

「固く巻いたテーブルクロスは至近距離では短銃に対して効果的です」物思わしげに発言したのはレオン・グリュン援護長、一般にはローエングリンと呼ばれていた。「フランスの警官がケープを着用していた頃には皆この方法を知っていました。パラベラムもベレッタもハンドバッグには入らなかったでしょう。たぶん旅行鞄でなら持てたかもしれませんが、大きな銃を取り出すには時間がかかる。にもかかわらず私はトリュフに傘を持っていくよう忠告した。どうやら私には霊感があったようだ。あれはサルペクチンだったのでは、ドクター？」訊かれた化学者は耳の後ろを掻いた。

私たちがいたのは基地の、人で満杯の煙った部屋で、とうに夜半を過ぎていた。

「どうでしょうね？　サルペクチン、あるいは遊離基《フリーラジカル》を含む他のスプレーゾル。アンモニウムラジカルと乳化剤、そして表面張力を下げる添加剤。相当な圧力下で——最低でも五〇気圧。あのハンドバッグにはかなりのものが入っていた。あちらは完璧な専門家を擁しているらしい」

「だれなんです？」私は尋ねたが、まるでだれにも聞こえなかったかのようだった。

「目的は何です？　あれは何のためだったんですか？」今度はもっと大きな声で言った。

「あなたを無害化するため。目を見えなくするためです」ほがらかに微笑んでローエングリンが言った。彼は煙草に火をつけると、すぐさま忌々しげに灰皿でもみ消した。「何か飲み物をくれ。煙突みたいに燻《いぶ》されてる。あなたのために我々は健康をかなり犠牲にしているんですよ、泰平さん。半時間でこんな護衛の手筈を整えるのは、そう簡単なことじゃない」

「目を見えなくする？　一時的に、それとも永久に？」

「判断が難しいところだな。あれは恐ろしく腐食性があるのですよ。あそこから這い出たら角膜移植が必要になったかもしれない」

「あの二人は？　ウェイターは？」

「うちの者は目を閉じて、間に合いました。良い反射です。しかしハンドバッグは新発明でした」

「でもどうしてあの、あの偽のウェイターは私の手からグラスをたたき落としたんです？」

「彼とは話していません。会話できる状態ではないので。理由は推測できます。女があなたのものと交換したからですよ」

「グラスに何か入っていたと？」

「九九パーセントそうです。でなければ、なぜわざわざそんなことをしたのでしょう？」

「ワインには何も入っていなかったはずだ。彼女も飲んでいた」私は言った。

「ワインには入っていなかった。グラスに入っていたんです。ウェイターが来る前、彼女はグラスをいじってませんでしたか、泰平さん？」

「確信はないが。ああ、そうだ。指でグラスを回していた」

「それですよ。分析結果が出るのを待ちましょう。クロマトグラフィーだけですよ、何か発見できるのは、なにしろ何もかも細かいケシ粒になってしまいましたからね」

「毒物ですか？」

「そう思います。あなたは消されたも同然でした。無害化され、だが殺されるとは限らない。むしろ殺されることはないでしょう。彼らの立場で考えなくては。死体は好ましくない。騒動になるし、疑念を生むし、新聞、解剖、無駄話。何のため、だれのためです？　一方、本物の精神異常となれば話は別だ。結果として、よりエレガントだ。こうしたサンプルは今日多数あります。鬱状態、解離性障害、幻覚。あのワインを飲み干していたら、あなたは何も感じなかったと思います。ようやく明日か、もっと遅くなったでしょう。潜伏期間が長ければ長いほど、本物の精神異常により近くなります。今日、気が違わずにいられる人はいるでしょうか？　だれだってなり得るんです。私がいちばん先ですよ、泰平さん」

「じゃああの泡は？　あのスプレーは？」

「スプレーは最後の予備軍でした。トランクの五番目の車輪〈不要な物〉です。彼女がそれを使ったのは、使わざるを得なかったからです」

「あなたがたがしょっちゅう言う〈彼ら〉とはだれなんです？」

ローエングリンは陽気に笑った。汗ばんだ額をあまりきれいでないハンカチで拭うと、それを嫌そうに眺め、ポケットに突っ込んでから、こう言った。

「あなたときたら本物の未成年者だ。だれもが我々のように、あなたの立候補に大喜びしているわけではないのですよ、泰平さん」

「私の交代要員はいますか？　一度も訊いたことがなかったな……だれか補欠はいるのですか？　それによって、だれなのか突き止められるのでは……？」

「いいえ。いまはひとりの交代要員はいません。たくさんいますよ——似たような得点の人は。ようやく新たな検査が始まったところです。選抜がね。そしたら何か推測できるのでしょうが、でもいまは無理です」

「もうひとつ訊きたいのですが」私は躊躇しながら言った。「あの女は一体どこから来たんです？」

「部分的にはわかっています」ローエングリンは再び笑った。「あなたのヨーロッパの住まいが数週間前に荒らされましてね。なくなったものはありませんが、すべて見られていました。そこからですよ」

「よくわからないが……？」

「蔵書ですよ。あなたはモンローに関する本を一冊、写真集を二冊お持ちだ。ファンなのですね」

「私の住まいをひっくり返しておきながら、ひとことも言わなかったんだな？」

「何もかも以前のままですよ、掃除までしてあります。訪問したのは、我々が最初ではありませんでした。あなたご自身でおわかりになったでしょう、うちのスタッフが本一冊一冊まで見回しておいてどれだけよかったか。あなたに何も言わなかったのは、あなたをやきもきさせたくなかったからです。それでなくともあなたは頭がいっぱいだ。最大限の集中は必須条件ですからね。我々はあなたの集団乳母なのですよ」彼は片手で円を描いて、居並ぶ全員を示した――太った男はもう傘を持っていない、化学者、そして、壁にもたれていた三人の無口な男。「だから、あなたが通行証を請求したとき、私はあなたの住まいの噂をするよりは、通行証を与えた方がよいと判断したのです。だって落ち着かないでしょう。そうじゃないですか？」

「わからない。おそらくそうだろうな」

「ほらご覧なさい」

「まあいい。でも私が訊きたかったのは、あのそっくりぶりだ――なんてこった。彼女は――人間だったのか？」

「幾分は。直接的にはそうではありません。ご覧になりたいですか？　ここにいますよ、あちらの部屋で寝ています」彼は背後のドアを指した。言ってることはわかったものの、一瞬、マリリン・モンローが二度目に死んだ、という考えが頭をよぎった。

「ギナンドロイクスの製品？」私はゆっくりと尋ねた。「いわゆるプレイメイト……？」

「会社は違いますがね。メーカーはいくつかあります。見てみますか？」

「いや」私はきっぱり断った。「でもそれならだれかが彼女を……動かしていたはずでは？」

「もちろんです。逃げられましたがね。とはいえ大した俳優の才能がある女に違いない。動きの特徴づけ――おわかりですか？――身ぶりや表情は最高級だった。アマチュアではああはできない。あれほどそっくりにするには――何と言ったらいいか？――あの精神を吹き込むには――研究が必要だ。それとトレーニングも。モンロー亡き後、残った映画。これも少しは役立ったでしょう……だがそれでも……」彼は肩をすくめた。彼ひとりがずっとしゃべっていた。全員に代わって。

「それほどまでに努力した……？」私は言った。「何のために？」

「老女だったらあなたは車に乗せたでしょうか？」

「乗せたと思います」

「でも一緒にピッツァを食べには行かないでしょう。いずれにせよ確実ではない。確実性が必要だったのです。あなたの興味をそそるために。あなたご自身よくおわかりのはずですよ。この章はもう閉じましょう」

「一体彼女に何を……したんです？」

本当は「彼女を殺したのか……？」と訊きたかった。こんな問いに意味はないとわかっていたけれど。彼は私の言わんことを理解した。

「何もしていませんよ。通信が切れた遠隔人は丸太みたいにひとりでに倒れるんです。なにしろ人形ですから」

「じゃあなぜ逃げたんです？」

「製品を調べれば、メーカーについて何かわかるかもしれませんから。この場合はそうではなさそうですが、しかし彼らは尻尾を全部巻いて逃げたかった。いかなる痕跡も残さないようにね。そろそろ三時か。自分の身は守らねばなりませんよ、泰平さん。あなたはこう言ってよければ前世紀の感傷を抱いているのです。良い夜とすてきな夢をお祈りします」


翌日は日曜だった。日曜は仕事休みだ。ひげを剃っていると、メッセンジャーボーイが手紙を持ってきた。ラックス＝グーグリボーク教授が私に会いたいという。彼のことはすでに耳にしていた。通信の専門家、遠隔通信《テレマティク》学者だった。基地内に個別の実験室があった。私は服を着ると、一〇時ぴったりに彼のところへ行った。手紙の裏面に行き方が描いてあった。平屋の建物の中に長い棟が立っていて、高い金網フェンス付きの庭に囲まれていた。呼び鈴のボタンを一度、二度押した。まずボタンの上の「**だれが来ても私は不在です**」という文字に明かりが点った。それから錠がかちゃっといって門扉が開いた。狭い砂利敷きの小道が金属製のドアに続いていた。ドアは閉まっていた。ドアレバーはない。私はノックした。中は静かだった。もう一度ノックした。もう帰りかけたとき、ドアが少し開いて、ドアの陰から外をのぞいた背の高い痩せた人は、汚れとしみだらけの青い上っ張り姿だった。ほぼ丸坊主で、こめかみ辺りの白髪を短く刈り込み、分厚い縮小レンズを掛けていた。その二重焦点眼鏡のせいか、魚みたいな目を丸くして絶えず驚いているように見えた。嗅ぎまわる長い鼻、張り出した額。

　彼は何も言わず後ろへ退いた。私が入るとドアを閉めたが、錠はひとつでは済まなかった。廊下は闇に沈んでいた。彼が先に行き、私は片手で壁に触れながら、その後に続いた。何だか共謀じみていて奇妙だった。乾いた暑い空気の中に化学薬品のにおいが漂っていた。次のドアは横に開いた。彼は私を先に通した。

　私が立っていた大きな実験室の中は、すさまじいまでにガラクタだらけだった。四方八方から絶え間なく次々と、黒く酸化した金属製の装置がそびえ立ち、ケーブルでつながっていた。もつれたケーブルが床にずるずると伸びていた。真ん中にある実験用テーブルも装置や書類や道具で埋まっており、そのそばにケージが、細い針金でできた本物のオウム用ケージがあったが、ゴリラだって入れるくらい巨大だった。最も奇妙だったのは、三方の壁に沿って並んで横たわる人形である。裸で、マネキンに似ていて、頭はないか、頭蓋骨が開いていて、胸は両開きの扉みたいに開けてあり、中は何やら一連のプレートが詰まったコネクタでいっぱい、テーブルの下には、たくさんの手足が別の山になっていた。このガラクタだらけの部屋には窓がひとつもなかった。教授は椅子の上にあった巻いたケーブルと電子部品を床に放りだすと、予想外にすばしこく立ち働きながら、四つん這いでテーブルの下に入り込み、そこからテープレコーダーを引っ張り出してスイッチを入れた。下から私の目を見上げながら、というのもしゃがんでいたせいだが、人差し指を口に当てると、同時にテープレコーダーから彼のきいきい声が流れ出した。

「あなたに来ていただいたのはレクチャーのためです、泰平さん。通信に何が必要かを、あなたが知るべき頃合でしょう。どうかお座りになってお聴きください。メモを取ることは一切できません……」

　彼の声が絶えずテープレコーダーからしゃべっている間、教授は件《くだん》の巨大な針金ケージを持ち上げて、身ぶりで私にその中へ入るよう指示した。私は躊躇した。彼は遠慮なく私を中へ押しやると、自分も入り、私の手を取ってそばの床に座るよう示した。彼が向かいに足を組んで座ると、尖った膝が上っ張りの下から突き出た。私は彼の話に耳を傾けた。一切合切がマッド・サイエンティストに関するつまらない映画の場面を思わせた。ケージの中にも様々な方向にコードがのたくっており、彼が二本をつなぐと、単調なぶうんという音が静かに響いた。その間、彼の声は外の椅子の脇にあるテープレコーダーから絶えず流れていた。ラックスは背後に手を伸ばし、太くて黒いチョーカーに似た輪を二本取ると、一本を頭にくぐらせて自分の首にはめ、もう一本を私に渡して同じようにするよう示し、先端が小さなオリーブ形のプラグになったコードを自分の耳に差し込み、私も同じことをするようにと絶えず身ぶりで教えた。テープレコーダーは大声でしゃべり続けていたが、耳の中で彼が私に話しかけているのが聞こえた。

「さてこれから話し合いましょう。質問してくれてもいいですが、知的な質問だけですよ。私たちの話はだれにも聞こえません。私たちは遮蔽《シールド》されています。驚かれましたか？　何も驚くことはありません。信頼できる者でも信頼しない、それももっともなことです」

「話してもいいですか？」私は尋ねた。ケージ内の床の上であまり近くに座っていたので、互いの膝がくっつきそうだった。テープレコーダーはひっきりなしにしゃべっていた。

「いいですとも。どの電子工学にも別の電子工学がある。あなたのことはご著書で存じ上げています。ここにあるごみはすべて飾りです。あなたは英雄に昇進なさった。月偵察任務。行かれるのですね」

「行きます」私は言った。彼はほとんど口を動かさずに話した。彼の言うことは完璧に聞こえた——耳のマイクロフォンを通して。ひとことも聞こえないのは奇妙だったが、課されたゲームのルールを受け入れることにした。

「あなたが行くことは承知です。一〇〇〇人のスタッフが地球からあなたを支援するでしょう。ルナ・エージェンシーは信頼できる。ただ内部から引き裂かれている」

「エージェンシーが？」

「ええ。彼らはあなたに一連の新型遠隔人を提供します。でも本当に価値があるのは一体だけ。私のです。まったくの新技術ですよ。あなたは塵から生まれ、塵に還り、再び生まれるのです。あとでお見せしましょう。あなたにデモンストレーションするつもりだったのです。でもその前にあなたは私からヴィアティクム〔臨終の聖体拝領／旅行用品〕を受け取る。道中に役立つヒントですよ」ここで人差し指をあげた。小さく丸い彼の目が分厚いレンズの向こうで私に向かって微笑んだ。善良な狡猾さをたたえながら。

「あなたはこれから彼らが望んでいたことを耳にするが、まずは彼らが望んでいなかったことから。私がこうするのは、こうしたいからです。私は昔ながらの原則の人間でね。どうかお聴きなさい。エージェンシーは国際機関だが、天使たちを雇うことはできなかった。遠い境界域、たとえば火星かどこかなら、あなたはひとりで活動しなくてはならなかったでしょう。テーバイ攻めの一将だ。一方、月面ではあなたはピラミッドの先っぽにすぎない。地球の戦略支援グループがついてますからね。このグループにだれが入っているかご存知ですか？」

「いや全員は知らない。大部分は知ってます。ツィビルキス兄弟、トッテンタンツ。あとロペス博士もいます。それとスルツァーそのほか――で、何です？　何が問題なんです？」

彼は憂鬱そうにうなずいた。私たちは滑稽に見えたに違いない。この背の高い針金ケージの中で、絶え間なく虫の羽音のようなぶうんという音が聞こえ、それと外の、テープレコーダーから流れる彼の声が混じりあっていた。

「その人たちは皆、相反する様々な利益を代表している。それ以外にはありえない」

「すべてを話してもいいですか？」この変人が何を目指しているのか、すでに感づきながら、私は訊いた。

「いいですとも。あなたが私から耳にしたことに従えば、あなたはだれも信用すべきではない。つまり私も信用すべきではない。だが、あなたはだれかを信用する必要がある。あちらへの引っ越しと」彼は天井を指差した。「無知のルールというアイデアすべては、当然、無意味でした。このように終わらざるを得なかったのです。これが終わりである限りは。彼ら自身がこのビールを醸造したのですよ。確かにそれ以外にはあり得なかった。所長はあなたに、打破された四つの不可能について話しましたね？」

「話しました」

「あれには五つめもあります。彼らは真実を知りたがっているが、知りたくはない。つまり、どの真実も知りたいというわけではない。そして全員が同じというわけでもない。わかりますか？」

「いいえ」

　私たちはこうして床に向かい合って座って話していたが、彼の声は電話越しのように聞こえた。私の声も彼にはそう聞こえていた。電気がぶうんとうなり、テープレコーダーは相変わらずしゃべりつづけ、彼は、しばしばレンズの向こうで瞬きしながら、両手を膝について、急がずに話した。

「この設備を整えたのは盗聴を防ぐためです。だれがだれのためにするのかはどうでもよい。私は自分にできることをしたい。そうすべきだと考えているから。普通の良識ですよ。感謝は無用です。

彼らはあなたを支援するでしょう。だが自分のためにある種の事実を押さえておく方が健全でしょう。これは懺悔ではありません。私たちは月面で何が起きたのか知りません。シベリウスやその他の人たちは、あちらでは進化が逆行したと考えています。知性の発達の代わりに本能が発達したのだと。知的《インテリジェント》な兵器は最適な兵器ではない。ひょっとすると、たとえば、おびえたのかもしれない。もしかしたら自分が兵器であることが嫌になったのかもしれない。様々な名案を思いついたのかもしれない。兵士は、生きているにせよ死んでいるにせよ、自分自身の名案を持つべきではない。知性とは行為の多次元性、つまり自由のことです。だがそれではうまくいかない。あそこでは何もかも異なる。人間の知性のレベルを超えてしまったのです」

「どうしてそれがわかるんです？」

「進化の種を蒔いた者が知性を収穫するからですよ。ところが知性はだれにも奉仕したがらない。奉仕するとすれば、そうせざるを得ないからです。だがあちらではそうする必要がない。しかし、あちらに何があるのかを話すつもりはありません。だって知りませんから。問題は、ここに何があるのかです」

「というと？」

「ルナ・エージェンシーは月からの情報獲得を不可能にすることになっていた。ただ結果的には、まさにそれをすることになっているわけです。そのためにあなたは飛ぶ。手ぶらで戻るか、あるいは、原子爆弾以上に破壊的な情報を持って戻るか。どちらがお望みです？」

「待てよ。ほのめかしで話さないでくれ。あなたは同僚をどこかの諜報機関の代理人と見なしているのか？　スパイだと？　そうなのか？」

「いいえ。でもあなたがそうした状況を導く可能性はある」

「私が？」

「ええ。ジュネーヴ協定以降、続いている均衡は不安定だ。あなたが戻ってきて、古い脅威を新たな脅威に変えてしまうかもしれない。あなたは世界の救い主には、平和の預言者には、なれない」

「なぜです？」

「地球の紛争を月へ移行するプログラムは初期のうちに汚染されていた。それ以外にはあり得ない。軍備管理は軍備の超小型化によって不可能になった。ロケットや人工衛星は数えることができても、人工細菌は数えられない。人工的な自然災害も、第三世界において自然人口増加の減少を引き起こしたものも。この減少は必要なことでした。ただ穏やかには実現できなかったというだけです。数人を小脇に抱えて、彼らにとって何が有益で、何が有害かを説明してやることはできる。しかしあなたは人類を手元に引き寄せて、そんなことを説明したりはしないでしょう？」

「それが月とどういう関係があるんです？」

「絶滅は根絶されたわけではなく、単に空間と時間を移動しただけだということです。こんな状態が永遠に続くはずはなかった。私は新技術を開発しました。テレマティクスに使用できるものです。分散人《ディスパーサント》の組み立てに。つまり可逆的に分散可能な遠隔人の組み立てに。エージェンシーに使われたくはなかったけれど、そうなってしまいました」彼は降参というように両手を挙げた。

「うちの職員のだれかが彼らにそれを伝えたのです。はっきりだれとは知らないし、それが特別重要とは思いません。巨大な圧力下で漏れは生ずるものです。忠誠心にも限度はある」彼は片手で光る坊主頭を撫でた。テープレコーダーはひっきりなしにしゃべっていた。「私にできるのはひとつだけ。分散テレマティクスはまだ使用に適さないと証明することです。それならできる。たとえばまあ、一年間は。その後、彼らは私に騙されたことに気づくでしょう。そうしてほしいですか？」

「なぜ私が決めなくちゃいけないんだ？　それに何のために？」

「あなたが何も持たずに帰ってくれれば、だれもあなたに興味を持たなくなる。わかりますね？」

「おそらくそうだろうな」

「でももしあなたが情報を持って帰ったら、結果は予測できません」

「私のために？　あなたは私を救いたいのですか？　親切心から？」

「いいえ。猶予を得るためです」

「月偵察で？　じゃああなたはあちらで準備されている地球侵略など、あり得ないとお考えですか？　そんなのは単なる集団ヒステリーだとお思いですか？」

「もちろんです。集団ヒステリーにしろヒステリーでないにしろ、噂と運動は熟慮の上で引き起こされています――ある国または複数の国によって」

「何のために？」

「無知ドクトリンを破綻させて、従来のやり方の政治に戻るためです。クラウゼヴィッツのやり方にね」

私は黙っていた。何と言えばいいのか――彼の言葉をどう考えればいいのか、わからなかったからだ。

「だがそれはあなたの推測に過ぎない」私はとうとう口に出した。

「ええ。アインシュタインがルーズベルトに書いた手紙も、原子爆弾を作ることは可能、という単なる推測に基づいていた。アインシュタインは生涯それを悔やみました」

「ああ、わかった――あなたは後悔したくないんですね？」

「原子爆弾はアインシュタインがいなくてもできたでしょう。私の技術も同じです。だが遅ければ遅いほどいい」

「わが後に洪水来たれ《アプレ・ヌウ・ル・デ・リュージュ》〔「後は野となれ山となれ」の意〕ですか？」

「いや、そうではない。月に対する恐怖は故意に掻きたてられた。それは確かです。あなたの偵察がうまくいって戻ってくると、ある恐怖が別の恐怖に変わる。その別の恐怖は前のより悪いかもしれない。だってよりリアルですからね」

「ようやくわかりました。あなたは私に成功してほしくないのですね？」

「ええ。ただ、あなたの同意の上で」

「なぜです？」

リスのような小さな目をした彼の陰険な醜さが突然消えた。彼は声もなく大口を開けて笑い出した。

「なぜかはすでに話しました。私は昔ながらの原則、つまりフェアプレイの人間だからです。いますぐに答えてください、もう私は足が痛いので」

「ここにクッションを二つほど置くべきでしたね」私は言った。「その、その分散技術については、私に使わせてください」

「私が話したことを信じないのですか？」

「信じます。だからこそ、そうしたいのです」

「ヘロストラトス〔有名になりたくてアルテミス神殿に放火した羊飼い〕になりたいと？」

「神殿には火をつけないようにしますよ。もうこのケージから出てもいいですかね？」

V　ルナ高技能ミッショナリー

打ち上げは八回延期された。カウントダウンの最中に障害が明らかになったのだ。一度は空調が止まり、一度は予備コンピューターがショートの報告をしたが、ショートはなく、一度はショートがあったが、メインコンピューターが管制に伝えなかった。一〇回目のカウントダウンでようやく飛べそうだと思っていたら、〈LEM〉七号が言うことを聞かなくなった。私は石棺の中のファラオのミイラみたいに一〇〇〇個のセンサーが付いた粘着テープでぐるぐる巻きにされ、フルフェイスヘルメットをかぶり、喉頭に咽喉マイクを着け、オレンジジュースの容器のストローを口にくわえ、片手を緊急射出装置のレバーに、もう片方の手を方向舵ハンドルに置き、心地よく遠く離れた物事を考えるように努めて、八人の管理官に画面上で観察されている心臓がドキドキしないようにし、それと共にモニターされている血圧・筋肉の緊張・発汗・眼球の動き・身体の電気伝導度は、勇敢な宇宙飛行士が神聖な**ゼロ**を、私を上空へ押し上げてくれる轟音を待ちながら、いかなる恐怖を味わっているのかを示しているわけだが、毎回ひどい悪態に続いてメインコーディネーター、ウィヴィッチの声が「**ストップ！　ストップ！　ストップ！**」と繰り返すのが聞こえてきた。私の耳のせいだったのか、マイクに何か不具合があったのか知らないが、彼の声は空っぽの樽の中みたいに響いていたのだけれど、そのことに言及しなかったのは、私が何かぴいぴい言うと、彼らはヘルメットの音響検査に取りかかり、共鳴の専門家らを引っ張り出してきて、それが永遠に続くとわかっていたからだ。

　サービス技術者によって〈ＬＥＭ〉の反乱と呼ばれた最後の故障は、まったく意外で莫迦げたものだった。というのも、全ユニットをチェックするためだけの制御インパルスの影響を受けて〈ＬＥＭ〉は動きはじめ、スイッチオフ後に停止する代わりに、身震いして立ち上がろうとしたのだ。狂った偶像のように、固定ストラップと格闘しはじめ、すべての電源コードを順番にオフにしたにもかかわらず、このハーネスを引きちぎらんばかりで、どうしてそうなったのかわからなかった。おそらくリーク電流か漏電だったのだろう。インピーダンス、キャパシタンス、抵抗。何が起きているのか技術者がわからないときの語彙の豊富さは、絶望的な症例に関する診断会議に臨む医師のそれに比肩する。ご承知のように、何かが壊れる可能性がある場合、いつかは必ず壊れるのだし、二九万八〇〇〇の主回路と統合ブロックからなるシステムでは、二重化しても一〇〇パーセントの確実性は得られない。上級サービス技術者、ハレヴァラは言った――一〇〇パーセントの確実性を与えてくれるのは死者だけだ、つまり、決して起き上がらない。ハレヴァラはよくこう言っていた。神様は世界を創造するときに統計を考慮しなかった。だから障害が起きはじめたとき、それも楽園においてだぞ、奇蹟を使ったのだが、遅すぎた、だって奇蹟さえ役立たなかったのだから、と。いらだったウィヴィッチは、我々に不運をもたらすハレヴァラを解任するよう、所長に要求した。所長は不運を信じていたが、フィンランド人が不服を申し立てた科学評議会は不運を信じていなかったので、ハレヴァラは自分のポストに残った。こうした雰囲気の中で私は月ミッションの準備をしていた。

　月上空でも何かがうまくいかなくなると私は確信していた。シミュレーション、コントロール、カウントダウンはとことん繰り返されたけれども。ただ、それがいつ起きるのか、そのとき自分がどんな苦境に陥るのかに興味があった。何もかもが一度完璧にうまくいったとき、私自身でカウントダウンを止めた。というのも、きつく包帯が巻かれた左足がむずむずしはじめたので、墓の中でよみがえりしファラオのごとく私は音声信号を通じてウィヴィッチと言い争ったのだが、彼が言うには、そんなのは自然にすぐ治まるし、その包帯はあまり緩めることはできないのだと。でも私が譲らなかったから、彼らは私を一時間半掛けて開梱し、すべての繭《まゆ》を剝く羽目になった。判明したのは、だれかが――しかし当然だれも白状しなかった――フックを引っ張る際、パイプを詰めたり清掃したりするのに使う道具《タンパー》を使い、それを私の膝下を巻いている包帯の下に置き忘れていたということである。同情した私は、どうか調査を始めないでくれと頼んだ。だれの仕業かは察していたけれど。だって私の保護者のうち、だれがパイプを吸っているのかは知っていたから。星への旅に関する非常にセンセーショナルな物語では、こうしたことは決して起こらない。たとえ、しかるべき手だてを詰め込んでいても宇宙飛行士が嘔吐したとか、自然な生理的欲求を満たすための容器の蓋が滑り落ち、そのせいで小便ができるだけでなく、小便で宇宙服を満たせる、なんてことは物語の中では決して起こらない。まさにこれが準軌道飛行中の最初のアメリカ人宇宙飛行士に起きたのだが、しかし歴史的・愛国的なもっともな理由からＮＡＳＡはこの事実を報道機関に公表せず、この事実が報道機関にたどり着いたときには、もはやだれも宇宙工学に興味を持っていなかった。

　努力すればするほど、人間を気にかければかけるほど、からまったケーブルが脇の下に食い込んだり、バックルが必要ない所に押し込まれたりすることが増えて、くすぐったさに気が狂いそうになる。一度、宇宙服の中に外側からしかるべく制御できる孫の手を装備してはどうかと提案してみたら、みんなは冗談だと思って笑ったけれど、経験豊かな宇宙飛行士たちだけは笑わなかった。私が何のことを言っているのか知っていたから。最初にかゆくなったり、くすぐったくなったりした身体の部分は、いかなる方法でも掻くことができない、という泰平の法則を発見したのはこの私である。このくすぐったさが止むのは、何らかの重大な障害が発生した場合のみで、そうなると髪は逆立ち、肌は粟立って、あとは冷や汗が人間を打ちのめすからだ。これこそが最も神聖な真実なのだが、お偉いさん方はこれについて話すことはまかりならんとした。というのも「星々を目指す人間の偉大なる一歩」とはうまく韻を踏めないからだ。仮にアームストロングが、あの最初の〈ＬＥＭ〉〔月着陸船〕の段を降りるとき、例の「偉大なる一歩」の代わりに、パンツがずり落ちてこそばゆいと言っていたら、ずいぶんとひどい見映えになったろう。いつも思っていたのだが、航空管制官たちは肘掛け椅子にゆったりと腰を下ろして缶ビールを飲みながら、ミイラと化した宇宙飛行士に助言を与えたり、励ましと元気づけの言葉をかけたりしているけれども、まずは彼ら自身が宇宙飛行士の立場に身を置くべきである。

基地で過ごした最後の二週間は残念だった。泰平ヨンに対する新たな襲撃があったのだ。偽のマリリン・モンローとの冒険の後でさえ、私宛ての手紙はあらかじめ郵便物を武装解除する特別な装置で調べているとは聞いていなかった。専門家が呼ぶところの書簡弾道学はすでに開発が進んでいて、受取人をバラバラに引き裂くことのできる装薬が二つ折りにしたクリスマスカードの間に、あるいは、この方がより面白いかもしれないが、幸福と健康を願う誕生日カードの間に挟まっている可能性がある。危うく私をあの世に送りかけたタラントガ教授の致命的な手紙と、そのとき私が起こした騒動の後、ようやくその機械を見せてもらった。爆発の衝撃を消すという特別な鋼鉄ブロックが斜めに設置された装甲室で。手紙は遠隔ハンドルで開封されるが、その前にX線と超音波を当てて、封筒内に雷管があれば爆発させるようになっていた。だがその手紙は全然爆発せず、実際にタラントガが書いたものだったから私のところに持ってこられたわけだが、鋭敏な嗅覚のおかげで私は無事だった。なぜなら、その手紙はモクセイソウかラベンダーみたいな香りがして変だった、というか、あからさまに疑わしかった。というのも、タラントガは絶対に、よい香りのする手紙を送ってくるような人ではないのである。だから「愛するヨン」という言葉をひと目見るなり私は笑いだし、全然笑い事じゃないのに自分が笑っていることにはたと気づいたが、非常に高い知性を持ちあわせている私は理由《わけ》もなく莫迦みたいに笑うことは決してないのだから、この笑いは自然ではない。念のため私ははなはだ分別のあることをした。すなわち、手紙を、机を覆っているガラス板の下に押し込み、ガラス越しに読んだのである。ありがたいことに、ちょうど鼻風邪をひいていた。それで鼻をかんだ。科学評議会は後に、私が反射的に鼻をかんだのか、それとも瞬時に探偵的な結論を下してそうしたのかを検討した。自分でも何がどうだったか、わからなかったのだ。いずれにせよ、それによって私はその手紙に染み込んでいた薬剤をごく少量吸っただけで済んだ。それはまったく新しい薬だった。薬によって引き起こされた笑いはしつこいしゃっくりの序曲に過ぎず、しゃっくりは深い麻酔下でようやく止まった。すぐにローエングリンに電話したが、彼は最初、私が莫迦げた冗談を言っているのだと思っていた。というのも、話しながら私が抱腹絶倒していたからである。神経学的な見方をすれば、笑いとはしゃっくりの最初の段階なのだ。最終的に事が明らかになり、手紙はマスクをしたふたりの男が実験室に持ち去り、ロペス博士とその同僚がきれいな酸素で私を救ってくれ、ようやくクスクス笑い程度になったとき、私はその日と前日の新聞のあらゆる社説を読まされた。全然知らなかったのだが、私がいない間に新聞もテレビも真っ二つに分裂していた。流れてくるものすべてを報道する新聞や番組と、もっぱら良いニュースのみを報道する新聞や番組とに。これまで私に与えられていたのは後者だったから、私は基本的に、ジュネーヴ協定締結後、世界は本当にきれいになった、という印象を持っていた。少なくとも平和主義者はもうすっかり満足しているのかと思っていたが、とんでもない。新時代の精神についてはロペス博士が一度貸してくれた本によって証明することができた。著者の主張によると、イエスは破壊工作者であり、隣人愛で攪乱することで、分割統治の規則に応じてユダヤ人の団結を分裂に導くために差し向けられた。それがうまくいくと、ローマ帝国を崩壊に導き、これにも成功した——ただ少々後のことだが。イエス自身は自分が破壊工作者であるという自覚が微塵もなく、使徒たちも何も知らずに最善の意図を持って活動していた。しかしながら、まさにそうした意図でもって何が舗装されているのかは明白である。この著者——残念ながら名前を失念——の意見によれば、隣人愛と平和を善意の人々に説く者は、即刻最寄りの警察署に連れていくべきである。実際に背後に隠れている者を突きとめるために。だから平和主義者がすでに別の仕事に鞍替えしていたのも不思議はない。その一部は、おいしい動物たちがたどる恐ろしい運命への抗議活動を引き受けた。にもかかわらず、カツレツやハム・ソーセージの消費量は減らなかった。別の者たちは生きとし生けるものと親しく交わる必要性を宣言し、ドイツ連邦議会で一八議席を獲得した親バクテリア党の声明によると、微生物には我々と同じ生存権があるのだから、薬による殺菌は禁止し、その代わり遺伝的に調整する必要がある、つまり、細菌を飼いならして、彼らが人ではなく何か別のものを食べるようにすべきであるというのだった。普遍的な優しさが横行していた。その優しさと思いやりの敵に止めを刺さねばならぬという同意以外に、だれがその普及を邪魔したかについては意見の一致を見なかった。タラントガのところで私は興味深い新刊の百科事典、『恐怖事典』を目にした。本書が説明するように、かつて恐怖は超自然に由来していた。魔法、魔術、禿げ山の妖婆に、異端者、無神論者、黒魔術、悪魔、悔い改めた魂に、放蕩生活に、抽象芸術に、豚肉に。だが工業時代に恐怖は工業製品へと移行した。新たな恐怖が告発したのは、トマトの有害作用（がんを引き起こす）、アスピリン（胃に穴をあける）、コーヒー（飲むとせむしの子が生まれる）、バター（当然、動脈硬化症）、紅茶、砂糖、自動車、テレビ、ディスコ、ポルノグラフィー、禁欲主義、避妊薬、科学、煙草、原子力発電所、高等教育だった。私はこの百科事典の成功にまったく驚かなかった。タラントガ教授は、人間には二つのことが必要だと考えている。第一に、**だれが**という問いに対する答え、第二に、**何が**という問いに対する答えだ。一つめの質問は、**だれが**すべての責任を負うのか、ということである。答えは短く、わかりやすく、明確でなければならない。第二に、人々が必要としているのは、**何が**秘密をなしているのか、ということだ。すでにこの二〇〇年間、学者たちは自分たちがつねにより多く、よりよく知っているということで、だれもをいらだたせてきた。バミューダ・トライアングル、空飛ぶ円盤、植物の精神生活を前にして無力な学者たちを見るのはなんと快いことか。更年期の平凡なパリジャンが今後の世界の政治状況を知っているのに、教授たちがまったくの無知だったら、してやったりと思わないだろうか。

タラントガが言うには、人は自分が信じたいことを信じる。占星術の全盛を見てみたまえ。常識的には他の全員が束になってもかなわないほど星々について多くを知っているはずの天文学者たちによれば、星々は我々なんて知ったこっちゃない。星々というのは熱いガスでできた巨大なボールで、世界の始めから回転しているのだし、星々と我々の運命との関係は、我々が滑って足を折る可能性があるバナナの皮よりもはるかに小さい。ところがどっこいバナナの皮にはだれひとり興味を持たないのに、真面目な雑誌が星占いを載せているし、株取引を行う前に星回りがよいかどうかを尋ねることができるポケットコンピューターまである。果物の皮は、あらゆる惑星と恒星を合わせたよりも人間の運命により大きな影響を与える可能性がある、と説く人にはだれも耳を傾けない。ある男がこの世に生まれたのは、彼の父親が、言わば、ちょうどよい時に引き下がらなかったからで、それゆえ彼の父親になったのである。彼の母親は、起きたことを知るや、キニーネを服用し、タンスから床に両足で飛び降りたが、なぜか効かなかった。それでその男が生まれ、学校を卒業し、ズボン吊りの店か郵便局か登録事務所で働いている。ところが突然彼は、まったくそうではないことを知る。惑星は特別な結合を形づくり、黄道十二宮は注意と忍耐力でもって特殊なパターンに配置されており、天の半分がもう半分と共謀して、彼が生まれ出るように、彼がカウンターの後ろに立つか机の向こうに座るようにしたのである。これは精神を高揚させる。宇宙全体が彼の周りを回っていて、たとえ彼に好意的でなくとも、たとえズボン吊りメーカーが破産して、そのせいで彼が失業するように星々が配置されているとしても、そのほうが気持ちいいじゃないか――星々が本当は彼をどのくらい気にしていて、どの程度心配しているかを知るよりも。窓際の鉢植えサボテンが彼に示す共感のニュースともども、そんなもの彼の頭からたたき出せ、それで何が残る？　裸足の、かわいそうな剝き出しの空虚と、望みなき絶望だ。タラントガ教授かく語りき、だが私はあまりにもテーマから逸れ過ぎたようだ。

私が地球周回軌道に打ち上げられたのは一〇月二七日、おくるみに包まれた赤ん坊みたいにセンサー付き下着にくるまれて高度二六〇キロメートルから母なる地球を観察していると、基地の技術者たちが、はたして今回はうまくいった、という満足と驚きの歓声を上げるのが聞こえた。私の第一段――メインブースターを念頭に置いている――は、コンマ一秒までしかるべく太平洋上で分離したのだが、第二段は分離しようとしなかったので手伝ってやらねばならなかった。それはたぶんアンデス山脈のどこかに落ちた。道中の無事を願うお定まりの挨拶の後、私はみずから舵《かじ》を取り、最も危険なゾーンを疾駆して月へ向かった。民間や軍用の様々な古いスプートニクの鉄屑がいったいいくつ地球を回っているのか、あなたがたには見当もつかないだろう。そんなのが一万八〇〇〇個もあるのだ。少しずつバラバラになったものは勘定に入れてないが、そういうのがいちばん危険だ。なにしろ小さくて、レーダーでかろうじて見えるくらいなのだ。そのうえ、放射性廃棄物を筆頭にあらゆる有害ごみが地球からごみ箱船で搬出されるようになって以来、真空は通常のごみでいっぱいだ。だから本当に何もなくなるまで、私は細心の注意を払って飛んだ。それからようやくベルトを全部はずして、自分の〈ＬＥＭたち〉の状態をチェックしはじめた。

順番に一体ずつオンにして、ＬＥＭ内で自分が感じられるようにし、船倉内部をＬＥＭのクリスタルの目で眺めた。こうした遠隔人は実際一九体あったが、最後の一体だけは、表示によると果物ジュースの缶詰めが入った容器に個別に収まっており、これは好ましくない人を惑わすためだった。このカムフラージュはあまり賢いとは思えなかった。この容器のサイズを見たら、私がジュース風呂に入るのかと思われかねない。内部には密閉された水色のシリンダーが入っていて、ＩＴＥＭ、すなわちINSTANT ELECTRONIC MODULE《インスタント・エレクトロニック・モジュール》の文字が記されている。これは粉末遠隔人、トップシークレット、ラックスの作品で、どうしても必要な場合のみ使用することになっていた。私はその動作原理を知っていたが、それをいま明かすべきかどうかは、まだわからない。私の話をギナンドロイクス社製品およびルナ・エージェンシー遠隔人モジュールのカタログにはしたくはない。*Lunar Excursion Missionary*（ルナ・エクスカーション・ミッショナリー）五号は電源を入れた直後、軽い痙攣を起こした。それは私にフィードバックされるため、私は熱病にかかったように震えだし、歯をカタカタ鳴らした。情報によると私は直ちにこの欠陥を基地に報告する必要があったが、そうすればどうなるかは実践からわかっていたので、報告しないことにした。彼らは直ちに建造者、設計者、エンジニア、電子病理学専門家らのグループを呼び集めるだろうが、ちょっとした痙攣みたいなつまらないことで大騒ぎしやがって、そんなもの自然に治まるじゃないか、と何より私に対して腹を立てている人たちは、無線で互いに矛盾した指示を送ってくるだろう——何を何と接続しろだの、何を切り離せだの、これこれの電流をこの哀れな奴に流せだの、というのも電気ショックは人間に限らず、意識を取り戻すのに役立つ場合があるからだ。もし彼らの言うとおりにすれば、それがＬＥＭの新たな予期せぬ反応を引き起こし、私は静かに待つよう命じられ、彼らだけでこの〈ＬＥＭ〉の、および、事によると私の、アナログまたはデジタルのモデリングにメインシミュレーターで取りかかることになり、その際とことん論争になるだろう、時折私に冷静さを失わないようにと働きかけながら。グループは二つか三つの陣営に分裂するだろう。診断会議の際、優秀な医師たちがそうなるように。ひょっとすると、手動工具を持って内部ハッチを抜けて船倉に降り、〈ＬＥＭ〉のお腹を開けて、ポータブルテレビカメラをそこへ向けろと私に命じるかもしれない。というのも電子機器は遠隔人の腹部に入っているからだ——頭には十分なスペースがないのだ。そんなわけで私は専門家の指揮の下、操作することになるが、たまたまそれでどうにかなれば、彼らは自分たちの手柄にするだろうし、まったくどうにもならなければ、私が無能なせいにするのだ。まだロボットも遠隔人もなかった頃は、並はずれた偶然で船載コンピューターは故障せず、もっと単純なもの、たとえばテスト飛行中のコロンビア号のトイレが壊れたものだった。

その間に私はもう地球から一五〇〇〇〇キロメートル離れて、〈ＬＥＭ〉の欠陥について言わずにいたことをますますうれしく思っていた。通過ルートは基地と話す際の一秒以上の遅延を意味し、遅かれ早かれ私の指の下で何かがぱちっと音を立てるだろうが、無重力状態では微妙な動きが難しく、かすかな火花が光るのは私がショートを起こした印で、一秒後にはしかるべきコメントの声がコーラスで聞こえてくるだろう。彼らは今度はこう言う——泰平がすべて台無しにしたから、もう何もできないと。だから私は彼らと自分自身をいらだたせないようにした。

月に近づけば近づくほど、余計なアドバイスや警告を無線で頻繁に受け取るようになったため、ついにこう言ってやった——私の頭を悩ますのを止めないなら、無線を切るぞ、と。月は昔から自分の懐《ふところ》みたいによく知っている。その頃はまだ月を改造してディズニーランドの支店にする計画があったのだ。私は月を高軌道で三周し、〈嵐の大洋〉上空でゆっくりと降下しはじめた。片方に〈雨の海〉が見え、もう片方にはエラトステネス・クレーター、その先にはマーチソン・クレーター、〈中央の入り江〉、さらには〈雲の海〉まで続いていた。すでにだいぶ低くなっていたので、斑点のある月面のその先の部分は極にさえぎられた。私がいたのは〈沈黙ゾーン〉の下限だった。これまでのところ予想外のことは何もなかった——私の操縦中に命を奪いかけたビールの空き缶二個を勘定に入れなければ。ブレーキをかけたとき、いつものように技術者が急いで捨てたその空き缶がどこからともなく現れると、キャビン中を飛びまわりはじめ、時折私の頭上の隅にカランコロンと音立ててぶつかった。グリーンホーンなら缶を捕まえようとしたろうが、そんなことは思いもつかなかった。私は軌道を変更し、タウルス山地上空を飛んだ。巨大な〈晴れの海〉が眼下に広がったとき、いきなり後ろからヘルメットに何か喰らったので驚いて飛び上がった。それはフルーツケーキが入っていたブリキの箱だった。船の乗組員にビールのつまみとして役立っていたものらしい。基地でそのガツンという音を耳にするや、たちまち質問が降り注いだが、私は嘘をついて、単に頭を掻きたかっただけだが、ヘルメットをかぶっているので、その丸いカバーに手袋がぶつかったのだと説明した。私はつねに人間的であろうと努めているし、技術者たちが様々な物を必ずロケットに置き忘れるに違いないことを理解している。これまでもそうだったし、いまもそうだし、これからもそうだろう。私は問題なく内部統制区域を通過した。なぜなら、私を通過させるよう、当該区域の衛星に地球から命令が出ていたからだ。プログラムはこれを予期していなかったが、私が数回かなり急激に制動を掛けたのは、ロケットの組み立てと検査のさらなる残り物を四方八方から振り落とすためだった。巨大な蛾のように羽ばたいたのは、予備の月面地理学体系が入った戸棚の下に押し込まれていたコミック誌だった。瞬く間に在庫品目録を作り上げると――ビール二、ケーキ一、コミック一――今後はもっと緊張して不意打ちに備える必要があるな、と思った。月は手に取るように見えた。二〇倍の望遠鏡を通しても、ひっそりとして無人で空っぽのようだった。私は知っていた――個々の区域のコンピューター工場は、海面、つまり、かつて溶岩流によって形成されたこの巨大な平面の、優に数十メートル下にあることを。工場がそれほど深く埋められたのは、隕石の落下によって損傷を受けないようにするためだった。にもかかわらず私は〈蒸気の海〉、〈静かの海〉、〈豊かの海〉を特に注意して調べ（この広大な化石にかくも優美な洗礼名を授けた古《いにしえ》の天文学者たちは、なかなか想像力が際立っていた）、それから、せめてわずかな動きでも見えないかと、〈危難の海〉と〈氷の海〉をもうひと回りした。私の眼鏡は最高級で、クレーターの斜面で砂利とは言わぬまでも、少なくとも人の頭大の石なら数えることができたが、そこでは何ひとつ動くものはなく、まさにそれこそが最も私の興味をそそった。いったいどこに行ったんだ、あの武装オートマタ軍団は、あの装甲アメーバの群れは、あの巨人たちと、それよりは危険度が少ないリリパットたち、長年にわたり月の地下で絶え間なく生まれてきた奴らは？　何もない、ただ崩れた岩山と、大きいクレーターからお皿くらいの小さなクレーター、コペルニクス〔クレーター〕の周りに放射状に光る古いマグマの溝、ホイヘンス〔山〕の切り立った尾根、もっと極よりにはアルキメデス〔山脈〕、カッシーニ〔クレーター〕、地平線上にはプラトン〔クレーター〕、どこもかしこもひっそり閑としているのは、まったく理解できない。フラムスティードが定めた子午線に沿って、ヘロドトス〔山〕、リュムケル〔山〕、〈露の入り江〉を抜けて、だれのものでもない最古の地帯が走っており、船が静止軌道に乗ったら、まさにそこへ最初の遠隔人を着陸させることになっていた。その着陸地点は正確に定められていなかった。だれのものでもない、したがってほぼ確実に安全な土地の、子午線全体をあらかじめ偵察した後、私自身が決めることになっていた。だが、何らかの戦術的手がかりが得られるような偵察など不可能だった。静止軌道に入るため、私は高く舞い上がらねばならず、それから少しずつ船を操作していくと、ついには日光に照らされた巨大な丸い月の面が足下をしだいにゆっくりゆっくりと通り過ぎはじめた。それがすっかり動かなくなったとき、私の下にはちょうどフラムスティードがあった。これは非常に古い、平らで浅いクレーターで、ほぼ縁まで凝灰岩で埋まっている。私はどうすべきか考えながら、岩だらけの月面をじっと見つめたまま、おそらく三〇分ほど宙に浮いていた。遠隔人が着陸するのにロケットは必要なかった。両足にブレーキノズルがあり、ジャイロスコープで制御されているので、ジェット噴射のみを調整しながら、望ましい速度で降下することができた。この足に取り付けられたノズルは軟着陸後、空の燃料タンクと共にまとめて捨てられるようになっていた。これ以降、私の制御する遠隔人は月の運命にゆだねられた。だって、もはや戻ってこられなかったから。これはロボットでもアンドロイドでもなかった。というのも、そもそも自分の考えを持たず、言わば私の道具、延長であって、ほんのわずかなイニシアティブも不可能なのだが、それでも、偵察の結果にかかわらず破滅を運命づけられている（なにしろこの死の荒野に捨てなければならないのだ）、と考えるのは気持ちのよいものではなかった。こんなことまで思い浮かんだ――苦境から無事に抜け出すため、六号が故障に見せかけただけではないか、彼一体だけが私と共に地球に戻ることになっていたからには。考えても仕方がない。なぜならこれは他の〈ＬＥＭ〉と同様、人間の形をした外殻にすぎないとわかっていたから。だがその考えは私の精神状態を示していた。しかし、それ以上待つ必要はなかった。いま一度私は着陸地点に選んだ灰色の台地をじっくり観察し、石ころの上に突き出ているフラムスティード北部の岩々からの距離を大雑把に見積もると、舵を自動に切り替えて一号のキーを押した。私の全感覚が飛び移るのは、予想していたし、もう何度も経験していたとはいえ、激しいものだった。私はもう深い椅子に座ってリズミカルに光が瞬く船内コンピューターの前で望遠鏡をのぞいているのではなく、棺みたいに狭い、片側だけが開いた寝台に仰向けに横たわっていた。そこからゆっくりと出て、身をかがめると、灰色で艶消《つやけ》しの胴体の装甲と、鋼鉄の太腿と脛に制御装置の箱がストラップで固定されているのが見えた。私はゆっくりと背筋を伸ばした――磁石の靴底が金属製の床にくっつくのを感じながら。周りでは、いましがた私が寝ていたのと同じ二段ベッドに似た寝台で、他の遠隔人たちの胴体がじっと横たわっていた。また自分の呼吸は聞こえたが、胸郭の動きは感じられなかった。苦労して左足と右足を交互に船倉の鋼鉄底から引きはがしながら、ハッチを囲む手すりまで行くと、フラップの上に立ち、上から発射装置の手で押されて下に落ちるとき縁に引っかからないよう、両腕で自分を抱きかかえてカウントダウンを待った。そして数秒後、あらかじめ制御盤で設定しておいた機械の非情な声が響いた。「二〇……一九……」私はその声と共に数えた。いまやもうすっかり落ち着いていた。だって中止はなかったから。しかし「**ゼロ**」が聞こえた瞬間、私は反射的に筋肉を緊張させたが、同時に何かがやわらかくなり、ものすごい力で押され、船倉の底に開いた井戸を抜けて私は石のように飛んでいき、頭を上げると、暗い船の形が、弱々しく燃える星々がわずかに散らばるもっと暗い空を背景につかの間見えた。船が黒い大空と溶けあう前に、足元に強い衝撃を感じ、と同時に青白い炎が私を包んだ。制御装置のロケットが点火し、いまや私はゆっくりと落ちていたが、それでもまだかなりの速度があって、月面は私を引っ張って飲み込もうとするかのように、ぐんぐん大きくなっていった。炎は熱く、私はそれを感じた――厚い装甲越しに不均一な熱波としてではあるが。相変わらず半ば両腕で自分を抱きかかえ、なるたけ首を曲げて、見る見る大きくなってゆくフラムスティードの、いまや灰緑色の岩々と砂だまりを見つめた。埋もれたクレーターの表面までおよそ一〇〇メートル以内になったとき、腰の操縦ハンドルに手を伸ばした――しだいに速度を落として降下する際、ジェット噴射を綿密に小分けにするために。私は横へ滑空し、大きな凸凹の岩を避けて、両足で砂の上に真っすぐ降りようとしたが、何かが上から輝いた。視界の端ではあったが、それに気づいて頭を上げると茫然となった。

　黒い空を背景に白く見える重たい宇宙服を着た人が、私の頭上一〇メートル以内のところを、垂直に落ちてきた――つま先から腰の上まで制御装置の青白い炎に包まれ、片手を腰にある装置のハンドルに掛けて、しだいにゆっくりと、直立して、大きくなっていき、ついに私と並び、私が足下に地面を感じたのと同時に地面に降り立った。私たちは互いに五、六歩離れて、身じろぎもせず、二体の彫像のように立っていた。まるで向こうも自分ひとりではないことに茫然としているかのように。背丈は私とまったく同じだった。膝の制御装置はすでに消え、彼の巨大な月面用ブーツを灰色の煙の名残《なご》りが取り巻いていた。彼は立ちすくんだまま、私の目を真っすぐに見ているようだった――顔は白いヘルメットの遮光ガラスに隠れて見えなかったが。私の頭の中は完全に混乱していた。はじめ、これは遠隔人二号が何らかの装置の故障で私に続いて船倉から投げ出されたのかと思ったが、この考えでちょっと正気に返る前に、あちらの宇宙服の胸カバーに大きな黒い１という数字が見えた。だがその数字は私の宇宙服についているもので、船倉に他の１は絶対になかった。誓ってもいい。だからまったく無意識にその場から動いて、近くでヘルメットのガラス越しに相手の顔を見ようとしたのだが、同時に相手は私の方へ一歩踏み出し、あと二歩足らずの距離になったとき、私は茫然自失した。頭に密着した被り物がなければ、私の髪は逆立っていただろう。ガラス越しにヘルメットの奥が見えたのだ。そこにはだれもいなかった。あたかも二本の小さな黒い金属棒がヘルメット内部で私に狙いをつけていたかのようだった。それだけだった。私は反射的にいきなり後退したものだから、バランスを失って仰向けにひっくり返りそうになった。弱い重力下ではゆっくり動かなくてはいけないのを忘れていたのだ。向こうも同じく後退した。そのとき何かがパッとひらめいた。私はあちらと同じく、相変わらずジェット噴射調整ハンドルを右手でにぎっていた。

向こうは左手でにぎっていた。私がゆっくり片手を挙げると、向こうも同じようにし、私が足を動かすと、向こうもそうしたので、相手が私の鏡像であることがわかりはじめた（とはいえ実際には何も理解していなかったのだが）。それを確認するため、内心の抵抗に打ち勝って相手に近づくと、向こうは私に近づいてきたから、宇宙服の胸の膨らみがぶつかりそうになった。ゆっくりと、焼けた鉄に触ろうとするかのように、私は相手の胸に、相手は私の胸に、私は右手を、相手は左手を伸ばした。私の五本指の巨大な手袋は相手の中に跡形もなく沈んだ――まさに消えてしまい、同時に相手の手は手首まで私の宇宙服にもぐって消えた。いまやほぼ疑いの余地はなかった。私はひとりで鏡像の前に立っているのだ――いかなる鏡の影形も見えなかったけれど。私たちはそうやって、じっと立っていた。私はもう空ではなく相手の周囲を見ていたのだが、相手の背後の脇に、灰色っぽい地面から岩が突き出ているのに気づいた。先ほど着陸時に避けたあの岩である。だが、その岩は私の後ろにあったはずだ――それは絶対に確かだった。つまり自分の鏡像だけでなく、周囲のすべての鏡像が見えていたのだ。今度は鏡像が終わる場所を目で探しはじめた。だってそれはどこかで終わって、凸凹した浅い月面の砂丘に移行するはずだから。だがその継ぎ目、その境目を見分けることはできなかった。これからどうしたらいいかわからず、私が後退しはじめると、相手もザリガニみたいに後ずさりし、互いに遠ざかっていき、相手が少し小さく見えるようになったとき、なぜだかわからないが、まるで何事もなかったかのように私は背を向けて、かなり低い太陽に向かって真っすぐ前に進んだ。遮光ガラス越しでもひどく眩《まぶ》しかった。月面ではそうならざるを得ない、あのアヒルみたいによたよたした足取りで数十歩行くと、立ち止まって背後を見た。向こうも小さな砂丘の天辺に立って、横向きで私の方を見ていた。

　これ以上の実験は実際もう不要だった。だから私はただ突っ立っていたが、頭の中は沸き立つ思考でざわざわしていた。突然この瞬間になって気づいたが、これまでルナ・エージェンシーが月に送った自動偵察機が武装していたかどうか、一度も訊いたことがなかった。それについてはだれも何も言わなかったし、莫迦な私はそうした質問をしなかった――なぜか頭に浮かばなかったのだ。もし武装していたのなら、それらの着陸後の沈黙、突然の消失は、レーザーが装備されていたという条件下で、その単純な原因を示していた。それを確認する必要があった、だがどうやって？　私は地球基地と直接通信する手段がなく、通信可能なのは頭上高く浮かんでいる船とだけだった。船は静止軌道で月面と同じ角速度で動いていたからだ。本当は、つまり肉体を持つ私個人は、船上にいて、フラムスティード・クレーターに立っていたのは遠隔人としてであった。地球と通信するには、送信機、つまり宇宙服内の通信装置をオンにする必要があったが、船から出る直前、わざとオフにしていた――地上の管理者たちの助言で着陸時の集中を邪魔されないように。もしも指示に従って無線連絡を取り合っていたら、きっと彼らは私にアドバイスを惜しまなかったろう。それで私は胸のつまみをしっかり回して、地球を呼び出しはじめた。答えが三秒遅れで来ることはわかっていたが、その三秒が何世紀にも思えた。ついにウィヴィッチの声が聞こえた。ウィヴィッチは私に質問を浴びせたが、私は彼に黙るよう命じ、無事に着陸したこと、目標地点ナンバー000にいること、攻撃は受けなかったことのみを告げ、二体目の遠隔人についてはひとこともらさなかった。

「どうか答えてくれ、これは非常に重要な質問だ」私は努めてゆっくりと冷静に言った。「私よりも前にここに送られた**遠隔人**はレーザーを装備していた。それはどんなレーザーだった？　ネオジムか？」

「その残骸を見つけたのか？　焼けているか？　どこにある？」

「質問に対して質問で答えないでくれ」私はさえぎった。「これは月から送る私の最初の言葉なんだから、重要なはずだ。ふたりの偵察者が持っていたのはどんなレーザーだ？　ロンともうひとりは？　同じものか？」

　しばしの沈黙。黒く重い空の下、私は動かぬ砂が溜まった浅いクレーターの横に身じろぎもせず立ち、自分の足跡の列を見た。それは三つのゆるやかな砂丘を抜けて四つめへと向かい、四つめの傍らには私の鏡像が立っていた。私はそいつから目を離さず、同時にヘルメット内で不明瞭な声を聞いていた。ウィヴィッチは情報を集めていた。

「オートマタが持っていたのは人間が持っていたのと同じレーザーだ」不意にウィヴィッチの声が聞こえたので、私はびくっとした。「モデルE－M－9。X線放射が九パーセント、ガンマ線、残りは青色だ」

「可視光か？　紫外線もか？」

「そうだ。スペクトル〔widmo には幻、幽霊の意味もある〕は急に途切れたりしない。どうした？」

「待てよ。超光帯域での最大放射か？」

「そうだ」

「何パーセント？」

ふたたび沈黙。私は辛抱強く待ちながら、宇宙服の左側が太陽に照らされて、ゆっくりと温まるのを感じた。

「超光帯域で九一パーセントだ。もしもし、泰平。そこで何が起きてるんだ？」

「待ってくれ」

この知らせに最初の瞬間困惑した。というのも、我々の偵察者を破壊したレーザー攻撃の放射特性は異なっていたことを憶えていたからだ。あれはもっと赤色寄りだった。はたしてあれは鏡ではなかったのか？　突然気づいた――反射光が入射光と同じである必要はない。たとえ普通のガラスでも。とはいえガラスはここでは問題ではなかった。レーザー光線を反射したものが、レーザー光線のスペクトルを赤方偏移させた可能性があった。いま物理学者に相談することはできなかった。それはいったん脇に置いて、憶えている光学の残存物を頭の中で探した。X線やガンマ線といった高エネルギー光線を可視光に変換するのに、エネルギーを追加する必要はない。だから比較的容易だ。それゆえ、この鏡に当たった光線は反射光とは異なっていたのだ。私は奇蹟に頼らずに、鏡の仮説を保持することができた。それでほっとした。私はまるで演習場にいるかのように、星々に対して自分の位置を確定しはじめた。東へ五マイルほどの所にフランスの区域が広がっており、それよりはるかに近い一マイル未満の所、私の背後にアメリカの境界があった。したがって私が立っていたのは、だれの土地でもなかった。

「ウィヴィッチ？　聞こえるか？　こちら月面」

「はい。泰平！　何の閃光も見えなかったが――なぜあのレーザーのことを尋ねた？」

「私の話を録音しているのか？」

「もちろん。一言一句もらさず」

　いらだっているのが声でわかった。

「気をつけろ。これから言うことは重要だ。私はフラムスティード・クレーターに立っている。東のフランス区域の方向を見ている。目の前に鏡がある。繰り返す。鏡だ。普通の鏡ではなくて、私と私の周囲が一緒に映し出されるものだ。これが何なのかはわからない。正確に自分の鏡像が見える。つまり、遠隔人一号がおよそ二四〇歩の距離に見えている。この鏡像は私と共に着陸した。この反射域がどれくらいの高さまで伸びているのかはわからない。着陸の際、私は下を、足元を見ていたから。そっくりさんに気づいたのは、クレーターの真上、すぐ近くだ。あいつは私と同じ高さではなく、少し上にいた。また、私より大きかった――つまり私より背が高く、太っていた。その後、目の前に立ったときには、もう私とまったく同じだった。この鏡は反射像を拡大できる可能性があると考える。だから、あの遠隔人にとどめを刺した、いわゆる月面ロボットらが不格好に太って見えたのだろう。私のそっくりさんに触れようとしてみた。手は完全に通り抜ける。いかなる抵抗もない。仮にレーザーを持っていて発射していたら、私はもうおしまいだった。反射された電荷をすべて喰らっていただろうから。これからどうなるのかわからない。いわゆる鏡が終わって通常の周囲に移行する場所は認識できない。さしあたりこれで全部だ。わかっていることを話した。いまやあなたがたは私より多く知ることはない。あなたがたが静かに座っていられるなら無線は切らないが、もしもあれこれ口を出すなら、邪魔されないように無線を切る。さて切るべきか切らずにおくべきか？」

「いや。切るな。どうか落ち着いて……」

「どうか黙っててくれ」

　上空四〇万キロメートルの彼方、三秒遅れでため息をつき鼻を鳴らすのが、はっきりと聞こえた。上空、というのは、地球は黒い空のほぼ天頂にあり、星々の中で穏やかに青く光っていたからだ。一方、太陽は低く、白い宇宙服を着た自分のそっくりさんに目を向けると、砂丘の上に波打って横たわる己の長い影が見えた。ヘッドフォンは少々パチパチいっていたが、ともかく静かになった。聞こえたのは自分自身の呼吸だ。自分が船上で呼吸していることは理解しながらも、あたかもフラムスティードの横に己の身体で立っているかのように聞こえるのだ。我々はさまざまな不意打ちを予期していたが、だれのものでもない土地でまさかこんなことがあろうとは。彼らはどうやら鏡のトリックを利用して、生物だろうと無生物だろうと、だれもが着陸直後、月の塵を嗅ぐこともなく、己を仕留めるように仕向けているようだ。巧妙かつ悪賢い。それどころか聡明とも言えるが、私の偵察のさらなるチャンスに関しては、あまり見込みはない。きっとさらに多くの不意打ちが用意されているだろう。実を言うと私はすぐにでも船に戻って、位置を再考し、基地と話し合いたかったが、このヴァリアントは直ちに捨てた。無論、胸の安全ガラスを割ってメインノブをひとひねりすれば遠隔人を捨てることはできたが、絶対にそれだけはしなかっただろう。遠隔人の中にいるほうが船上にいるより危険は少なかった。この鏡の源を探す？　仮にそれがあるとして、見つけたとして、それでどうなる？　鏡像は消える。それ以上何も起こらない。分別のある考えが思い浮かぶのは健康のために散歩している最中ではなかったか？　私は前に進んだ――散歩の歩調ではなく、ちょっと酔っぱらった、あの月面の足どりで、まず足を地球上にいるみたいに動かし、その後はもうすっかり月面式に、両足を揃えてスズメみたいに跳びはねる。というかむしろ、大きな硬いボールがバウンドしながら、一つめと二つめのジャンプの間に、砂地の上を長々と滑空するように。こうして着陸地点から十分に離れると、立ち止まって背後を振り向いた。ほぼ地平線上に小さな姿を目にし、私は再び狼狽した。かなりの距離にもかかわらず、それがもはや白い宇宙服姿ではなく、まったく違うだれかであることに気づいた。そのしなやかですらりとした人物は、日光に照らされて頭が光っていた。月面なのに宇宙服なしの人の姿！　それも全裸だ。ロビンソン・クルーソーがフライデーを目にしたときだって、私みたいに柱と化したりはしなかった。私はすばやく両腕をあげたが、あちらは私の動きをまったく繰り返さなかった。私の鏡像ではなかった。そいつは肩にかかる金髪、白い身体、長い脚を持っていて、特に急ぎもせず、なんとはなしに私の方へ歩いてきた。

アヒルみたいなよたよた歩きではなく、浜辺を歩くように恰好よく。浜辺を思うと同時に、それが女だとわかった。より正確にはブロンドの若い女で、ヌーディストクラブにいるみたいに素っ裸だ。手にした何かカラフルで大きなもので胸を隠しながら近づいてきたが、私に向かって真っすぐではなく、少し斜めに歩いてきた――かなりの距離を置いて私を迂回しようとするかのように。私はウィヴィッチを呼び出しかけたが、最後の瞬間、言葉を飲み込んだ。きっと信じてもらえないだろう。幻覚を見ていると思われるに違いない。身じろぎもせず私は女の容貌を認識しようとし、必死に考えたのは、自分が知らないときに、どうすべきか知っていたら申し分なかったのに、ということだった。確率や感覚の信頼性などの問題はとうに放棄していた。だってそもそも確実に言えることがあったとすれば、己の妄想を目にしているのではない、ということだったからだ。すべては女の顔にかかっている、どうして言葉もなくそう思えたのかはわからない。仮にあのイタリアン・レストラン事件の偽マリリン・モンローと同じだったら、私は自分の意識状態に疑念を持っただろう。だってどんな方法で、いかなる電流・波・力が（それが何だか知ったこっちゃないが）、私の記憶に侵入し、よりによってこの画像を選び出すことができたのだろうか？　なにしろ私はこの不毛の地に自分の身体で立っていたわけではない。実際にはずっと船内にいて深い操縦席にベルトで縛りつけられていたのだ。もっとも仮に私自身がここにいたら、一体何がこれほど効果的に過《あやま》たず私の脳に侵入できただろう？　考えた結果、大小様々な種類の不可能性が存在することがわかった。

　これはオデュッセウスが通過した島々から来た人魚だった。死をもたらす餌。なぜそう思ったのか、わからない。私は立ち止まり、彼女は前進しつづけて、時折吹き散らされた髪に取り巻かれた顔を傾け、手にした花束に顔をうずめた（月面でにおいを嗅ぐ人はいない）。私には少しも注意を払わなかった。この蜃気楼発生器の外見がどんなで、いかに動作していたかとは関係なく、それらは論理的に機能していたに違いない。なぜなら論理プログラムでできていたのだから。ここが立脚点となりそうだった。なにしろ私は何かにつかまる必要があった。目に見えない鏡は武装した偵察者を無害化することになっていた。偵察者は敵を目にすると狙いをつけるが、最初はもっぱら自己防衛のためであって撃つためではない。彼の任務は偵察であって攻撃ではなかったから。だが相手も同じく彼に狙いをつけ、自己防衛のために発砲するだろう。というのも、抵抗せずに破壊できればプログラムされていた偵察をちっとも実行できなくしてしまえるから。だが私は撃たなかった。武器を使わなかった。その代わり地球を呼び出し、ウィヴィッチに自分が見たことを話した。私の言葉は盗聴されただろうか？　ほぼ間違いなくされた。いま思うと、これは恐ろしいミスというか、偵察プロジェクト全体の悲惨な見落としのように思える。泰平と基地との通信の盗聴対策をだれも考えていなかったとは。だって特別難しいことじゃない。私の無線に組み込まれたしかるべきコンバーターが私の言葉をエンコードして、基地からの音声が私に聞こえているのと同じように、不可解な信号の流れの形で伝えるなんてのは。あのコンピューター地下兵器は人間の言葉を知っていたに違いない。たとえ最初は知らなかったとしても、地球の数万のラジオ局を傍受すれば易々と学習できた。もしもそうなら、テレビ番組も簡単に受信できただろうし、まさにそうした番組から、ヴィーナスが海の泡から生まれたように、あの裸の若い女も生まれたのだ。それは論理プログラムだったから、ひとこともしゃべらない。もしロボットでなければ——というのもこいつは発砲しないし、自分のそっくりさんを詳しく調べようともしないから、だれだって着陸後は直ちにそうするだろうに——人間である。もし人間ならば、一〇〇パーセントの確率で男性である。なぜなら人間はこうした偵察の一人目に女性を送ったりはしないから。もしも男性ならば、彼のアキレス腱《よわみ》は各テレビ番組が暴露している。異性である。それゆえ私がすべきことが何であれ、誘惑するセイレーンに近づいてはいけなかった。私にとって高くつく可能性があったから。どれだけ高くつくかはわからなかったが、実験的に価格を設定したいとは思わなかった。この推論の正しさについては、女の外見、セイレーンの顔が証明していたはずだ。というのもあの、やはり金髪女の来歴など、だれにもわかりっこなかった。なにしろ完全な秘密に包まれていたのだから。ひょっとして月の軍備専門家たちはルナ・エージェンシー内部に同盟者を抱えていたとか？　差し当たりそれは除外した。

　女がゆっくり歩いてきたので、これだけ集中して考える時間があったのだが、もう数十歩も離れていなかった。女は一度もこちらを見なかった。私は彼女の素足が砂の上に跡を残すかどうか見極めようとした。私のブーツは一歩ごとに砂に跡をつけていたが、女のそれを見ることはできなかった。仮に女が足跡を残していたなら状況はもっと悪くなった、つまり、尚一層悪くなっていただろう。というのも、それは蜃気楼がまさにぞっとするほど完璧だということを示しただろうから。でも彼女の顔を見てほっとした。マリリン・モンローではなかったが、その容貌は見たことがあるような気がした。たぶん映画から取られていたのだ。きっとその顔は女優かどこかの美女から盗んだものだ。若いだけでなく見《み》目《め》麗《うるわ》しかったから。女の歩く速度がだんだん遅くなっていった。立ち止まろうか座ろうか、それとも浜辺にいるように日向に横になろうかとためらうかのように。もう花で胸を隠してはいなかった。花束を持った手は下ろしていた。辺りを見回し、表面がなめらかで大きくて少し傾いた岩を見つけると、その上に腰を下ろし、花束は手から放した。赤や黄色や青の花々は、この人けのない灰白色の風景の中でとても奇妙に見えた。女は横向きに座っており、私はいまにも脳が沸騰しそうなほど緊張して、彼女の創造者あるいは仕掛け人は人間である私に何を期待しているのか、それによって私は何を絶対にすべきではないかを考えた。自分がだれに会ったかをウィヴィッチに報告すれば、おそらく彼らの考えどおりになるだろう。というのもウィヴィッチも、本部のだれも私の言うことを信じようとしないだろうが、しかし——当然ながら——それを私には言わないだろう。私が幻覚を見ているのだと考えて、遠隔人一号を死んだ殻のように放棄し、甲板に戻るよう命じるだろう。そして、もう片方の月半球の目標ナンバー００２または３に舵を取り、着陸手順すべてを最初から繰り返すよう命じるだろうが、その前に急いで精神病の診断会議を開いて、このイカれた泰平ヨンが機内の薬箱の何を服用すべきか決めるんだろう。薬箱は満杯だったが、私はそれを見もしなかった。地球の委任者たちの信頼を失えば、九割方、私は偵察の機会を失うだろうが、それはきっと蜃気楼の作り手にとって願ったり適ったりで、そうなれば彼らの活動は地球から効果的に隠れるからだ——以前、月の衛星制御を排除したときのように。だから基地に報告すべきではなかった。ナンパも問題外だった。おそらく彼らは人間のことをかなり知っていたに違いない。生きている偵察者が月面クレーターで裸の女の子に言い寄りはじめると予想しなかった程度には。だが、女に近寄り、近くからよく見て、肉体的かどうか確かめたいという気持ちは確実にあったのだ。結局、彼女はきわめて肉体的であり得た——つまり単なるホログラフィック投影でなく、物質的な制作物でもあり得た。本物の若い女でなかったのは確かだが、一度触れたら、その感触を味わわずにはいられなかった。その表情は、典型的な性的魅力であると人々が認識している特徴にしたがって改良されていた。私は苦境に陥った。何が起きたか基地に言うのはまずいし、言わないのもまずい。が、月のセイレーンをより詳しく調べるのも危険だし、莫迦げている。かくて、地球上であれ月面上であれ、若くて裸のブロンド美人を目にしたら、どんな男でもしないようなことをする必要に迫られた。この待ち伏せプログラムが予期しなかったことをするのだ。辺りを見回すと大きな岩を見つけた。実際二つに割れていて、その陰に身を隠すことができそうだ。十数歩と離れていない。若い女を情熱的に見つめながら、どこへ向かうのか知らんぷりをしてその岩に近づき、その陰に入ったとき、私の動きはすばやくなった。地球上なら五キログラムはありそうな大石、本物のざらざらした塊を持ち上げ、片手で量った。それは石化したスポンジのように硬くて軽かった。投げるか投げないか、それが問題だ——座っている女を見ながら私は思った。岩の斜面に背をもたれた彼女は日光浴をしているようだった。ピンク色の胸の先端と、ツーピース水着で日焼けした女性がたいていそうであるように、胸がお腹よりも白い様子が完璧に見えた。頭の中が沸騰した。この現象の目的が何か、私は理解した。想像してみてほしい、目の前で敵の中隊の大砲が赤ん坊か揺り籠を狙っている、と、砲兵隊の監視兵が野戦電話で報告してきたときの司令官の反応を。仮に私の無線通信が切られただけなら、基地では少なくとも泰平が苦境にあることはわかるわけだが、裸のブロンド女から身を隠していると表明したりすれば、通信は維持されていながら私が精神的に混乱していることを意味する。そいつはまずい。ほかにいい方法を思いつかず、私は女に石を投げた。石はゆっくりと、果てしなく滑空して、女の肩に命中し、肩を完全に突き抜けると、裸足の足元の砂に潜った。爆発するかと思ったが、そうはならなかった。私は瞬きし、その刹那、女は消えた。一秒前には、指に明るい色の髪を巻きつけながら、持ち上げた膝に肘をついて座っていたのに、次の瞬間そこには何もなかった。女の躰の痕跡さえも。ただ投げた石がゆっくりと転がって静止する前に、舞い上がった砂の小さな雲が灰色の岩の上に落ちた。再び私はひとりぼっちになった。まず片膝をつき、それから全身で立ち上がった。ここでウィヴィッチが話しかけてきた。私の沈黙にもはや我慢ならなかったらしい。彼らがこの一部始終を映像で見ていたことが、彼の声でわかった。なにしろミクロプスの群れがどこか上空に浮かんでいたのだから。

「泰平！　画像がないぞ！　どうした？」

「画像がないだと……？」私はゆっくりと訊いた。

「いや、四〇秒間、障害があったんだ。技術者は、こちらの装置に何かあるのかと思って、すでに調べた。こちらは万事順調。よく見てくれ、見えるはずだ」

彼の念頭にあったのはミクロプスだった。小蝿みたいに小さいが、日に当たると火花みたいにきらきら光るので遠くからでも見える。私は黒い空の遮光区画すべてに目を走らせたが、ほんのわずかなきらめきも見当たらなかった。その代わり、別の、もっと奇妙なものに気づいた。雨が降りだしたのだ。まばらで、小さな、暗い水滴が、砂の近くに、遠くに現れた。一滴がヘルメットの上を滑り落ちる前につかまえてみた。それは熱で溶けて金属の粒と化した黒ずんだミクロプスだった。この雨のことをウィヴィッチに話したときには次第に小雨になってはいたが、絶えず降りつづいていた。三秒後、私は悪態を耳にした。

「溶けてるだと？」

「そう見える」

これは論理的だった。若い女を使った策略がうまくいって私の報告の信頼性をゆるがすことになっていたのなら、地球側には何も見えていなかったはずだ。

「予備はどうした？」私は訊いた。

ミクロプスは遠隔電子工学《テレトロニク》者の直接制御下にあった。それらの動きは私に依存していなかった。船上にはさらに四つのミクロプス予備群があった。

「第二群はすでに送った、待て！」

ウィヴィッチはそこでマイクロフォンに背を向け、だれかに何か言ったが、私には遠くの声しか聞こえなかった。

「二分前に放出した」と彼は言い、息をついた。

「映像は戻ったか？」

「ああ。おい、テレメーターはいくつだ？　フラムスティードはもう見えるぞ、泰平、降下中だ。すぐに君にも……何だ？」

　この問いは実際私に向けられたものではなかったが、私は彼に答えることができた。なぜなら再び溶けたミクロプスの雨が降りだしたからだ。

「レーダー！」ウィヴィッチが叫んだ。私に向かってではなかったが、あまり大声だったからよく聞こえた。「何だ？　解像度が足りないぞ？　ああ、そうか……」

「泰平。いいか！　十一秒間、上から君が見えた。いまはまた何も見えん。溶けてると言ったな？」

「ああ。フライパンで焼いたみたいに。だがこのフライパンはよく熱してあるに違いない。黒いスラグになってるからな」

「もう一度やってみよう！　今度は裳《も》裾《すそ》付きだ」

　これはつまり、一回目のミクロプス放出の後に次を送って、前方を飛ぶミクロプスの運命を観察するという意味だった。こうした努力に私は何も期待していなかった。彼らはすでに、これまでの偵察でミクロプスを知っており、扱い方を心得ていた。何らかの誘導加熱、各金属分子がフーコーの渦電流から発火したゾーンによるものだ。学校で習った物理を覚えている限りは。とはいえ破壊のメカニズムは私にとって最重要ではなかった。レーダー検出に対して十分保護されていたにもかかわらず、ミクロプスは役立たなかったのだ。この改良された新型は昆虫の目の原理に基づいて構築されており、単一の個眼——プリズム・アイ——が飛行しながら八〇〇平方メートル以上の空間をカバーした。得られる画像はホログラフィックで、三次元で、カラーで、シャープだった——仮に四分の三が盲目になったとしても。どうやら月側はこうした技を完璧に知っていたらしい。予想できたこととはいえ、こんな新発見はあまり好ましくはない。そもそも私にとって謎があるとすれば、それは相変わらず自分が五体無事に動いているという状況だけだ。あれほど簡単にミクロプスを吹き飛ばせるなら、着陸後、鏡の待ち伏せが失敗したときに、なぜ私も吹き飛ばさなかったのか？　なぜ私と遠隔人の通信を切らなかったのか？　遠隔通信《テレマティク》学者らによると、それは実際には不可能で、なぜなら制御チャネル全体が宇宙線の最も厳しい領域にあったからだという。それは船から遠隔人に届く目に見えない針で、あまりに〈硬い〉ため、彼らが言うには、おそらく〈ブラックホール〉の引力にしか反応しない。この〈針〉を曲げたり引き裂いたりすることができる磁場には、数兆ジュールの電力供給が必要だった。言い換えれば、船と遠隔人の間の空間にメガかギガトン単位で送り込んで、いわば月上空に熱核プラズマ・スクリーンの傘を拡げておく必要があった。彼らはそれができなかったか、差し当たりそうしたくなかったのだろう。

　たぶんこの控えめさは電力不足からではなく、戦略的計算から生じたものだ。実際にこれまで月面では、オートマタであれ人間であれ、偵察者が攻撃されたことはなかった。偵察者たちは自分自身を破壊したのだ。先に武器を使用し、己の鏡像に発砲したのだから。そう、まるで生命なき月の住民たちは専守防衛しつづけると決意したかのように。この戦術はしばらくの間うまくいったはずだ。混乱した敵は、戦略的評価においては、自分が攻撃されているとすでに知っている敵よりもまずい状況にある。こうした困難を伴いつつ安全保障として考案された無知ドクトリンは、その発案者たちに対して嘲笑的で威嚇的なものに変わった。

　突然ウィヴィッチが言った。三回目のミクロプス放出が無事私のところへ到達した。再びこちらのスクリーンで私が見えるようになったと。おそらく月側は若い女の蜃気楼のときだけ基地を盲目にしたかったのだろう、と私は思った。とはいえ推測するうちに何だかわからなくなった。無線傍受を通じても、地球上で高まる危機感のニュースは月にも届いたに違いない。多くのマスコミによって引き起こされたパニック気分は、世論だけでなく各国政府にも拡がった。だが、もしも月を攻撃するために熱核ロケットの建設を再開すれば、それは同時に地球の平和の終わりを意味することをだれもが理解していた。したがって人類への攻撃が近づいたか、あるいは、月面でまったく理解不能な何かが起きたかだ。ウィヴィッチが再び私を呼び出し、ミクロプスによる本当の砲撃を予告した。私の船からだけでなく、世界のあちこちから続々と大量に飛来することになっていた。〈沈黙ゾーン〉下に蓄えた予備群を投入することにしたのである。これまで私はそこにそれがあることを知らなかった。この人けのない砂漠に腰を下ろし、少し背を反らして黒い空を見上げた。船は見えなかったが、ミクロプスが小さなきらきらした雲となって、上からも地平線からも飛んでくるのが見えた。一部は私の頭上に浮かんで、ふくらんだり、波打ったり、輝いたりしていた――陽を浴びて屈託なく戯れる金色の小蝿の群れのように。後衛を形成する別の群れが見えたのは、じっと輝く星々のどれかが明滅し、一瞬私の微細な監視者たちの雲に隠れて消えたときだけだった。彼らは私を、上から正面から横から、すべての画面でとらえていた。立ち上がって前進する必要があったが無気力でまったくやる気が出なかった。重たい宇宙服を着た、のろまで不格好な私は、ミクロプスとは逆に、眼が濁った狙撃兵にとっても格好のターゲットだった。実際なぜ、こんな悲惨なペースで行進している私が偵察の先頭にいなくちゃいけないのだろう？　どうしてミクロプスが私の飛行偵察者になってはいけないのか？　基地はそれに同意した。戦術が変更された。金色の蚊の群れが私の頭上を広い前線となって月のウラルの方へ流れていった。

　私は全方向を注意深く見まわしながら進んだ。私がいたのは浅く波打った平原で、たくさんの小さなクレーターでほぼ縁まで埋もれていた。あるクレーターの砂に乾燥した太い枝のようなものが突き出ていた。私はそれをつかむや、地面に深く張った根っこを引き抜くように、ぐいと引っ張った。脇に付けて携帯していた小さな折りたたみシャベルを使って掘ると、ぱさぱさした塵の下から熱で焼けた鉄の塊が現れた。それは月の岩石採掘の初期に、岩にぶつかって粉々になった無数の原始的ロケットのどれかの破片かもしれなかった。私は基地を呼ばなかった。ミクロプスのおかげで、あちらでも私の発見したものが見えていることはわかっていた。奇妙に曲がった棒を引っ張りに引っ張ると、ついに太めの柄が現れ、その下にもっと明るい金属が輝いていた。あまり見込みはなさそうだったが、一旦開墾に取りかかった以上はだんだん強めに引っ張っていった。鋭い針金のどれかが宇宙服を切り裂くかも、という心配はなかった。なにしろ空気なしでＯＫだったから、気密性が破れたって全然怖くなかった。しかし何かが変わった。最初の瞬間、なぜバランスを保つのが難しいのかわからなかったが、気がつくと左のブーツが平たく曲がったボルトの頭に、ペンチに挟まるみたいにして挟まっていた。自分でそんなふうにはまったのだと思って、左足を引っ張り出そうとしたが、あんまり強くはまり込んでいたため、シャベルの先を使ってもこじ開けられなかった。

「ウィヴィッチはいるか？」私は訊いた。三秒後に彼が出た。

「アナグマみたいに捕まっちまったようだ」私は言った。「罠のように見える」

まったく莫迦げていた。こんな鉄でできた原始的な罠にはまるとは！　私はそこから抜け出せなかった。ミクロプスが興奮した蝿のように、ブーツを万力のごとく締めつけていた顎と悪戦苦闘する私を取り巻いた。

「船に戻れ」ウィヴィッチが提案した。もしかすると彼のアシスタントのだれかだったのかもしれない。声が違っていたようだった。

「もしも**これ**のせいで遠隔人を失うことになるなら、近くに移動しよう」私は言った。「これを切らないと！」

「カーボランダム砥石があるはずだ」

私は太股に取り付けられた平らなケースをはずした。なるほどそこには格好いい丸砥石が入っていた。そのケーブルを宇宙服の電源につないで身をかがめた。回転する刃の下から火花が飛び散った。私のブーツのくるぶしを捕まえている罠はすでに少し開いて、ほぼ最後まで切れていた。そのとき私はブーツの中の足が急激に熱くなるのを感じた。全力で足を罠から引き抜こうとして、見ると、大きなジャガイモに似た金属の塊茎（そこからあの根っこみたいな棒が出ていた）が、目に見えぬ炎で燃えたつかのごとく灼熱しているではないか。白いブーツのプラスティックはすでに黒くなり、熱ではがれていた。最後の力をこめると、突然解放された私は後ろによろめいた。低木形の閃光で目がくらみ、胸に激しい衝撃を感じ、宇宙服の縫い目がほどける音が聞こえ、一瞬で私は見通せない暗闇に陥った。意識は失わず、ただ闇に囲まれていた。しばらくするとウィヴィッチの声が聞こえた。

「泰平、君は船内にいる。何か言え！　もはや一体目の遠隔人は失われた」

私は瞬きした。肘掛け椅子に座り、ヘッドレストにもたれ、両足を奇妙に曲げて、胸を、いましがた鋭い衝撃を感じたところを押さえていた。実際には痛みだ――いまになってようやく気づいた。

「あれは地雷だったのか……？」私は驚いて言った。「罠付きの地雷？　奴らはもっと完璧なものを考えられなかったのか？」

声が聞こえたが、だれも私に話しかけていなかった。だれかがミクロプスのことを訊いていた。

「映像がない」別の声が言った。

「何だと、あの一回の爆発で全部壊れたのか？」

「不可能だ」

「可能か不可能か知らないが、映像はない」

私は絶えず深呼吸していた、長距離を走った後みたいに、丸い月を見つめながら。フラムスティード・クレーター全体と、愚かにも遠隔人を失ってしまったあの平原は、指先で隠すことができた。

「ミクロプスはどうなった？」ついに私は口にした。

「わからない」

腕時計を見て驚いた。ほぼ四時間を月面で過ごしていた。船内時間でまもなく真夜中だった。

「あなたがたがどう思っているのか知らないが」私はあくびを隠さずに言った。「今日はもうたくさんだ。寝るよ」

VI　二回目の偵察

ゆっくり休んで目を覚ますと、すぐに前日の出来事を思い出した。しっかりシャワーを浴びた後はいつだって最高の考えが浮かぶから、浴槽代わりのあのみじめな濡れタオルじゃなくて、船上の浴槽で掛け流しにしたいなと思った。浴槽については話にならなかった。浴室は樽みたいな大きさの容器で、片側から水流が出て、反対側から強い気流が水を吸うのだ。窒息しないように。というのも水は無重力下だと身体と顔全体に厚い層となって拡がるため、沐浴の前に酸素マスクをかぶらなくてはならなかったのだ。これは本当に面倒だったが、こんなシャワーでもないよりましだった。ご承知のように、すでにエンジニアが実に見事にロケットを建造していたとき、宇宙飛行士たちを苦しめたのがトイレの故障で、技術的思考はこの謎の解決法を見つけるまで長いこと全力を尽くさねばならなかった。人体の解剖学は宇宙環境に全然適していない。かじるには堅すぎるこのナッツは宇宙技術者を悩ませたが、サイエンス・フィクションの作家たちを悩ませはしなかった。というのも彼らは思い上がった精神で単にそれを避けていたからである。小の方はどうってことない、でもそれは男性のみだったが。しかし大の方は幸いしかるべくプログラムされたコンピューター、いわゆる排便器、のおかげで解決することができた。その機器にはひとつだけ弱点があった。すなわち、故障すると劇的な状況が発生し、そうなると各人ができる限り自分で対処しなければならないのだ。私の月面モジュールにはかろうじて唯一のコンピューターしかなかったが、こんな称賛のメタファーを用いてよければ、スイス製腕時計のように最後まで作動した。身体を洗ってさっぱりした私はプラスティックの洋梨形容器からコーヒーを飲み、最強に設定した強力排気装置のフードの下でレーズン入りスポンジケーキを食べた。気流が私の指からケーキ屑を払い取ってくれる方が、レーズンで窒息したり、むせたりするよりましだったからだ。私は些細な理由で習慣をあきらめるような人間ではない。しっかり腹ごしらえをすると、月面図《セレノグラフ》の前の肘掛け椅子に座り、シミュレートされた月球儀を眺めて、いい気分でこう考えた。だれもアドバイスを投げつけてきたりはしないさ、基地に起床報告をしなかったから、向こうは私がまだ眠っていると思っているだろう、と。鏡像現象と裸の娘は間違いなく、**だれ**が着陸したのかを認識する二段階であり、その後私が騙されもせず攻撃もされずにフラムスティードを歩きまわれたところを見ると、おそらく、私のためにこの歓迎会を準備した者を満足させたのだろう。しかし、地雷であることが判明した罠はこの光景の中では使徒信条の中のピラトのようだった。一方で彼らはあれだけ苦労して、だれのものでもない土地に蜃気楼を起こすのに、遠くから働きかけている（彼女の不可侵性が必要だから）が、他方ではそこに地雷罠を埋めており、この一切合切が、あたかも自分が対峙しているのは遠方警戒レーダーと棍棒を装備した軍隊であるかのように見えた。とはいえ地雷はもっと過去の時代のものである可能性があったし、これだけの年月、完全に隔絶していた月面でいったい何が起きたのか、私には、というかだれにも、さっぱり見当がつかなかった。謎を解き明かせぬまま私は次の偵察の準備に取りかかった。完全に機能する〈ＬＥＭ２〉はジェネラル・テレトロニクス社の製品で、予想外に失ってしまった哀れな奴とは別モデルだったから、私は自分がそれになる前に見ておこうと船倉に潜り込んだ。それは力持ちの中の力持ちに違いなく、大層太い足と腕、適度に広い肩を持ち、三つの部分からなる装甲は、指でたたくと鈍い音を響かせた。ヘルメットののぞき穴に加えて、背中、腰、膝に六つの目がついていた。最初の〈ＬＥＭ〉を設計した競争相手を動揺させるため、ジェネラル・テレトロニクスは自社モデルに二つの個人用ロケットシステムを搭載した。着陸後に破棄される制動用ロケットのほか、堂々たる装甲体には踵と脛と、ひとつは尻にも、ノズルが恒久的に取り付けられており、それは——自画自賛だらけの取説によると——バランスの維持に役立ち、八〇または一六〇メートルの跳躍の実行を可能にしていた。これらすべてに加えて、装甲は純粋な水銀のごとく輝いていた。各種レーザービームがその表面でスリップするように。この〈ＬＥＭ〉がいかにすばらしいかは大体わかったが、それで私がうっとりしたとは言わない。なぜなら、のぞき穴や目やインジケーターやノズルなど補助装置がたくさんあればあるほど余計に気を取られてしまうからだ。標準的な人間である私には皆と同じ数の手足と感覚しかないのに。キャビンに戻ると、試しにその遠隔人の電源を入れ、そいつに、というか実際にはもう自分自身になって、真っすぐに立ち、恐ろしく複雑なそいつの制御に精通した。大きくジャンプさせるためのボタンは小さなクッキー形をしていて、そこからしかるべく複数のコードが伸びているのだが、それを歯でくわえる必要があった。こんなボタンを口の中に入れたまま、一体どうやって基地と会話するのか？　さて、この柔軟なクッキーは粘土のように指でこねて、頬の内側のポケットに入れたり、必要に応じて取り出し、臼歯《きゅうし》で噛んだりすることができた。だが状況がとりわけ緊迫した場合は、取説によると、ボタンをずっと歯の間に挟んでおくことが可能だが、ただあまり強く噛みすぎないよう注意しなければならなかった。急に興奮した結果、歯をかたかたさせることについて、そこにはひとこともなかった。そのボタンをなめてみたが、味は私がすぐに吐き出してしまったほどだ。どうやら、確実には言えないが、地球の演習場でボタンに何か塗られたようだ。おそらくオレンジかミントのペーストを。遠隔人の電源を切ると、私はより高い軌道に上がって月を周回し、〈泡の海〉と〈スミス海〉の間の目標地点００２に舵を取った。地球の基地とはもう比較的行儀良くおしゃべりをしながら。揺り籠の中の満腹した赤ん坊みたいにおとなしく飛んでいたのだが、ここに至ってセレノグラフ上で何か奇妙なことが起こりはじめた。これはすばらしい機器だ——申し分なく機能している限りは。本物の月球儀を運んでも意味がないので、三次元ホログラフィック画像が代わりを務めているのだが、その結果、一メートル先の空中に浮かぶ大きな月が目の前で少しずつ回転すると同時に、各区域の境界やその所有者名といった月面の様子が完璧に見える。だから私の前を次々と、国際的に採用されている、車に表示する略号——ＵＳ、Ｇ、Ｉ、Ｆ、ＳＵ、Ｓ、Ｎなどが流れていった。しかしある瞬間何かが壊れた。というのも各区域がまず、ありとあらゆる虹色にチカチカ変わりはじめ、それから大小のクレーターのあばたがぼやけて、画像が震えたのである。私がレギュレーターに飛びついたとき、それは白くなめらかな無傷の球となって戻ってきた。フォーカリゼーションのシャープネスを変更し、コントラストを増減したら、一瞬、月が逆さまに現れたが、その後完全に消えてしまい、どうやってもセレノグラフを正常に動かすことはできなかった。それでそのことをウィヴィッチに言ったら、当然向こうは、おまえが何かいじったんだろうと言う。私が誓って「ここには深刻な問題がある」（アームストロングの頃からこういう表現なのだ）と、優に一〇回は繰り返した後、ようやく専門家らが私のホログラフを見てくれたが、それは半日続いた。まず軌道を拡大して〈沈黙ゾーン〉の上に出るよう指示されたが、これは月から私に向けられた未知の力や波との干渉を排除するためだった。それでもどうにもならなかったので、今度はホログラフ内のあらゆる集積回路と非集積回路を地球から直接チェックしはじめた。私はその間に二度目の朝食を、それから昼食を作った。無重力状態でオムレツを上手に作るのは難しいので、ヘルメットとヘッドフォンをはずして、情報技術者と遠隔電子工《テレトロニク》学者の口論や特別に呼ばれた教授陣に気を散らされないようにした。あらゆる討議の後、ホログラフが壊れて**いる**ことが判明した。実際どのマイクロ部品が故障したのかはわかっていたが、ちょうどその部品だけ予備がなかったから、どうしようもなかった。普通の紙に印刷された月面地図を探し出して、それを粘着テープでスクリーンに貼り付けて、なんとか苦境を脱出するようにと言われた。まあ地図は見つかったものの、全部ではなかった。すでに幾度かの冒険で訪れた、月の四分の一の地図は四部あったが、残りは影も形もない。驚愕は大きかった。もっと徹底的に探すよう励まされた。ロケットを逆さにしてみたが、出発前の最後の準備中に技術スタッフが捨てていった小さなポルノコミックのほか、第五世代のアメリカのギャングが使っていたスラング辞典が見つかっただけだった。その頃、基地は二つの陣営に割れていた。片方は、この状況でミッション続行はできない、戻るべきだ、と主張し、もう片方は決定を私の意志にゆだねたがっていた。私は後者に応えて、計画していた場所に着陸することにした。結局、彼らは月の画を映像で私に伝えることができた。最悪ではなかったが、どういうわけか私の軌道速度と同期できず、彼らが見せてくれた月面はものすごい速回しか、ほぼ動かないかだった。さらに悪いことに、私は地球から見える月面の端に着陸し、その後裏側に移動することになっていたのだが、ここで新たな問題が持ちあがった。船が月の裏側にいると、私にテレビ画像を直接送ることができないのだ。だがこれは大したことではなく、というのも内部制御システムの衛星が画像を伝えてくれることになっていたからだが、ところが伝えようとしなかった。伝えようとしなかったのはなぜかというと、なぜかこうした不測の事態についてこれまでだれも考えたことがなかったからで、これらの衛星は無知の指令にしたがってプログラムされていたため、地球からも地球へも何ひとつ送れないのだった。何ひとつ。私と私のミクロプスとの通信維持を考慮して、月の高赤道軌道にいわゆるトロイの衛星が導入されたが、それらはテレビ画像の送信に適合していなかった。つまり、適合していたのは、ミクロプスによって送信された画像のみだったのである。これに関して恐ろしくたくさんの話がされたが、解決策がない状況で、ついにだれかが基地でブレインストーミングをすることを思いついた。念のために言っておくが、ブレインストーミングとは即興の討議で、だれもが最も大胆で最も向こうみずな仮説や構想を述べることができ、他の人たちはそれを高く買うのだ。より具体的には、意味のない戯言《たわごと》をべらべらしゃべるのである。なんだかんだでこのブレインストーミングは四時間続いた。学者たちはとことんしゃべり続け、私をひどくうんざりさせたが、どういうわけか彼らは少しずつテーマからずれていき、私を助ける方法はもはやどうでもよく、だれのせいでこうなったかが問題となっていて、ホログラフィック・シミュレーションをきちんと複製することについては考えてもいなかった。肩を並べて集団で行動する場合たいていそうであるように、罪人はおらず、非難をボールみたいに投げ合っていたので、結局私がそこへ割り込んで、自分で何とかする、と宣言したのである。これがそれほど危険だとは思っていなかった。だって、もうこれだけ大変なのだから、さらにほんのちょっと増えたところで違いはなかったろう。そのうえ、私がＵＳ、ＳＵ、Ｆ、Ｇ、Ｅ、Ｉ、Ｃ、ＣＨの区域に着陸するか、それとも、アルファベットの別の文字の区域に着陸するかを識別することは非常に学術的な性格を帯びていた。ロボットが国民や国家に帰属するという概念自体が、月への入植を知らない世代にとっては、うつろに響いた。ご承知のとおり、もっぱら敵のみを攻撃する自己防衛プログラミングは、軍事オートメーションにおける最も難しい課題ではなかったのである。地球上ではこのことに関しておそらく一度も問題はなかった。そのために、軍服、航空機の翼の国籍マーク、旗、ヘルメットの型などがあるのだし、捕虜となった兵士がオランダ語を話すのか中国語を話すのかを判断するのは難しくない。オートマタなら話は別だ。そのため、識別の合言葉ＦＯＲＦ、すなわち *Friend Or Foe*〔味方か敵か〕の下、二つの教義が生まれた。一つめは、多数のセンサー、分析フィルター、差分セレクター、および同様の診断装置の使用を推奨したが、二つめは好ましい単純さで際立っていた。つまり、敵とは〈だれか別の人〉であるから、合言葉を言われて止しく答えられなかったものはすべて攻撃すべきであるというのだ。しかしながら、月面で兵器の自動進化がどのような経過をたどったのか、だれも知らなかったし、それゆえ、同盟者と敵を区別するのに、戦術戦略プログラムがそこで何をしているのか知る人もなかった。とはいえ歴史からわかるように、これらはきわめて相対的な概念である。こうしたことに特に興味があれば、戸籍簿その他の文書をほじくり返して、ある人物にアーリア人の祖母がいたかどうかを突きとめることはできるが、その人の始新世の祖先が北京原人だったのか、それとも旧石器時代人だったのかを確かめることはもはや不可能だ。あらゆる軍隊の自動化は、そればかりかイデオロギーの問題も排除した。ロボットはプログラムが狙いをつけたものを破壊しようとする。そうするのは焦点最適化と鑑別診断およびゲームと紛争理論の数学的ルールのメソッドにしたがっているからであって、愛国心からではない。あらゆる種類の兵器の自動化に関連して生まれた、いわゆる軍事数学には、優れたクリエイターとスポークスマンがいたが、異端者や背教者もいた。前者の主張によると、戦闘ロボットの一〇〇パーセントの忠誠心を保証するプログラムはあるが、彼らを根本的な背信状態に陥らせることができるような力はないという。だが後者は、そうした保証はないと請け合った。いつものように私を圧倒する問題を前にして、ここでも私は常識に従った。理解できない暗号なんてものはないし、だれひとり自分の利益のために使うことができないほど秘密のコードもない。コンピューター犯罪の歴史がそのことを示している。一一四人のプログラマーがチェース・マンハッタン銀行の計算センターへの不正侵入に対する安全対策を施したが、その後、目端《めはし》がきく若者が電卓を手にし、通常の電話を使用して、純粋にいたずら心から最高機密プログラムの深奥に侵入し、収支残高を第三者に移した。調査機関を激怒させるため、違法行為の現場にははなはだ露骨なやり方で己のアイデンティティの痕跡を残していく経験豊かな泥棒のごとく、この学生が銀行の極秘プログラムに名刺代わりに挿入した命令は、監査人が収支残高を確認しようとすると、**貸方**と**借方**の前に毎回、コンピューターにまず「**いないいないばあ**《ア・クク》」と打ち出させるというものだった。プログラミング理論家はもちろん騙されなかったが、すぐに別の、もっと良くできた、なお一層複雑でハックできないプログラムが考え出された。だれが対処したのかは、もう憶えていない。とはいえ、それは私の命知らずのミッションの第二段階とは関係ない。

自分が着陸したのが何というクレーターなのか、わからない。北からだと幾分エルヴェシウスに似ていたが、南からだと違うようだ。この二番目の着陸地は軌道から眺めて無作為に選んだ。そこはかつて、だれの土地でもなかったかもしれないし、そうではなかったかもしれない。天体写真カメラをいじくって星々や様々な傾角などを測量すれば座標を突き止めることはできたが、それはデザートに取っておきたかったたし、結果的にそれでよかったのだ。〈LEM〉二号は、疑り深くあら探しをする目で見ても、思っていたよりずっとよくできていたが、明らかなマイナスがひとつあった。機内の空調を全開か、その逆にしか調整できないのだ。問題が宇宙服の空調だけだったら、オーブンから冷蔵庫へ、またその逆へとひっきりなしに飛び移ることで対処できたろうが、しかしこの欠陥はそれとは何の関係もなかった。なにしろ私は相変わらず船内にいて適切な温度に浸っているべきなのに、この〈LEM〉のセンサーには何か問題があって、私の皮膚をあるときは偽の温もりで、またあるときは冷たさで刺激するのだった。ほかに仕方がないので数秒ごとにスイッチを切り替えた。出発前に船内を殺菌消毒していなかったら、きっとインフルエンザになっていただろう。幸い鼻風邪だけですんだ。なぜなら鼻風邪のウイルスはだれの鼻の中にも生涯ずっといるからだ。なぜこんなに長いこと着陸に手間取っていたのか、最初は自分でもわからなかった。というのも怖《お》じ気《け》づいていたわけではなかったから。だが突然本当の理由を理解した。つまり自分の着陸地点の名を知らなかったのだ。あたかもその名にこそ何らかの意味があったかのように。だが結果的にそうなのだ。そんなわけで必然的に天文学者たちは月と火星のあらゆるクレーターの名付け親になることに大変熱心だったのだが、他の惑星で数多《あまた》の山や渓谷を発見したとき、もはや響きのいい名前があまり残っておらず、ジレンマに陥った。

　付近は平坦だったが、ただ地平線上、北側、黒い空に薄灰色の楕円形の岩の端が見分けられた。そこには大量の砂があり、私はその中を苦労して進んだ――時折ミクロプスがついて来てるかどうか確かめながら。ミクロプスたちは上空高く浮かんでいたので、活発な動きで星々とは異なる火花のように時折きらめくだけだった。私がいたのは昼と夜の境界である明暗界線の近くだったが、丸い月の暗い半分は前方の、ここから二マイルほど離れた地平線の向こうにあった。太陽はとても低く、私の背後の地平線に巨大な円盤で触れ、この高原を長く平行な影で切り取っていた。地面のくぼみは、たとえ小さなものでも、私が水の中に入るようにその中に浸れるほどの闇に満たされていた。寒さと熱さに交互に襲われながら、私を本物の巨人にしていた自分自身の巨大な影に向かって真っすぐに、根気強く前進した。基地と会話することはできたが、話すことがなかった。ウィヴィッチは数秒ごとに、気分はどうか、何が見えるか、と訊いてきたが、私は、順調、とか、何も、としか答えなかった。ゆるやかな砂丘の天辺に、平らでかなり大きな石が山と積まれていたので、そちらへ向かった。そこで何か金属製のものがキラリと光ったからだ。それはかさばった、古いロケットの中身のない外殻で、間違いなく月への打ち上げ初期のものだった。私はそれを拾い上げると、じっと眺めてから投げ捨てた。さらに先へ進んだ。砂丘の天辺には、ブーツにまとわりつくあの細かい砂がほとんどなく、うまく膨らまなかったパンに似た平たい石がひとつあり、なぜだかわからないがそれを蹴りたくなった。退屈のせいかもしれないし、そんなふうにぽつんとひとつあったからかもしれない。それでそいつを蹴飛ばしたら、斜面を転がる代わりに割れたのだが、拳大のかけらが跳ね返り、割れ目の表面が純粋な石英のように輝いた。実際私の頭の中には月の地殻の化学組成に関する多くの情報がインプットされていたが、石英の結晶があったかどうか思い出せなかったので、身をかがめて、そのかけらを取った。月面上にしては、とても重かった。手にしたそれを目の前に掲げて、どうすればよいのかわからず、投げ捨てて先へ進もうとしたところ、その場から動けなくなった。というのも、それを手放した最後の瞬間、どういうわけか陽を浴びて大変奇妙にきらめき、蠢《うごめ》いたのだ――まるでその割れて凹んだ表面で何か微細なものが震えたかのように。だが私は再び拾い上げようとはせず、ただ身をかがめて、かなり長い間それを見つめ、目をぱちくりさせて、これはおそらく目の錯覚だ、と確信した。だってこの石には本当に何か奇妙なことが起きていたから。割れて欠けた部分は輝きを失っていき、それはあまりに急速で、十数秒後には光沢がなくなり、その後まるで石の内部から何かが出てくるかのように満たされはじめたが、それが何なのか理解できなかった。この石は、伐られた木が樹脂を出すように、半流動性のべとべとした物質を分泌しているようだった。慎重に指で触れてみると、粘着質ではなく、むしろ固まる前の石膏のようにどろどろだった。それでもう片方の、大きい方の石を見てみたら、さらに驚いた。艶がなくなっただけでなく、割れたところが少し膨らんできているようだった。だが私はウィヴィッチには一切話さず、ただ両足を広げて立っていた――太陽の存在を背中に熱い圧力として感じながら、なだらかな起伏のある、白い帯と影の染みとなった平原の数メートル上で、石に起きていたことから目を離さずに。それは大きくなっていた。実際には傷がふさがったのだ。まさに傷が癒合したので、数分後には手にしていた大小二つの部分は互いに噛み合わなくなった。両方とも膨らんで、それぞれが割れた面のない不規則な塊になったからだ。それからどうなるのか待ったが、それ以上は何も起きなかった。まるであちこちにできた傷跡が何らかの傷を覆ったかのように。そんなことは不可能で、何の意味もなかったが、しかしそうだった。不意に気づいたが、その石は強く蹴飛ばしたわけでもないのに簡単に割れたのだ。それで別の石を探した。もっと小さなのがいくつか日当たりのよい斜面にあったので、シャベルを手に下りていき、斧でたたき割るみたいにシャベルの刃で順番にたたいてみた。どれも熟しすぎたマロニエの実のようにぱっくり割れて、割れ目を輝かせたが、ついにもっと普通の石に行きあたった。というのもシャベルが跳ね返って、表面に白っぽい傷を残しただけだったのだ。それで私は二つに割れた石のところに戻った。それらの傷はふさがっていた。もう疑う余地はなかった。右太股の袋状ポケットに小さなガイガーカウンターが入っていたが、これらの石に近づいても震えもしなかった。この発見は重要かもしれない。なにしろ石というものはこんなふうには振る舞わないので、これらは自然石ではなく、おそらくこの地の技術の産物であったから、収集する必要があった。その一つに手を伸ばしかけたが、しかし自分は船に戻れないことを思い出した。だって計画はこんなことを想定していなかったから。試薬がないので、その場で化学分析をすることもできなかった。仮にこの現象をウィヴィッチに報告していたら、たちまち長い話し合いや協議が始まり、興奮した月学者たちは、私にこの砂丘にとどまって、他の石をなるたけたくさん卵みたいに割って、どうなるかを観察し、より大胆な推測を提示するよう命じたろうが、そんなことをしてもどうにもならないと私は骨の髄で感じていた。なぜなら、まずどうしてそんな現象が起きるのか、その背後に何があるのかを理解すべきなのに、ウィヴィッチときたら、私がシャベルで何かたたいているのを見ても、何だかよくわかっていなかったようだから。ミクロプスが伝えた画像は十分に鮮明ではなかった。私は、何でもないと言って、様々な考えで頭がいっぱいになりながら、そそくさと先へ進んだ。

戦闘で受けたダメージを癒す能力は、戦闘ロボット（もしここにいれば）にとっては大いに必要だろうが、石にとってはそうではない。さて、コンピューター管理下の地域軍備はゴムパチンコと砲弾の段階から始まるのだろうか？　仮にそうだとして、一体何だって石の砲弾の傷を治す必要があるのか？　突然、自分がどこから来たのかわからなくなる。自分はここに人間としてではなく、遠隔人としているのだから、つまり、生きている形ではなく、死んだ形でいるのではないか、と思ったのだ。これは月の兵器開発が二つの独立した方向に進んだということではなかろうか。つまり、敵対的で命のないものを攻撃する兵器と、それとは別に、敵対的で生きているものを攻撃する兵器の製作とに？　仮にそうだったとしよう。たとえば――私はもう空想していた――命なき兵器を攻撃する手段は同時に、あるいは同様の効果で、生きている敵に打撃を与えることはできない。私はちょうど、この後者が、人間が着陸する場合に備えていたところに出くわしたのだ。私は人間ではなかったから、その地雷――仮に地雷だったとしよう――は宇宙服の内部に生体を感知できず、私を一切傷つけなかったし、それらの活動全体は、欠けた部分をカバーするだけに限定された。仮に地球の偵察ロボットがそれらを足で蹴飛ばしても、ロボットは傷の癒合には少しの注意も払わなかったろう。きっと、これほど驚くべき予期せぬ現象を考慮するようにはプログラムされていないだろうから。ところが私はロボットでも人間でもなかったから、それに気づいた。するとどうなる？

それはもうわからなかったが、もし私の推測にたとえ原子一個分でも真実があるなら、別の地雷を予期すべきだったのだ——人間を待ち伏せする地雷ではなく、オートマタを待ち伏せするやつを。だから私は少しゆっくり歩き、非常に慎重に歩を進め、次々と砂丘を通りすぎ、動かない太陽を背に、ときどき大小の石に出くわしながらも、シャベルでたたき割ったり蹴ったりはしなかった。だってもし本当にその二種類があった場合、バッドエンドになりかねなかったからだ。そうして優に三マイルか、もう少し歩いたが、歩数計を取り出そうと思わなかったのは、それが脛の外ポケット深くに入っていたからで、そのポケットはあまりに狭くて、最大限がんばっても手袋を押し込むのがやっとだった。が、南の方に目をやると、何やら廃墟が見えた。それは私にさほどの印象を与えなかった。というのも月には岩屑が偶然積み重なった瓦礫がたくさんあって、遠くからだと建物の廃墟のように見えるが、近づいてみると幻だったとわかるのだ。にもかかわらず私は方向を変え、次第に深くなる砂の中を苦労して進み、この岩の集まりが己の混沌とした本当の外見をあらわにするのを待ったが、そうはならなかった。それどころか近づけば近づくほど、低い建物の一部が崩れて焦げたファサードがより鮮明に現れ、黒い斑点は通常の影ではなく、穴が開いているのだった。なるほどそれは窓の開口部ほど規則的ではないが、月の岩にはあり得ないほど大きな穴で、それがほぼ規則的な列を形作っている。こんなのはこれまでだれも発見していない。砂はすぐに私の足下で沈まなくなった。ブーツは固まった溶岩のような凸凹の厚い琺瑯質《ほうろうしつ》に当たったが、それは溶岩ではなく、おそらく非常な高温にさらされて溶けた後、固まった砂だった。私は間違っていなかった

――この外殻が陽を浴びて強烈に輝き、私が廃墟に向かって登っていた、なだらかな斜面全体を覆っていたのだ。私と廃墟を隔てていたかなり高い砂丘はその付近一体にそびえていたので、頂上に立つと奇妙な遺跡をひと目で見渡すことができ、なぜそれが軌道上から見えなかったのかがわかった。瓦礫の奥深くにあったのだ。仮にそれが本当に壊れた家々の残骸だったなら、瓦礫は窓の高さに達していると言えただろう。約三〇〇メートルの距離からだと、それらは写真でよく知っている風景に似ていた。石で造られ、地震で崩壊した集落だ。たしかペルシャにそんな集落がある。軌道飛行からだと、明暗界線の近くでしか見えないだろう。そこなら、ごく低い太陽が、撃ち抜かれた、あるいは半ば崩れ落ちた、爆発で歪《ゆが》んだかのような窓の開口部を完全に照らしだしていたから。しかし、それが単なる特殊な岩石層ではないかどうか相変わらず確信がなかったので、さらに近づいてみたが、もうまったく気に食わず、ガイガーカウンターを手に取り、その目盛りをときどき確かめた。そうするのは不便だった。斜面を下りていたら、ずいぶん長いこと転げ落ちてしまったので、ガイガーのコードを宇宙服のプラグに差し込んだ。もしこの付近が放射性であれば、それを通してカチカチいう音が聞こえるはずだ。はたしてそうだった、それもいかばかりか。まだ斜面外側の半ばだというのに。屋根のない、壁がぎざぎざの、ずんぐりした家々（いまやもう、これが月の自然力の産物ではないことは確かだ）を取り巻く瓦礫の山にやっとのことで登ると、細かなカチカチいう音が頻繁に聞こえた。しかも、その瓦礫は踏んでも、通常の瓦礫のようにはバラバラに崩れなかった。なぜなら、くっついて動かないひと塊になっていたのだ。まるでこの奇妙な集落の真ん中で爆発が起き、それが長いこと熱を放射し、できあがった廃墟の一部が溶けて、岩石と化した全体を形成したかのようだった。すでに私は最初の遺跡に着いていたが、しかるべくじっくり観察している暇はなかった。というのも一歩一歩気をつけて、重たいブーツをこの巨大な廃物の山のとがった突出部に慎重に置き、岩の間に滑り落ちないようにしなくてはならなかったからだが、それは難しくはなかった。それより上の、廃墟のすぐ近くでは、かなり切り立った瓦礫がガラス質のコーティングに移行し、煤《すす》のような黒っぽい縞で覆われていた。歩きやすくなったので、足を速め、ついに最初の窓のそばに行き着いた。それは不規則な穴で、上から垂れ下がった石で凹んでいた。中をのぞいてみたが、すぐに、ではない。というのも中は濃い闇で、何やら細長いものが無秩序に横たわっているのに気づいたからだ。壊れた窓から入りたくはなかった。というのも、私の遠隔人の大きさを考えると、すぐにつっかえそうだったから。それでドアを探した。ここに窓があるからには、ドアだってどこかにあるはずじゃないか。だがドアはひとつも見つからなかったので、巨大な力で地面に押しつぶされ、全体が変形し平たくなっていたこの家の周囲をまわり、側壁にかなり広い隙間を見つけ、そこから身をかがめて中に入ることができた。月面で日光が影と直接隣り合っているところでは、明暗のコントラストがあまりに強いため、目がそれに堪えられない。そのため両手を広げて壁を探りつつ、背中を厚い壁に押しつけながら内部の角まで行かねばならず、目が暗闇に慣れるまではまぶたを閉じていた。心の中で一〇〇まで数えてから辺りを見回した。

　内部は天井のない洞窟に似ていたが、上からは少しも光が射さなかった。なにしろ月の空は夜のように黒い。それに日光が穴を通して落ちるとき、明るい柱のようには見えない。地球上の空気や埃のような散乱させるものがないからだ。太陽は外にとどまり、光る染みとなって、私が立っていた隅の向かいの壁を白く照らすだけだった。その照り返しの中、私の足元に三つの死体が横たわっていた。最初の瞬間そう思った。だって黒ずんで歪んでいるとはいえ、足も手も胴体もあったし、一体には頭さえついていたのだ。目を細め、まぶしくないように日光の染みを隠しながら、最寄りの一体のそばにしゃがみこんだ。それは人間の死体ではなく、それどころか、だれの死骸でもなかった。だって生まれたときから命のないものは、死ぬことができないのだから。私の足元で仰向けに足を広げている亡骸に触れずとも、これがマネキンの一種であることはわかったが、おそらくロボットではないだろう。広く引き裂かれた胴体は空っぽだった。中には瓦礫の破片と砂が少し入っていただけだった。慎重にそいつの腕を引っ張ってみた。発泡スチロール製のように非常に軽く、石炭のように黒く、頭はなかったが、それは壁際にあった。頭はもげた首を下にして立ち、三つの虚《うつ》ろな眼窩で私を見つめていた。無論、私は驚いた、なぜ二つではなく、三つなのか。第三の目は額の、人間で言えば鼻骨の基部があるところに丸い穴となって開いていたが、この奇妙なマネキンにはおそらく鼻がなかった。それももっともで、なにしろ月面では鼻なんか何の役にも立ちはしないのだ。残りのマネキンもおおよそ人型をしているだけだった。建物の破壊によってひどく変形しているとはいえ、一見してわかったのは、それらは元々、人の形に似せていただけで、人間の解剖学的構造の正確な複製ではなかったということだ。足は長すぎ、おそらく胴体の一・五倍はあり、手は細すぎ、しかも肩から生えているのではなく、奇妙なことに一本は胸から、もう一本は背中から生えていた。そうに違いなかった。なぜなら爆発や衝撃波や地滑りで一体の四肢がねじれる可能性はあっても、全部が同じになるはずがない。片手が前に、もう片方の手が後ろにあると、ひょっとしたら、ある状況下では便利なのかもしれない。闇の中、三体の抜け殻に囲まれ、くっきりした日光の染みの反対側にうずくまった私は、放射線測定器の急速なカチカチ音以外に何も聞こえないことに気づいた。すでにかれこれ数分間、ウィヴィッチの声はこちらに届いていなかった。前回、廃墟の上にそびえる砂丘の頂《いただき》から彼に応答したとき、自分の発見について何も言わなかったのは、まず、それが間違いではないことを確認したかったからだ。私は基地に呼びかけたが、私のガイガーがひっきりなしにカチカチとすばやい警告音を鳴らすだけだった。放射能汚染は重大だったけれど、その測定で時間を無駄にはしなかった。どうせ遠隔人としての私を傷つけることはできないのだ。それでこう思った――無線通信は、崩れた石造りの集落から絶えず放出されている目に見えないイオン化ガスによって遮断されたのだ、いつなんどき船との通信も失いかねないと。ひどく愚かにも私はおびえた。そのときは自分がここに永遠に残るような気がしたのだ。だって、仮に通信が切れたとしても、瓦礫と廃墟の中に残るのは遠隔人だけで、私は船内で意識を取り戻すはずじゃないか。だがいまのところ遠隔人の制御を失うかすかな兆候すら感じなかった。私の船はたぶん集落の真上にいたに違いない。つねに私の上空の天頂にあるように静止軌道を回っていたのだから。実際だれひとりそうした発見やそうした状況を予想していなかったが、天頂位置は遠隔人の操縦に最適なのだ。なぜなら操縦する人間からの距離が最短で、あらゆる反応の遅延が最小になるからだ。月には大気がなく、イオン化ガス（爆発後に鉱物が蒸発した結果かもしれない）の濃度はあまり高くはなかった。基地とミクロプスとの通信も損傷したのかどうかわからなかったし、その時点では気にしていなかった。知りたかったのはむしろ、ここで何が起きたのか、それから何のために、なぜかを推測したかった。壁の隙間を後ろ向きに抜けて、あの頭のついた、いちばん大きな死体を引っ張り出した。私はそれを死体と呼ぶ。死体ではなかったが、自然とそういう印象を受けた。

　無線通信は回復しなかったが、しかし外でまずこの哀れな奴を調べたかった。実際こいつは一度も生きたことがなかったが、その外見が恐ろしくも哀れな印象を与えた。身長約三メートルか、もう少し低く、スリムで、頭は長く伸びた三角形、鼻も口もなく、首は長く、手はつかむことができるが、指は数えられない、というのもそれを作っている材料が、手指の細いところで最もひどく溶けていたから。全身が漆黒のスラグで覆われていた。ここは非常な高温が続いたに違いない、と私は思った。そしてそのときようやく閃いた。これはかつて地球で建てられた類《たぐい》の集落ではないか、核爆発の影響を調べるため、ネバダやその他の場所で、家々や庭や店舗や道路を造って、ただし人間だけは様々な動物に置き換えられた、たしか羊とヤギ、それと豚。なぜかというと私たち同様、皮膚に毛が少なく、熱射に対する火傷で似たような反応を示すからだ。ここで同じようなことが起きたのではないか？　この集落を破壊して瓦礫に変えた核爆弾の元の力がわかれば、現在の放射線量に基づいて、爆発がどのくらい前に起きたかを突き止められるだろうし、同位体の組成からも、いまならまだ物理学者たちはそれを立証できるだろう。だから念のため宇宙服の膝ポケットに細かい破片を少し入れたのだが、またもや怒りと共に思い出した――だって船内には戻れないじゃないかと。だが、せめておおよそでも、この爆発の日付を突き止めることが必要だった。私は汚染区域から撤退し、基地との通信を回復して、情報を伝え、後は物理学者に任せることにした。私が集めたサンプルの分析方法は彼ら自身で考えればいい。なぜだかよくわからないまま、私は哀れな亡骸を持ち上げて、難なく背負い、というのもここでは八キロか一〇キロ程度しかなかったから、かなり面倒な戦術的撤退を開始した。背負った者の長い足が地面に引きずれ、石に引っ掛かったので、一緒に倒れないよう、非常にゆっくりと歩かねばならなかった。斜面はさほど急ではなかったが、釉薬《うわぐすり》がかかって固まった岩の滑りやすい場所を歩くのがいいのか、一歩ごとに崩れては私ともども流れだす瓦礫を踏むのがいいのか、自分でもわからなかった。この苦行のせいで選んだ方向を間違え、元の砂丘に戻る代わりに、四分の一マイルほど西寄りの、地球の地質学者が〈証人山〉と呼ぶ一本岩〔風化と侵食の結果形成された突出部〕に似た大きな卵形の岩の間に行き着いた。背負ってきた者を平らな地面に下ろし、自分は座って、ウィヴィッチを呼び出す前にひと休みした。ミクロプスを探して見回したが、あの輝く雲はどこにも見えず、すでに届いてしかるべき声もまったく聞こえなかった。センサーのカチカチいう音はヘルメット内でしだいにまばらになった。まるで砂が一粒ずつ膜に落ちているかのように。不明瞭な声が聞こえたので、基地だと思って耳を澄ましたところ、身体が固まった。しゃがれたつぶやきから最初に二つの単語が聞こえた。「実のきょうだい……実のきょうだい……」しばしの沈黙、そしてまたもや「実のきょうだい……実のきょうだい……」
「だれだ？」叫びたかったが、あえてそうしなかった。縮こまって座り、汗が額にふきだすのを感じたが、その見知らぬ声は再び私のヘルメットを満たした。「おいで、実のきょうだい。実のきょうだい、こちらへおいで。怖がらないで近寄って。悪いことはしたくないんだ、実のきょうだい。こちらへおいで。私たちは互いに戦わない。実のきょうだい、近寄れ。怖がらないで。私は戦いたくない。私たちは親しくしなくては。そうだ、実のきょうだい。助けてくれ。私も君を助けるから、実のきょうだいよ」何かがパチッといい、同じ声だがまったく異なる口調で、短く、うなるように鋭くこう言い放った。「武器を置け！　武器を置け！　武器を置け！　武器を捨てろ、さもなくばおまえを焼く。逃げようとするな！　後ろを向け！　手を挙げろ！　両手だ！　そうだ！　両手を襟首に当てろ！　立ち止まれ、動くな！　動くな！　動くな！」

またもや何かがカリカリ音を立て、戻ってきたのは最初と同じ声だったが、つっかえがちで弱々しかった。「実のきょうだい！　近寄れ。私たちは親しくしなくては！　助けてくれ。私たちは戦わない」この亡骸がしゃべっていることは、もはや疑いなかった。それは私が投げ出したときのまま横たわり、襲われて腹を引き裂かれ足がもつれた蜘蛛みたいに、空っぽの眼窩を太陽に剝き出し、じっと動かなかったが、そいつの何かがひっきりなしに繰り返し私に話しかけていた。二拍子の歌。二つのメロディー。まず実のきょうだいについて、その後、しゃがれ声の命令。これはこいつのプログラムだ、と思った。そうに違いない。マネキンあるいはロボットは、まず人間の兵士をおびき寄せ、その後、捕虜にするか殺すかするのだ。もはや動くことができず、こいつの中のプログラムの燃え残りが絶えず同じことを繰り返しているだけだった。それにしてもなぜ無線で？　仮に地球上の戦闘用ならば、おそらく直接通常の声で話しただろう。何のために無線を使っているのか理解できなかった。なにしろ月面に生きている兵士はひとりもいなかったし、ロボットをそんなふうにおびき寄せはしないだろう。そうじゃないか？　これには意味も秩序もないように思えた。私はそいつの黒くなった頭蓋を、ねじれて焦げて、指が溶けてつらら状になった手を、割れた胴体を、もはや先ほど感じたような反射的な同情もなく眺めた。嫌悪感ばかりでなく、いうなれば、むしろ敵意を持って——そいつは神に魂の借りがあったとはいえ——なにしろそのようにプログラムされたのだから。電気回路に刻印されたプログラムに対して道徳上、憤慨することは可能だろうか？　再びそいつが例の「実のきょうだい」をしゃべりだしたとき、話しかけてみたが、私の言うことは聞こえていなかった。いずれにせよ、そんな態度は示していないようだった。立ち上がった私の影がそいつの頭に落ちたとき、言葉半ばで途切れた。私が一歩退くと、また話しはじめた。したがってこいつを目覚めさせたのは日光だ。このことを確かめると、今後どうすべきかを思案した。このマネキン罠からは大した慰めは得られなかったろう。こうした〈戦闘装置〉はもはやあまりに原始的すぎた。おそらく月の兵器職人たちも、この足長怪物を無価値な骨董品と見なしていたのだ——核攻撃の影響を試すのにこれらを使っていたのなら。ひっきりなしにこいつの死体の歌で頭が掻き乱されないように、とはいえ実を言うと、それだけが理由だったのかどうか自分でもよくわからないが、私は周辺から大きめの破片を集めだし、まずそいつの頭蓋を、それから胴体も瓦礫で覆った——あたかも埋葬しようとしたかのように。静かになると、かすかな甲高い音が聞こえた。最初はまたあいつかと思って、もっと石を探しさえしたが、モールス信号だとわかった。「**タイヘイ**　キヲツケロ　タイヘイ　コチラ　キチ　エイセイ　コショウ　オンセイ　コショウ　スグニ　カイフクスル　マテ　タイヘイ」

　ということは我々の通信を維持していた例のトロイの衛星のうち一基が駄目になったのだ。すぐに修理するだと、一体どうやって、私は意地悪く考えた。手段がないため返事ができなかった。最後に私は焼け跡に目をやり、砂丘の間の窪地の向こう側にある、陽を浴びて白い建物の廃墟に目を向け、黒い空に目をやってミクロプスを空しく探し、あてずっぽうに巨大な盛り上がった岩の襞《ひだ》に向かって歩きだした。それは灰色の巨大な鯨のからだのごとく、砂から突き出ていた。影で漆黒に見える、洞窟の口に似た、その岩の割れ目へと真っすぐ歩いた。私は目を細めた。だれかがそこに立っていた。ほぼ人間の姿だ。背は低く、肩幅が広く、灰緑色の宇宙服を着ている。またしても自分の鏡像だと思って、私はすぐに片手を挙げたが、影の筋が宇宙服の色を変えただけで、向こうは身じろぎもしなかった。私は躊躇した。ひょっとすると恐怖に襲われたのか、何か予感があったのかもしれない。だが自分がここにいるのは、いますぐ逃げるためではなかったし、それに実際どこへ逃げるというのか？　そのまま真っすぐ進んだ。それは、ずんぐりした人間そっくりに見えた。「ハロー」そいつの声が聞こえた。「ハロー……聞こえるか？」

「聞こえる」特にその気もなく私は答えた。

「こっちに来い、こっちに……私にも無線がある！」

それはかなり莫迦莫迦しく聞こえたが、私はそちらへ向かった。そいつの宇宙服の型には何か軍服風のところがあった。胸には金属的に輝く帯が交差していた。両手は空っぽだった。それも良し、と思いながら、しかし絶えずゆっくりと歩いた。そいつは迎えに出てきて、まるで旧知の人を目にしたかのように、率直な、心のこもった仕草で両腕を挙げた。

「ようこそ、ようこそ！　お達者であれ……。なんとすばらしい、ついにあなたが来られたとは！語りあいましょう……私はあなたと、あなたは私と……話しましょう、いかにして世界に平和をもたらすかを……いかにあなたが暮らしているのか、そして私が……」

　そいつはこれを率直な震える声で、妙に感動的に、歌うように音節を伸ばしながら言い、重い砂地を粘り強く私の方へ進んできた——抱擁するかのように絶えず両手を大きく広げながら。その態度全体に、それぞれの動きに真心があふれていたから、この出会いをどう考えればいいのか、私自身もうわからなかった。そいつはあと数歩の距離にいたが、ヘルメットの暗いガラスは日光に光るばかりだった。そいつは私を抱擁し、抱きしめ、そうして私たちは巨岩の灰色の斜面のそばに立っていた。私は相手の顔を見ようとした。ヘルメットのガラスが不透明だったので、手のひらの距離でも何も見えなかった。それはガラスでさえなく、むしろガラスの層に覆われたマスクだった。ならばどうやって私が見えたのか？

「いまいるここは、いいところですよ、あなた……」と言って、そいつは自分のヘルメットで私のをこつんとたたいた――まるで二連式散弾銃で私にキスしたいかのように。「我々のところはとてもいい……我々は戦争を望まない、善良で温和な我々は、わかりますね、あなた……」最後の言葉を言うと同時に私の脛をいきなりしたたか蹴飛ばしたものだから、私は仰向けにひっくり返り、そいつは両膝で私の腹に飛びかかった。あらゆる星が見えた。文字通り、黒い月の空の星々が。自称我が友は左手で私の頭を地面に押しつけ、右手で己の金属の帯をもぎ取ると、二本の帯は自然と馬蹄型に丸まった。私は何も言わず、むしろ混乱していた。なぜならそいつは次に私の両手をその馬蹄型の帯で地面に固定し、力強く鷹揚な拳の一撃で打ち込むと同時に、こう言ったのだ。

「よくなりますよ、あなた……我々は単純で、親切で、穏やかな気分、私はあなたが好き、あなたは私が好きになる、あなた……」

「〈実のきょうだい〉じゃないのか？」私は問いながら、もう手も足も動かせないと感じた。

私の呼びかけは少しもそいつの真心を損なわなかった。

「きょうだい……？」この言葉の質を味見するかのように、思案しながらそいつは言った。「きょうだい結構！　私いい人、あなたいい人！　きょうだいのためのきょうだい！　だって我々はきょうだいだから。でしょう？」

そいつは私を立ち上がらせ、私の脇と腿をすばやく即物的にたたき、ポケットを探ると、そこから私の持ち物すべて――平らな道具箱、ガイガーカウンター――を取り出し、シャベルをはずして、もう一度、今度はもっと強めに私を、とくに脇の下を触り、それからブーツの胴に指を突っ込もうとしたが、この入念な身体検査の間、一瞬たりともおしゃべりをやめなかった。

「実のきょうだい、と言ったね。何だ？　そうかもしれないし、そうじゃないかもしれない。我々はひとりの母親から生まれたのか？　ああ、母、母……。母とは聖なる存在だ、きょうだい。あんなにいい人！　それにあなたもいい人だ。とてもいい人！　武器は一切持ってない。ずる賢い奴、愛すべきいたずら小僧……なんとなくそぞろ歩いて、きのこを集める。ヤマドリタケをどっさり。森はあるが、なぜか見えない。そうだ、親愛なるきょうだい……すぐ楽にしてやる、よくなるからな、見てろよ。我々は平和で単純な人、世界は我々のもの」

　その間にそいつはもう肩から平たい背嚢《はいのう》のようなものを下ろして、それを広げた。何やらとんがった道具がきらめいた。そいつはひとつを取り出し、手で重みを量り、脇へ置くと、別の巨大な鋏《はさみ》のようなもの（攻撃中の兵士が巻いた有刺鉄線を切るのに使う万能鋏に似ていた）を取り出し、私の方を向くと、刃が陽を浴びて光り、そいつは私の腹の上にまたがって、その道具を持ち上げ、

「お達者で」という言葉と共に、それを私の胸に一突きした。痛かった、さほどではなかったが。私の遠隔人には不快な感覚を阻止するチョークコイルが付いているらしい。もはや疑いなかった。月の親友は私を魚のごとく引き裂いている。それに実際、私はもう船上に戻っていなければならなかった。死骸を引き裂かれるまま残して。けれどそいつの言葉と行為のコントラストにあまりに魅了されていた私は、麻酔をかけられたように横たわっていた。

「どうして何も言わないんだ？」と訊きながら、そいつはもう私の宇宙服の表層を、鋭くパリパリした音を立てて切り裂いていた。鋏は一級品で、恐ろしく硬い鋼でできていた。

「何か言おうか？」私は尋ねた。

「ああ言えよ！」

「ハイエナ」

「何だって？」

「ジャッカル」

「私を侮辱したいのか、友よ？　よくないな。あなたは私の敵だ！　あなたは裏切り者だ。あなたはわざとここへ武器なしでやって来た、私を惑《まど》わすために。私はあなたによかれと思っていたが、敵は調べる必要がある。私にはそうした義務がある。そういう法律だ。私は攻撃された。宣戦布告なしにあなたは我々の聖地に侵入した！　それ自体、罪がある。〈実のきょうだい〉。あなたを犬にくれてやる！　あなたは犬以下だし、私をハイエナやジャッカルと見なす、だがそれも長くはない。あなたの記憶はまもなく命とともに消え去る」

どうにか胸部カバーの最後の接続部分がはずれると、奴はそれをこじあけて、横に破り取りはじめた。奴は私の内部をのぞきこんで凍りついた。

「面白い装置だ」と言って、立ち上がった。「多様なこまごましたもの。私は莫迦だが、我々の学者らは理解するだろう。あなたはここで待て、どこへ急ぐ必要がある？　いまは急がなくていい。

あなたはもう味方だ、友よ！」

　地面が震えた。できるだけ頭を横に向けると、そいつに似た別の奴らが見えた。方陣を組んで、儀礼的な足どりで、観閲式のときみたいに足を高く上げながら、均等に歩いていた。この行進であまりに大きな足音を立てたものだから、埃が舞い上がるほどだった。我が拷問者はおそらく報告の準備をしていたのだろう。直立不動だったから。

「泰平、話せ、どこにいる？」耳の中で大声がした。「音声はもうＯＫだ。こちらウィヴィッチ！　基地だ！　聞こえるか？」

「聞こえるよ！」私は答えた。

　この会話の断片があちらにも届いていたに違いない。行進が駆け足になった。

「どの区域にいるか、わかるか？」ウィヴィッチが訊いた。

「わかる、ちょうど思い知ったところさ。捕虜にされちまった！　体を切られてる！」

「だれに？　だれにだ！」ウィヴィッチが言いはじめたが、我が死刑執行人がその先の言葉を掻き消した。

「警報！」奴が叫んだ。「警報発令！　こいつを連行しろ、撤収だ！」

「泰平！」遠くからウィヴィッチが叫んだ。「あきらめるな!!!」

　彼の言うことは理解した。地球の最新技術をロボットたちに引き渡すことは我々の利益にならなかった。指一本動かせなかったが、方法はあった。私は両顎を全力で噛みしめた。スイッチをひねるようなパチッという音が聞こえ、私は真っ暗闇に落ちた。砂の代わりに背中の下に肘掛け椅子の柔らかなパッドを感じた。私は再び船内にいた。目まいのせいで正しい押しボタンがすぐに見つからなかった。突然それ自体が目に飛び込んできた。プラスティック製の保護ドームをたたき割り、拳を赤い円盤に最後まで打ち込んだ——遠隔人が奴らの手に渡らないように。一ポンドのエクラジットがあちらで彼をずたずたに粉砕した。私はこの〈ＬＥＭ〉が気の毒だったが、そうせざるを得なかった。こうして二回目の偵察は終わった。

続く一〇回の着陸の後、残ったのはどれもこれも不愉快な思い出ばかりだった。三回目の偵察が最長で、三時間続いた。私はトカゲ、それも太古のに似たロボットたちが行う定期的な戦いの真っただ中に行き着いたとはいえ、ロボットたちは戦いに忙しかったので、私に気づかず、天使みたいに白くなった（ただし翼はない）私は、炎の後光をまとって戦場に降下した。飛びながら、なぜこの付近も船からは荒野に見えるのかがわかった。保護色で覆われていたのだ。そのうえ峰々には砂上に散らばる石を模した凸状のパターンが施されていた。それらはものすごい速さで這いずりながら動いたので、最初の瞬間どうすればいいのかわからなかった。実際、弾丸がひゅうと飛んでいたわけではなく、ここでは火器は使用されていなかったが、その代わりレーザーの閃光で目が見えなくなる可能性があった。私は大きな白い岩の方へすばやく這っていった。それが近くにある唯一の避難場所だったからで、その陰から頭を出して戦いを眺めた。実を言うと、だれとだれが戦っているのか初めはわからなかった。そのカイマンに似たトカゲ型ロボットたちは、私の方へ傾斜したかなり平らな斜面を攻撃しており、ぴょんぴょん跳びながら動いていた。状況は非常に錯綜していた。どうやら斜面を攻撃している者たちの中に敵がいたらしい。彼らの隊列の中に。ひょっとしてその前に空中降下があったのかも、わからない。けれども、金属のトカゲたちが、まったく同じ外見の別のトカゲたちに飛びかかっていくのが見えた。ある瞬間、一匹を追いかけている三匹がすぐ近くにいた。三匹は追いついたが、捕まえることはできなかった。なぜなら、そいつがつかまれた足を全部失って、ヘビみたいにのたくって逃げたからだ。尾っぽや足をもぎ取るなんて、そんな原始的な戦いをするとは予想外だったし、いつ自分の番が来るかと待ち受けていたのだが、なぜか戦いの興奮の中でだれも私に注意を向けなかった。彼らは幅広く散開して斜面を進みつつ、レーザー光を吐き出しており、レーザーはおそらく口の中にあったが、ひょっとするとそれは口ではなく、喇叭《ブランダーバス》銃のような漏斗状に開いた銃口なのかもしれなかった。丘の斜面では奇妙なことが起きていた。すばやく這いずりながら第一線のロボットたちは、後方から援護射撃を受け、斜面のほぼ半分の所に至るとそこで止まりはじめた。地面には潜らなかったが、歩みがだんだん遅くなり、色を変えた。尾根の表面の砂地が暗くなりはじめ、それから灰色の煙で覆われ、あたかも目に見えぬ炎に包まれるかのように、灼熱し、燃える骸《むくろ》に変わった。だが、向こう側では何も光らなかったから、おそらくレーザー砲撃ではなかったのだろう。すでに相当数の焼け焦げて溶けたオートマタが斜面を覆っていたが、絶えず新たな隊列が現れては身を滅ぼしに急いでいた。遠視のスイッチを入れてようやく、彼らが何を攻撃しているのかがわかった。丘の頂上に何か要塞みたいな巨大で不動のものが広がっていたのだが、それは本当に変わった要塞だったのだ。なにしろ鏡張りだったのだ。ひょっとすると鏡張りでもなくて、何かのスクリーンで覆われていて、その上部では黒い星空を、下部では砂礫の斜面を見せていたのかもしれない。たぶんそれは同時に鏡でもスクリーンでもあって、レーザー光は反射するから、まったく歯が立たず、下の方、最も多くの死骸が転がっているところで、岩石の温度は二〇〇〇度を超えていた。ヘルメット内のボロメーターがそう示していた。ある種の誘導壁か何かそうしたものが、うまいこと巨岩に張りついていて、その岩が私の遮蔽物となっていたのだと思った。あの小さい奴らが攻撃すると、この鏡スクリーンは目に見えない熱シールドに囲まれた。大変よろしい、だが赤ん坊みたいに無防備な私は、攻撃する大量の戦車の間でどうすればいい？　この戦闘を基地に報告する必要はなかった。というのも我が三体目の遠隔人は後衛に、普通の岩のかけらのように見える特別なジェットグライダーを持っていたのだ。それは隕石を装っていたが、疑念を呼び起こすとすれば、通常の隕石らしく落ちるのではなく、私の約二マイル上空を飛行していたという事実によってである。何かが私の太股に触れた。見下ろして啞然とした。それは先ほどすべての足を失って蛇に変身したロボットの、もげた足だった。ゆっくりと動きながら、足は這いずり這いずり前進し、ついに私が隠れていた岩の間をすり抜けて、私にぶつかったのだ。この無闇に震える足は三本の鋭い爪を持ち、粗い砂粒を模した外被に覆われていて、何か厭わしいと同時にやぶれかぶれなものがあった。そいつは私の太股にしがみつこうとしたが、支えがないので無理だった。私は嫌々それをつかんで、なるたけ遠くに投げ捨てた。するとそいつは直ちに私の方へ戻ってきた。しかるべく戦闘の推移を観察する代わりに、私はこの足と決闘する羽目になった。なにしろ、またもや私の体を登ってきたのだ、酔っ払ったみたいによたよたと。すぐにこいつを追って別のが来るだろう、と頭をよぎった。そうなったら莫迦みたいだ。基地が沈黙していたのがせめてもだった。こちらの会話は盗聴されていた可能性があり、そうなればまずいことになっていただろう。巨岩の暗い陰になった側に縮こまると、私はシャベルを手にしてその足を不快な心持ちで待ちかまえた。そのうえ、こいつの中に無線送信機があったりしたらとんでもないことになる。伸びたり縮んだりを繰り返しながら、そいつが私の膝に達したとき（私はひざまずいていた）、片手でそいつを地面に押しつけ、もう片方の手でシャベルの刃でもって殴りはじめた。戦いを観察する代わりに、泰平ヨンは月面でロボットのあんよを切り刻もうとしている。なんて話だ！　ついに、こいつの敏感な所に当たったに違いない。上向きに脛を広げてひっくり返り、動かなくなった。それでそいつを捨てて、岩の陰から外をのぞいた。散開が停止し、個々のオートマタは周囲の灰色と溶け合って、ほとんど識別できなかった。一方、船が波に乗るように、わずかに横に傾きながら丘の斜面を登っていたのは、どこから来たのか知らないが、大きな平屋サイズの蜘蛛だった。表面は亀のように平らで、たくさんの足を大きく拡げてゆらゆら歩き、膝は両側に高くそびえていた。蜘蛛は重々しくリズミカルに慎重に歩を進め、己の多肢の竹馬を移動させながら、すでに高熱域に近づいていた。さて、これからどうなるだろう、と思った。蜘蛛の腹の下に何か細長くて暗色の、ほとんど黒いものがぼんやり見えた。ある種の戦闘装置を運んでいるようだった。高熱域のすぐそばで立ち止まると、足を大きく拡げて、そのまましばらく、考えごとでもするかのように立っていた。戦場全体が動かなくなった。ただヘルメットの中で、理解できないコードで送信されたシグナルがピイピイ聞こえるだけだった。それはとても奇妙な戦いだった。というのも、地球の数百万年前の中生代の恐竜の戦いさながら、原始的に行われているように見えると同時に、洗練されているようにも思われたからで、なにしろあのトカゲどもはレーザー仕掛けのオートマタであって、爬虫類の卵から孵化《ふか》したわけではなく、電子機器を詰め込んだロボットだったのだから。巨大な蜘蛛はほぼしゃがみ込んだため、腹が地面に触れて、あたかも己の中に閉じこもったかのようだった。何も聞こえなかった。まあたとえ月が破裂しても、どよめきも轟音も聞こえないのだが、しかし地面は一度、二度、三度震えた。こうした震えは絶え間ないゾワゾワ感に変わった——周囲のすべてが私と共に揺れ、ますます激しく、ますます速い振動に飲み込まれた。なおも見えていたのは、灰色のトカゲどもが散らばった月の砂丘、反対側の丘の緩やかな斜面、その上の黒い空、だがそれらは震えるガラス越しに見るようだった。物の輪郭がぼやけていき、地平線上の星々さえもが地球上で見るように瞬き、それから溶けた染みになった。私はしがみついていた巨岩と共に、熱病にかかったように震えた。本物の音叉《おんさ》だ。その震えが私の全身を満たし、私はその震えを骨の一本一本にも、指の一本一本にも、次第に強く感じるようになった——あたかも我が存在のあらゆる粒子が揺すぶられ、ゼリーのごとく撒き散らされるかのように。振動はすでに痛いほどで、何千もの微細なドリルを一度に突き立てられていた私は、巨岩から離れて両足で立ちたかった。そうすれば振動は靴底からしか届かないから、弱まる可能性があった。だが麻痺したように手を動かすことができず、半ば目が見えぬまま巨大な蜘蛛を見つめるほかなかった。拡大率の大きな虫眼鏡の下で死んでいく蜘蛛のように、そいつは丸まって、トゲトゲした暗色の球体になった。突然目の中が暗くなり、底なしの深みを飛んでいる感じがして、のどは詰まり、全身汗みずくで、まぶたを開けるや、親しげに私の目に飛び込んできたのはカラフルな主制御盤だった。船内に戻ったのだ。どうやら安全装置自体が私を、苦境にある遠隔人から切り離したらしい。一分かそこら待って、やはり遠隔人に戻ることにした。自分がバラバラに引き裂かれた死体になったような、これまで味わったことのない最低の気分ではあったが。触れれば火傷しかねないかのごとく、慎重にレバーを押すと、私は再び月面にいて、再び全身を包むゾワゾワを感じた。安全装置が私をロケットに投げ返す前に、ぼんやりとはいえ、黒い破片の巨大な山が丘の頂上からゆっくりと滑り落ちるのを見とどけることができた。おそらく要塞が崩れたのだ、と思った。そして再び自分の体に戻った。遠隔人がバラバラにならなかったという事実が、もう一度遠隔人の中に入る勇気を私に与えたのだ。

　もう何も震えていなかった。ひっそりとした平穏があった。焼けたトカゲ型オートマタの残骸の間には要塞——丘の頂への接近を禁じていたあの謎めいた装置——の成れの果てが横たわり、破壊的な共鳴で要塞を破壊した蜘蛛（こいつがあれを引き起こしたことは疑いなかった）は、痙攣する巨大な脚のもつれとなって平らに横たわっており、その脚は死の苦しみに絶えず伸びたり曲がったりしていた。このリズミカルな動きは次第に緩慢になり、ついに止まった。ピュロス的勝利？　私はさらなる攻撃を待ち受けたが、何も動かなかった。これまでの出来事を憶えていなかったら、スラグと化したがらくたが前景全体を覆い、それが溶けて辺りの砂地の襞と一体化しているのにも、気づかなかったかもしれない。立ち上がりたかったが無理だった。片手を動かすことさえできなかった。かろうじてヘルメットの中で頭を傾け、自分を見ることはできた。

それは気持ちのいい眺めではなかった。これまで胸壁として役立っていた巨岩が割れて、細かな亀裂の網目に覆われた大きな破片になっていた。その破片でできた瓦礫の中に私の両腿、というか、切断した両脚の付け根が挟まっていた。かわいそうに、負傷した遠隔人は手も脚もない胴体だけになっていた。私は、頭が月面にあり、体は船内にある、という不気味な感覚を味わった。というのも、黒い空の下、相変わらず戦場を眺めながら、同時に自分を座席に押しつけるシートベルトと背もたれを感じていたのだ。この目に見えない座席は私と一緒にあるようでいながら、そこにはなかった。なにしろ見えなかったのだから。私の印象を説明するのは難しくないだろう。信号入力を失ったセンサーは作動しなくなり、私は頭部とのみ通信していた。ヘルメットで覆われた頭部は、蜘蛛が起こした致命的な地震に耐えたのである。ここですべきことはもはや何もない、と思った。完全に帰還しなくては。にもかかわらず私は瓦礫に胴体が埋まったまま、太陽に照らされた戦闘劇を眺めていた。何かが遠くの砂の中で苦労してパタパタしていた。岸に打ち上げられた死にかけの魚のように。トカゲ型オートマタの一体だ。そいつが立ち上がると砂が背中からパラパラと落ち、それからカンガルーというか恐竜に似たやり方でしゃがみ、そして腰を下ろした——最後の証人であると同時に、だれも勝利しなかった戦いの参加者は。そいつはこちらに向き直り、突如その場で回りはじめ、回転は次第に速くなっていき、ついには遠心力で長い尾を後ろへ投げとばした。私はそれを驚いて見つめていたが、奴はもうブンブンゴマみたいに回転して、体から四方八方に破片が飛びだすと、音立てて平らに倒れ、何度か転び、最後の宙返りで別の死体にぶつかって、ついに動かなくなった。だれも私に電子工学的死の理論を教えてくれなかったが、自分がそれを目にしたことは疑いなかった。それは生者に、つぶれた甲虫か芋虫の痙攣を思い出させたから。なにしろ私たちはよく知っているではないか、虫たちの死がどのように見えるかを。ただし虫たちの最期の痙攣が苦痛を意味するかどうかはわからないが。まったく大した見せ物だった。そのうえ、なかなか言い表しにくいのだが、自分がそれに巻き込まれた結果、自分がその元凶であるかのように思われた。なぜかというと、自分は哲学的・道徳的考察のために月に赴いたわけではなかったし、歯を食いしばって、かわいそうなルナ《L》・エクスカーション《E》・マネキン《M》三号の残骸との絆を断ち切るや、一瞬で船内に戻ったからだ――基地に今回の偵察の報告をするために。

Ⅷ　不可視

タラントガにこうしたメモを読ませたら、こう言った――私の任務を準備し、私を見守っていた全員を、私が莫迦あるいは間抜けにしていると。一方〈一般システム理論〉は完全に信頼できる要素や部分なんてものが存在しないことを数学的に証明していて、たとえ、それぞれに一〇〇万分の一の故障率、つまり、当該要素が一〇〇万回に一回しか壊れない可能性を与えたとしても、一〇〇万の部品で組み立てられたシステムはどこかで必ずトラブる。私が月面端末となったあれは一八〇〇万個のコンポーネントで組み立てられていたのだから、私のトラブルの大部分に責任を負うべき莫迦は物質である。だって専門家全員が混乱し、それも天才ばかりだったら、事態はさらに悪くなる一方で決して良くはならないのだから。そうに違いない。他方こうしたあらゆる不可避な故障の結果が私に集中したわけだが、心理学的に見ると、ひどい立場に立たされた人が罵る相手は原子でも電子でもなく具体的な人間なのだから、私の鬱と無線によって起きた悶着も不可避だった。基地は最後の〈ＬＥＭ〉に特別な希望を託した。なぜならそれは技術の奇蹟であり、最大限の安全を保証していたからである。それは粉末状の遠隔人だった。鋼鉄のアスリートの代わりに容器に入っていたのは大量の微細な粒子で、その一粒一粒の知的密度はスーパーコンピューターに匹敵した。しかるべきインパルスの影響を受けるとこの粒子が結合しはじめ、〈ＬＥＭ〉を形作った。このシークレットはLunar **EVASIVE** Molecules〔月のとらえにくい分子〕を意味していた。私は高度に分散した分子の雲として着陸することができ、必要に応じて人間型ロボットの形に集まることができたが、それ以外にプログラムされた四九の怪物のひとつに変身することもできたし、たとえこうした粒子の八五パーセントが破壊されたとしても、残りの粒子だけで十分に偵察を続行できるのだった。**ディスパーサント**〔分散剤〕と呼ばれるこの遠隔人の理論は非常に複雑なため、たとえアインシュタイン、フォン・ノイマン、奇術師、マサチューセッツ工科大学総合評議会、それにラビンドラナート・タゴールの子だったとしても全然頭に入らないのだから、私もこれに関しては皆目見当がつかなかった。わかったのはただ自分が生体細胞よりも汎用性の高い三〇〇億の様々な粒子に変身させられたことだけで、キーを押すたびに複製プログラムがこれらの粒子を結合させては煙と化した様々な集合体や、かてて加えて目やレーダーや、ガンマ線を除くあらゆる種類の放射線に不可視の分散状態に幾度変えたかは憶えていない。だから、たとえ待ち伏せに遭っても、分散して戦術的退却を行い、再び集まって望ましい姿に戻ることができた。二〇〇〇立方メートル以上を占める雲となるのがどんな気分かを説明することはできない。それを理解するには、せめて一度はそんな雲になる必要がある。仮に視力を、より正確に言うと光学センサーを失った場合、他のほぼあらゆる種類のもので代用可能で、それは腕でも、脚でも、触手でも、道具でも同じだ。ただ豊富な可能性の中で迷子にならないよう注意しなくてはならなかった。当時はしかし、失敗を自分のせいにするしかなかった。こうして科学者たちは遠隔人の故障の責任から逃れ、それをそっくり私におっかぶせていたのだ。言うまでもなく、これで私の機嫌は完全に直った。私が着陸したのは月の裏側、太陽の高い赤道付近、日本区域のど真ん中で、ケンタウロスの姿に扮してだった。これは四肢を備えた生きもので、胴体上部に二本の腕があり、加えてカムフラージュ・システムが高度知的ガスとして私を取り巻いていた。ケンタウロスと言ったのは、この神話上の存在とあまり共通点がない生きものに対して、これよりいい定義がなかったからである。この粉末状遠隔人とはルナ・エージェンシーの演習場で知り合い、船倉に下りて、適切に作動するかどうか確認したとはいえ、実際に見ると本当にすごくて、かすかに光る粉の巨大な山が、選択したプログラムをオンにすると、動きだし、移動し、つながり、くっつきあって、目的の形状を形作り、凝集させている電磁場（あるいはまったく別のものかも）をオフにすると、砂の女人像を蹴飛ばしたように一瞬でバラバラになるのだ。いつでも細かい粒子に分散したり、元どおり凝集したりすることができるという事実は、私を元気づけるはずだった。だがこの変化がむしろ不快だったのは、震えを伴う非常に強い目まいとして感じられたからで、それについては対処のしようがなかった。とはいえこの混乱状態が続くのは私が新たな形態をとるまでの間だけだった。どうやらそれに対処できるのは熱核爆発のみで、それも近接している場合だけだった。欠陥により全身が分散する確率はどのくらいか訊いてみたが、はっきりしたことは何も言われなかった。もちろん私は一度に二つのプログラムをオンにしようとしてみた。一つはヒューマノイド型巨神《モロク》に、もう一つは平らな頭と巨大なペンチ状の鋏を持つ三メートルの芋虫じみたものに変身するはずだったが、何にも変わらなかった。それは化身セレクターが二者択一の原則で機能していたからだ。今回ミクロプスの後衛なしに月面に降り立ったのは、自分自身がいわば多数の微小なキュクロプス（技術者たちは彼らの隠語でミクロキュクスとも呼ぶ）だったからだ。私は背後に、ほぼ感知できない送信機の尾をなびかせていた——濃くなったときだけ見える、ぼんやりした裳裾のように。移動にも問題はなかった。私は詮索好きだから、もし月面でもプロテウスのように形を変える同様のオートマタが生まれていたらどうなるのかと尋ねたが、だれも答えることができなかった。とはいえ演習場では二体か三体ずつを一度に始動させ、反対方向にたなびく雲のように、互いに混ぜ合わせてみた。だがそれらは九〇パーセントの確率で同一性《アイデンティティ》を保った。九〇パーセントのアイデンティティとは何か、説明するのも容易ではない。というのも、それを理解するには経験しなければならないからだ。いずれにせよ、次の偵察の最初はスムースに進んだ。私は行進しながら、様々な方向を見回す必要さえなかった。なぜなら全方向が一度に見えたからだ。とはいえ側面と後方はミツバチが見るように短縮して見えた。ミツバチは半球形の眼を持ち、数千の個眼であらゆるところを同時に見るが、私の読者はミツバチではないから、この比較も私の感覚を再現できないことは理解している。

各国が自国のコンピューター兵器孵化場をどうやってプログラムしたかは秘密だったが、猫かぶりで知られ、そして実際きわめて聡い日本人のことだから、私は手厳しい不意打ちを予想していた。基地のチーム・メンバーであるハカガワ教授も、日本の兵器の蛹《さなぎ》が発展して何になったのかおそらく知らなかっただろうが、私に警戒するよう、また、どんな見かけにも簡単に騙されないようにと誠実に忠告してくれた。見かけと事実をいかに区別すべきかわからなかったので、私は単調で平らな場所を走った。ただ地平線上に巨大なクレーターの浅い土手が盛り上がっているばかりだったが、ウィヴィッチ、ハカガワ、およびその他のメンバーは大いに満足していた。というのもトロイの衛星に送信され、そこから地球へ送られたテレビ映像が、剃刀のごとくシャープだったかららしい。一時間走った後で気づいたのだが、砂に覆われた大小の石が乱雑に転がる中に、何やら背の低い複数の突起があって、それらが私の方を向いた。枯れたジャガイモの茎のように見えた。私はこいつに取りかかってもよいかどうか尋ねたが、だれひとり私に代わって決定を下そうとはせず、私が懇願すると、絶対にそうすべきと言う人もいれば、やらない方がいいと言う人もいた。それで私は我がケンタウロスの胴体をこの茂みの大きめの群生の上にかがめて、一本のしなやかな茎を引き抜こうとした。何も起きなかったので、それを持ったまま、目に近づけた。するとマムシのようにのたくりはじめ、私の手首にしっかり巻きついたが、いろいろ試すうち、軽く撫でると、実際には指でくすぐってやると、離れることがわかった。実際ジャガイモの茎に話しかけるのはかなり莫迦げていたし、これはジャガイモとは何の関係もないとわかっていたけれども、やってみた。

答えは期待していなかったし、受け取らなかった。それでその芋虫みたいに動くほどけた茎を捨てて、さらに疾駆した。付近は野菜が生育不良の農地に似ており、そのせいでかなり牧歌的に見えたが、私はつねに攻撃を想定して、その野菜もどきを蹄《ひづめ》（だって私のブーツはそんなふうに見えたから。必要なら偶蹄にしてもよかった）で踏みつけて挑発しさえした。やがて別の枯れた茂みのある長い畝《うね》にたどり着いた。それぞれの畝の前に大きな看板が立っていて、大きな字で「**STOP! HALT! 止まれ！**」ほか、マレー語やヘブライ語を含む二〇の言語で同じ内容が書いてあった。にもかかわらず私はこの作物の中に踏み込んだ。少し先の地面の上でちっちゃな水色の小蠅たちが旋回していて、私を目にするや、「**DANGER! OPASNOST! GEFAHR! 危険！ DANGER! YOU ARE ENTERING JAPANESE PINTELOU!**」という文字を形作った。基地と連絡をとってみたが、ハカガワを含めてだれも「**PINTELOU**」の意味を知らなかったし、それに私は最初のちょっとしたトラブルに巻き込まれていた。というのも、この砂の上で震える文字の中に入ったとき、文字が私にくっついて、体中を蟻みたいに歩きはじめたのである。だが悪さはしなかったから、そいつらを尻尾で払い落とし（初めて役に立った）、努めて畝の間の溝を移動するようにしながら、さらに走って、ついに大クレーターの斜面にたどり着いた。茂みは徐々に窪地のようなものに変わり、その先はさらに深くて広い亀裂になって、あまりに深いので底は見えず、煤みたいに黒い月の闇が満ちていた。突然私の方へ真っすぐにそこから出てきたのは平たくて巨大な大型戦車で、幅広のキャタピラーがギリギリゴロゴロと轟音をあげていたが、それは変で、月面では何も聞こえないはずだ。だって音波を伝える空気がないのだから。にもかかわらずその轟音が聞こえ、砂利が鋼鉄のキャタピラーの下できしむ音さえした。戦車は真っすぐ私に向かってきた。その後ろに別の戦車の長い列が現れた。喜んで彼らに道を譲りたかったが、狭い道には退く余地がなかった。もう煙の渦に変身しかけたとき、最初の一台が私にぶつかって霧のように流れ去り、ただ少しの間、薄暗くなっただけだった。またしても幻影、蜃気楼かと思い、それから次第に大胆に次の戦車を通過できるようになった。そのあとに散開して歩いてきたのは、ごくごく普通の、吊り目の兵士たちで、短い自動小銃には銃剣が取り付けてあった。その中を行くサーベルを佩《は》いた将校が手にした旗には太陽が赤く染めぬかれていた。全員が私を煙のように通り抜けていき、再び人けがなくなった。だんだん深まる亀裂の中が暗くなったので、スポットライトを点した。これはいわゆる投光器で、私のすべての目を取り巻いていた。かなりゆっくりと動きながら、私は古い鉄屑の壁に囲まれた洞窟の口にたどり着いた。洞窟の天井は私の背丈には低すぎたので、体を絶えず曲げる苦労をせずに済むよう、ケンタウロス・ダックスフントに変身した。これはかなり莫迦げて聞こえるが、実際にはなかなか適している。私の足は短くなり、ほぼ腹を石にこすりつけながら、人跡未踏の月の地下深くへと潜っていった。とはいえ私の足も実際人間の足ではなかったが。次第に頻繁につまずくようになり、滑りやすい砂利に足が取られるので、自分にできることを思い出して、ライオンやトラの足のように地面にぴったり吸いつくクッション型の足に変えた。次第に新たな体に慣れていったが、それを味わっている暇はなく、平底の洞窟の不規則に刻まれた壁を照らしていくと、ついに通路の幅全体をふさぐ格子門に出くわし、この日本の兵器は侵入者に対して妙に親切だなと思った。なにしろ格子の上の天井にこんな大きな文字が光っていたのだ。「**NO ENTERING! DO NOT TRESPASS THIS BARRIER! KEIN DURCHGANG! PROCHODA NIET! NE PAS SE PANCHER EN DEHORS! PERICOLOSO! OPASNO! GEFÄHRLICH!**〔立入禁止！　この門、立ち入るべからず！〕」格子の向こうには蛍光色に光る髑髏とぶっちがいの脛骨が見え、「**DEATH IS VERY PERMANENT**〔死は非常に永続的〕」と書いてある。そんなものは一刻も私を押しとどめはしなかった。私は分散して格子門を通り抜け、反対側で凝集して元に戻った。この岩回廊の自然な壁が、明るいセラミック状のカバーに覆われた楕円形のトンネルに取って代わった。カバーを指でたたくと、触れた所から小さな芽が伸びて、平たくなり、「**メネ、メネ、テケル、ウパルシン**」という銘板になった！　これだけ多くの警告が、冗談ではないことを示していたが、私がここまで深く潜り込んだのは後退するためではなかったから、ふわふわスリッパでさらに先へ進んだ——柔らかく背後に引きずった尾が、いつでも自分を助けに来てくれると感じながら。基地から私が見えないことは気にしていなかった。無線は静まりかえり、聞こえるのは何やらひそやかだが身にしみる、奇妙なうめくような嘆きだけだった。広くなった場所に着いた。そこでトンネルは二つに分かれていた。左の道の上には「**THIS IS OUR LAST WARNING**〔これが最後の警告だ〕」というネオンの文字が輝き、右の方には何の文字もなかったので、もちろん左の通路を選んだら、やがて何かが白く見えてきた。行く手を阻む壁だ。それには巨大な装甲扉がついていて鍵穴が並んでいる。本物の開けゴマ、あるいは宝庫の扉だ。私は右手を雲に変えて、鍵穴の一つに少しずつしみ込ませた。中は真夜中のうろみたいに暗かった。そこで四方に飛び出して、いわば外に戻った。この探索を繰り返すうち、いちばん上の鍵穴から完全に通り抜けることができたので、今度は全身を霧か浮遊する微粒子に変え、この方法でこの障害も克服し、侵入者が鍵穴から流入するとは、さすがの日本人も、というか、彼らの産物も予想できまいと期待した。何だか息苦しくなった。とはいえ文字通りの意味ではない。だって私は息をしていなかったから。闇を明るく照らしたのは、今度は私のあらゆる目の周囲ばかりでなく、この〈ＬＥＭ〉のさらなる能力を思い出したので、全身を大きなホタルのように光らせたのである。最初はあまりのまぶしさに目がくらんだが、すぐに慣れた。

　トンネルは矢のように直進し、次第に深く深くなっていき、ついには普通の、藁のようなもので編んだマットに達した。それを脇にのけて、私が入った広いホールは、何列もの天井照明に照らされていた。第一印象は完全な混沌だった。真ん中に大きな破片となって転がっていたのは、磁器か陶器で輝く廃墟――爆弾で破壊されたスーパーコンピューターのようだ。引きちぎれたケーブルの切れ端がのたくって、この壊れた破片の個々のセグメントにからみつき、どろどろの釉薬と光沢ある集積回路の殻に覆われていた。私より前にだれかがここに来て、日本人たちの武装コンプレックスの中心をめちゃめちゃにしていたのだ。だが最も奇妙だったのは、この巨大な数階建てのコンピューターが内部から、それもおそらく下から作用する力で崩壊していたことだ。というのも堅い装甲で保護されていた壁はすべて遠心力でばらばらになって外に吹き飛ばされ、そのうちのいくつかは図書館の本棚より大きかった。それらがいささか本棚に似ていたのは、長い棚があって、そこに密に巻かれた電線の罅割《ひびわ》れたセクションがいくつも詰め込まれ、無数の仕切り板が光っていたからである。まるで何か尋常でない拳がこの巨体の底を突きやぶり、打ち砕き、粉砕したかのようだったが、それならば、破壊の真ん中にその拳が見えてしかるべきだった。それで私は瓦礫によじ登りはじめた。略奪されたピラミッドの内部、未知の強盗に荒らされた本物の廟のごとく、ひっそりとしていた。ついに瓦礫の頂にたどり着くと、上から真ん中をのぞいてみた。だれかがそこに身じろぎもせず横たわっていた――与えられてしかるべき眠りに沈むように。最初の瞬間、それは二回目の偵察中に私を心から迎えてくれたあのロボットのように思われた。きょうだいと呼びかけて、私を打ち倒し、サーディンの缶詰みたいに引き裂こうとしたあいつだ。壊れたコンピューターによって形成された不規則な漏斗《ろうと》の底に見えたその姿は、全然ヒューマノイド型ではなかったが、超人的なサイズだった。そいつを起こしながら私は思った――ここで実際に何が起きたのか、もっときちんと考える時間はいつでもあるだろう。日本の武装センターはきっとこうした侵入を望んではいなかっただろうし、自分自身でハラキリの原則に基づいて、こんなことができたはずもなかった。こうした可能性を、私はありそうもないものとして却下した。各区域の境界がきちんと監視されていた以上、侵入は下から行われた可能性がある。モグラみたいに岩に深い通路を掘り、そこを通って未知の犯人は計算兵器庫の中心部に到達し、完全に破壊したのだ。それを確認するには、破壊任務を誠実に実行した後で眠っているように見える自動男を尋問する必要があった。なんとはなしに急いでそうしようとは思わなかった。自分が変身できるあらゆる姿を思い浮かべ、会話中に最大限の安全を保障するものを見つけようとした。だって眠りから覚めたそいつが私に反感を示すかもしれなかったから。雲だと私はしゃべれなかったが、部分的に雲になって、ぼんやりした周囲の内部に発言システムを保つことはできた。これが最も賢明なようだった。巨人を起こすのに洗練されたやり方は余計だと思ったから、がっしりしたコンピューターの塊を押して、そいつに向かって真っ直ぐ転がるようにし、私はなるたけ早く計画どおりに変身した。奴が頭に一発喰らうと、瓦礫の山が震えた。その斜面を電子部品の大きな破片が滑り落ちはじめた。すぐさま奴は目を覚まし、急に立ち上がると、直立不動で、こうわめいた。

「計画超過で任務完了！　敵陣地を獲得せり、祖国の栄光のために！　さらなる命令実行のため出頭いたします！」

「休め」私は言った。

　きっとこんな命令は予期していなかったのだろうが、奴は緊張をゆるめ、両足を拡げて、それからようやく私に気づいた。奴の中で何かがはっきりときしんだ。

「ようこそ」と奴は言った。「ようこそ！　お達者であれ。なぜそんなに曖昧なのか、友よ？　よかった、ついに来てくれて。こちらへ来て、共に語ろう、歌をうたおう、楽しもう。我々のところはいいですよ。我々は静かで、平和的な気分で、戦争を望まない、戦争を軽蔑している。あなたは実際どの区域から来たのか……」まったく異なる口調で付け足した。まるで突然、疑念に襲われたかのように。というのも彼の平和達成の例がもうあまりに多すぎたからだ。おそらくだからこそすばやく、より有益なプログラムに切り替えたのだろう。私の方へ巨大な鉄の右手を差し出したので、見ると、それぞれの指が銃口になっていた。

「友達を撃ちたいのか？」私は言い、磁器の断崖の上で穏やかに手を振った。「まあ、後悔するなよ、撃て、実のきょうだい。撃て。達者で済むといいがな」

「カムフラージュした日本人を報告します！」奴はすかさずわめくと同時に五本の指すべてから私に発砲した。壁が少しはじけたが、私は相変わらず奴の上で陽気に手を振りながら、用心のため発言の中心を下げて命中しないようにし、自分が変身している雲の下部を濃くして、タンスより大きなコンピューターの一部を強く押し、奴の上に落とすと、それに伴って瓦礫の大雪崩《おおなだれ》が起きた。

「攻撃！」奴は叫んだ。「己に対して一斉射撃を呼びかける！　祖国の栄光のために！」

「献身的だな、おまえは」全身を雲に変える前に、こう言う暇があった。ちょうど間に合った。というのも何かが鈍い音を立て、巨大な瓦礫の山が揺らぎ、その中心から炎が噴き出したのだ。自壊する我が対話者は青白い輝きの中に立ち、灼熱し、黒くなっていったが、息も絶え絶えにかろうじてこう言い放った。「祖国の栄光のために！」そして少しずつ崩壊しはじめた。まず両腕が落ち、それから熱で胸が破裂すると、一瞬何やら奇妙に靭皮《じんぴ》で結ばれた原始的な銅線が見え、最後にいちばん硬い頭が見えた。それはたちまち砕けた。中は完全に空っぽで、本物の巨大なクルミの殻だった。だが奴はもう灼熱した柱になり、薪が火の中で灰になるように、ついには個々のセグメントにすっかり分解してしまった。

私は霧だったが、廃墟の中から噴出した熱を感じた。火山の噴火口から噴出したかのようだった。壁の方を向いて拡がり、しばらく待ったが、新たな対談相手の候補者は次第に高く噴き上がる炎の中からは現れず、また、これまでずっと触れられていなかった天井の蛍光灯が次々と割れはじめ、パイプやガラスや電線の破片が瓦礫に降りかかり、同時にますます暗くなってきて、かつてはきれいだった数学的に円形のホールは、青い炎に照らされて魔女のサバトの舞台を思わせた。炎は絶えず上方へ噴き上がり、私は焼き尽くされそうだったから、ここにはもう何も偵察すべきものはないと見るや凝集して通路に流れ出た。日本人はおそらくこのほかに複数の予備の軍事産業センターを持っていたはずで、同様によく蓄えられており、それゆえ、この破壊されたセンターはさほど重要でなかった可能性もあったが、私はまずここから陽の当たる所に出て、偵察の次の段階に進む前に、起こったことを基地に報告するのが得策だと考えた。途中で私を引き止める者はなく、出くわした者もなかった。通路をたどって装甲扉に着くと、鍵穴を抜けて反対側に出、それから格子を後にした——ある種の哀れみと共に、一銭の価値もない、通り過ぎたあらゆる警告の文字を眺めながら。ついに遠くに不規則な洞窟の口が輝きだした。ここでようやく私は人間に似た姿になった。なぜだかもう、それが恋しくなっていたのだ——それはこれまで一度も経験したことのない新たなタイプのノスタルジーだった——そして休息に適した岩を見つけたが、困惑はつのるばかりだった。なぜならますます空腹を感じていたのに、遠隔人としては何も口に入れられなかったからだ。だが、このような多用途の遠隔人を、急いで何か食べるために、運命の餌食にすることは難しかった。だからそれはさておき、まずは委任者に報告し、それから遠隔人をどこか確実な避難所に置いた後で食事休憩を取ることにした。

ウィヴィッチに再三呼びかけたが、答えたのは死の沈黙だけだった。ここでもイオン化ガスが私を覆っていないかどうかガイガーで確認した。もしかすると短波が狭い裂け目から抜け出せない可能性もあったので、少々不本意ながら雲に変身し、黒い空高く照明弾を打ち上げ、鳥になって再び地球を呼んだ。もちろんそれは鳥なんかじゃなかった。空気がなくては翼で宙に浮くことはできない。でもそう呼ばれていたのは、すてきに聞こえたからだ。

IX　訪問

買い物に失敗して帰ってきた。まるで夢の中のように。どうやって自室に戻ったのか自分でもわからない。デパートの前で起きたことをあれほど一所懸命理解しようと努めたのに。グラマーその他と一緒のテーブルにつきたくなくて、私は机の抽斗にしまってあったビスケットを全部食べ尽くし、それをコーラで飲み込んだ。もう黄昏た頃、だれかがノックした。ハウスだと思ってドアを開けた。そこに立っていたのは黒っぽい服の見知らぬ男で、平べったい黒い書類鞄を手にしていた。なぜだかわからないが葬儀屋のように見えた。

「入ってもよろしいですか？」男は尋ねた。私は黙って後退した。男は周りを見ずに、私のパジャマが掛かっていた椅子に腰を下ろし、書類鞄を膝の上に置くと、そこからかなり分厚いタイプ原稿の束を取り出し、ポケットから古風な鼻眼鏡を取り出して鼻に掛け、しばらくの間、黙って私を見つめた。髪はほぼ白髪だったが、眉は黒く、顔は痩せていて、血の気のない口の端は下がっていた。私が机のそばにじっと立っていたら、男は机の上に名刺を置いた。それに目をやると、「教授博士アラン・シャピロＩ・Ｃ・Ｇ・Ｄ」とあった。住所と電話番号は細かい字で印刷されていたので読めなかったが、名刺を手に取りたくなかった。少々眠気に似た無関心な退屈が私を襲った。

「私は神経科医です」男は言った。「結構有名な」

「たしか読んだことがあります……」私は曖昧につぶやいた。「脳梁切断術《カロトミー》、脳機能の側性……でしたか？」

「ええ。私はルナ・エージェンシーの顧問でもあります。私のおかげで、あなたはこれまで望みどおりに振る舞うことができたのですよ。現状あなたを保護する必要があると考えていましたが、それ以上ではありません。逃亡の試みは幼稚でしたね。どうか理解してください。あなたはこの上なく貴重な宝の保持者となったのです。ドイツ人が言うところの *Geheimnisträger*〈機密保持者〉です。あなたのあらゆる動きはつねに追跡されていました。それもエージェンシーによってだけではなく。今日までにエージェンシーはあなたを誘拐しようとする八回の試みを阻止したのですよ、泰平さん。オーストラリアへ飛んだときから、すでにあなたは特別な衛星の監視下にありました。衛星は我々のものだけとは限りません。私はあらゆる権限でもって、あなたを逮捕し無力化せよなどという、エージェンシーを支配する政治家らの要求に反対しました。あなたのお友達が求めた助言は無価値です。賭け金が十分に高いとき、法律は尊重されません。あなたが生きている限り、全員――すべての利害関係者――が膠着状態にある。これも長くは続きません。あなたを捕まえられなければ、彼らはあなたを殺すでしょう」

「だれが？」私は驚きもせず男を見ながら尋ねた。この訪問は長引きそうだと見るや、肘掛け椅子から新聞や本を床に投げ出して、腰を下ろした。

「それはどうでもよろしい。これは私だけの考えではないのですが、あなたは善意を示しました。あなたの公式報告書は、あなたがここで書いて瓶に詰めて埋めたものと比較されました。加えて、比較の第三要素《テルティウム・コンパラティオニス》として、エージェンシーには基地との交信記録がすべて揃っています」

「それで？」男が間を置いたので、私は大した興味もなく言った。

「あなたは一部は真実を書き、一部は捏造せざるを得なかった。これは故意ではなかった。あなたは報告書にあったことを信じ、自分がここで書いたことを信じた。記憶に空白が生じるとき、正常な人ならだれでもそれを埋めようとします。まったく無意識に。とはいえ、あなたの右脳が本当に宝庫となったかどうかはわかりません」

「と言うと？」

「脳梁切断術《カロトミー》が偶然の産物ではなかった可能性があります」

「では何だったんだ？」

「注意をそらすための策略です」

「だれの？　月側のか？」

「大いにあり得ますね」

「それがそんなに重要ですか？」私は尋ねた。「だってエージェンシーは次の偵察者を送れるじゃないですか」

「もちろんそうです。あなたが戻ってきたのは六週間前です。診断が確定すると――あなたのカロトミーを念頭に置いていますが――直ちに予備軍から別の三人が送られました」

「それでうまくいかなかったのか？」

「帰還することはできました。全員。あいにく、うまく行きすぎましてね」

「よくわからないが」

「彼らの経験はあなたのものとは一致しません」

「いかなる点においても？」

「あなたは詳細を知らない方が良いでしょう」

「でも、もしもあなたがご存知なら、あなたも不快な目に遭う可能性がありますよ……シャピロ教授」私は笑顔で言った。彼は哲学的にうなずいた。

「もちろんです。専門家の間では多くの矛盾した仮説が生まれました。分析結果は多かれ少なかれこういうものです。古典的に構築された遠隔人は月において不意打ちではなかった。不意打ちとなったのは分子遠隔人、すなわち、あなたが最後に変身したものです。だがこれ以降、それすらもはや月では未知のものではない」

「その結果、私にとっては何がわかります？」

「おそらくあなたはもう推測しているでしょう。あなたは**あそこ**に後継者よりも深く侵入したのですから」

「月は彼らのために芝居を仕組んだのか？」

「そのようです」

「私には仕組まなかったと？」

「あなたは少なくとも部分的に舞台装置を突き破った」

「なぜ私は帰還できたんだろう？」

「なぜならそれがジレンマの最適な解決策だったからです――戦略ゲームの意味において。あなたは帰還し、任務を果たすと同時に、あなたは帰還せず、任務を果たさなかった。仮にあなたがそもそも帰還しなければ、安全保障理事会では今後の偵察に反対する人が多数を占めたでしょう」

「月全体を破壊したがっている人たち？」

「破壊するばかりでなく、中立化させるのです」

「それは初耳だ。どうすればそんなことができるんだ？」

「方法はあります。たしかにできたての新技術なので非常に高価ですが。その詳細は存じません。なぜならその方が我々全員にとっても私自身にとっても良いからです」

「しかしあなたはそこで何か耳にしたに違いない……」私はつぶやいた。「いずれにせよそれは何らかのポスト核技術に違いないでしょう？　水爆でもなく、弾道ミサイルでもなく、何かもっと控えめなもの。月が気づかないような何か……」

「脳の半分を奪われた人にしては、あなたは聡明でいらっしゃる。しかし要点に戻りましょう、つまりあなたのことに」

「私が検査に同意しないように？　エージェンシーの保護下で？　右側から問いただされて？」

「あなたが考えているよりも事ははるかに複雑なのですよ。あなたの報告書と任務の録音のほかに一連の仮説があります。最も確実に思われるのはおおよそ次のとおりです。月面では個々の区域の間で衝突に至った。すべての区域が統一に至ったのではなく、ある区域が別の区域によって破壊されたのでもなく、地球攻撃計画を作成したわけでもなかった」

「じゃあ実際には何が起きたんです？」

「それがしかるべく確実に決定できるなら、あなたにご面倒をかけずに済んだのですが。区域間の安全保障が失敗したのは間違いありません。複数の軍事ゲームが互いに衝突したのです。前例のない結果が生じました」

「どういった？」

「私はこうした問題の専門家ではありません。しかし私が知る限り、適任の専門家などそもそもいません。我々は *ceterum censeo humanitatem preservandam esse*〔ともあれ、人類は存続すべきであると考える〕のスローガンの下、憶測に頼っています。ラテン語はご存知ですね？」

「少しは。どうか話してください、あなたは私に何を望んでいるのですか？」

「差し当たってはまだ何も。お許しいただきたいのですが、あなたは、まだ抗生物質がなかった時代にペストに罹《かか》った人のようなものです。私がここへ伺ったのは、私がそう設定し、しぶしぶながら同意を得たからです。いわば、*ultimum refugium*〔最後の避難所〕とでも言いますか。月面で起きた出来事のバージョン数をあなたはひどく増加させました。率直に言って、あなたの帰還後の方が偵察前よりも、わかっていることは少ないのです」

「少ないだって？」

「もちろん少ない。なぜなら、あなたの右脳に何らかの重要な情報が含まれているかどうかさえ不明なのですから。未知の物事の数は増加しました――それが減ったときに」

「あなたの言い方はピューティアー〔デルポイの神託所に仕えたアポローンの女神官〕のようだ」

「ルナ・エージェンシーはジュネーヴ協定に基づいて輸送されることになっていたものを月へ運び、それぞれの区域に置いた。だが、最初に運ばれた世代のコンピューター・プログラムは各国の秘密のままだった。エージェンシーはアクセスできませんでした」

「つまり当初から危険なナンセンスだったと？」

「当然です、世界の対立の結果としては。作動して数十年後、プログラマーによって課せられた安全対策から脱線したプログラムと、ある特定の方法でまさに脱線することになっていたプログラムとの区別がつけられますか？」

「わからないな、それを専門家が確実に説明できるかどうかは」

「いいえ、そうしたプログラムを作った人たち以外には、だれもそれを説明できないのです」

「いいですか、シャピロ教授？」私は立ち上がって窓に近づきながら言った。「私の印象では、あなたは私に微妙な網を巻きつけている。我々が話せば話すほど、問題はどんどん不鮮明になっていく。月面で何があったのか？　わからない。私は実際あそこで何を経験したのか？　わからない。なぜ私はあの忌々しいカロトミーを受けたのか？　わからない。私の脳半球はそれについて何か知っているのか？　わからない。だからどうか、あなたが私に何を望んでいるのか、簡潔なご説明を丁重にお願いいたしますよ」

「丁重さについて冷笑的に言うべきではありませんね。丁重さがこれまで続いたとは、ずいぶん遠くまで来たものです……」

「なぜならエージェンシーの利益のためだったから、ひょっとすると、ほかにもだれかいるのかもしれませんが。おそらく、あなたがおっしゃるように、私が救助され、保護されたのは善意からだった。どうです？」

「いいえ。善意については問題外です。このことはすでに最初にお伝えしました。賭け金が高すぎるのです。あまりに高いため、致命的な拷問であなたから重要な情報を抽《ひ》き出せるなら、とっくの昔にそうしていたでしょう」

突如、意外な推測が閃いた。すでに暗くなった窓に背を向けると、私はにんまり笑って、胸の前で両腕を組み、こう言った。

「ありがとうございます、教授。いまようやくわかりました、**だれ**がずっと私を守ってくれていたのかが」

「だから言ったじゃないですか」

「でももう私の方がよく知っている。彼らだ。あるいは彼もか……」そして窓を開けながら、木々の上に昇った月の鎌が、紺色の空に白く鋭く見えているのを示した。

　教授は黙っていた。

「おそらくそれは私の着陸に関連している」私は付け加えた。「最後の遠隔人が見つけたものを手に入れるため、私が自分の足で月に降り立つことを決めたという事実に。そして私はそうすることができた。船倉に着陸装置付きの宇宙服があったから。彼らは念のためにそれを積み込み、私はそれを利用した。私自身が着陸したとき、実際自分に何が起きたのかは憶えていません。私は憶えていて、憶えていない。遠隔人を見つけたが、それはたぶんあの分子型のではなかった。何のために着陸するのか、自分が知っていたことを憶えている。遠隔人を救出するためではなかった。それは不可能だったし無意味だった。そうではなく、何かを入手するためだった。何かのサンプル？　何の？　それが思い出せない。とはいえカロトミーそのものは感じなかったか、あるいは記憶に残らなかった。脳震盪後の健忘症みたいに。船内に戻ると、自分の宇宙服を個別の容器に詰め込んだが、それがごく細かい塵に覆われていたのを思い出す。なんだか奇妙な塵で、指で触ると塩のようにさらさらで細かいのに、手から拭き取るのが大変だった。放射性ではなかった。にもかかわらず、放射線にさらされたかのように私は手を洗った。その後は、それが何という物質なのか、知ろうともしなかった。もっともそうした質問をする機会もなかったが。脳が切断されて、自分がこんなひどい状態になっていると知ったときにはもう、それどころじゃなくて、月面のこの時のことを思い出しもしなかった。この粉末について何かお聞きになったことは？　除虫菊の粉ではなかった。私は何かを持ち帰ったんだが……何だったかな？」

　客は鼻眼鏡越しに目を細め、ポーカーフェイスで私を見つめた。

「暖かい……」彼は言った。「暑いくらいだ……。ええ、あなたは何かを持ち帰った……おそらくそのためにあなたは、着陸したにもかかわらず生きて帰れたのです」

　彼は立ち上がって私に近づいた。星々の中で無邪気に光る月をふたりで眺めた。

「*Lunar Expedition Molecules*〈月遠征分子〉はあそこに残りました……」独りごとのように私の客は言った。「しかし、希望を持ちましょう。破壊されて復元不可能なのだと！　あなた自身が破壊したのですよ、とはいえ、宇宙服を取りに船倉へ降りたとき、あなたはそのことについて何も知らなかった。それによってあなたはＡＵＤＥＭ、自動解体《オートデモリション》を作動させた。いまならこのことを話せます。もう意味がありませんから」

「神経学問題の顧問にしてはあなたはよくご存知ですね」一部雲に隠れた月を見続けながら、私はぽつりと言った。「もしかしてあなたは、だれが私とあそこから戻ってきたかも、ご存知なのでは？　彼らのミクロプス？　普通の砂とは違う結晶の塵……」

「いいえ。私の知るかぎり、シリコン系のポリマーです、シリコイデアとかいう……」

「でも病原菌ではないのですか？」

「いいえ」

「どうしてそれがそんなに重要なのです？」

「なぜなら、あなたについてきたからです」

「あり得ない、だって……」

「あり得ます、そうだったのですから」

「容器が密閉性を失った？」

「いいえ。おそらく、あなたがその微粒子を吸い込んだのです、まだロケット内で宇宙服を脱いでいたときに」

「それで私の中にいるのか？」

「いまもいるのかどうかはわかりません。これが通常の月の塵ではないことは、あなたがオーストラリアへ出かけていたときに判明しました」

「ああ、そうか！　そしてもちろん私が滞在したどの場所も、後で顕微鏡でのぞいてみたってわけだな？」

「そんなところです」

「そして……あれが見つかったと……？」

彼はうなずいた。私たちはずっと窓際に立ったままで、月は雲を横切って流れていた。

「全員がこのことを知っているのか？」

「全員とは？」

「利害関係者の……」

「おそらくまだです。エージェンシー内で数人のみ、衛生職員では私だけです」

「なぜあなたは私にそれを話したのです？」

「なぜならあなたはすでにご自分でその線を追っていたから、私はあなたに状況全体を知ってもらいたいのです」

「自分の？」

「ご自分のと全体のを」

「それじゃあ彼らは本当に私を見張っているのか？」

「いましがたご自身でそうおっしゃったでしょう」

「あてずっぽうだったんだ。そうなのか？」

「わかりません。でもそれは、だれひとり何も知らないという意味ではない。この件全体には様々な程度の機密があります。複数の友人から、まったく個人的に耳にしたことに基づけば、調査は継続中で、あの粒子が月と通信している可能性は、差し当たり除外できなかったと……」

「奇妙だな、あなたのおっしゃることは。どんな通信です？　無線ですか？」

「きっと違うでしょうね」

「別の通信があるんですか？」

「私がここへ来たのは、あなたにいくつか質問をするためでした。なのに、あなたの方が私を質問攻めにしている」

「あなたは私がいまいる状況を詳しく説明してくれるはずだったでしょう」

「しかし答えがわからない質問には答えられませんよ」

「ひとことで言えば、これまで私を守ってきたのは、月が私の運命に関心を持っている可能性があり、かつ、持つことができる、という推測だったのでは……？」

　シャピロは答えなかった。部屋は薄闇に沈んでいた。スイッチを見つけた彼が近寄って明かりを点けると、天井照明の光が私の目をくらませると同時に目を覚まさせた。私は窓のカーテンを引いて、バーから瓶とグラスをふたつ取り出し、残りのシェリーをグラスに注ぎ、腰を下ろすと、彼に肘掛け椅子を示した。

「*Chi va piano, va sano*〔ゆっくり着実に行く者（が勝つ）、「急がば回れ」の意味の諺。イタリア語〕」不意に教授は言ったが、唇をワインに浸しただけで、グラスを机の上に置くと、ため息をついた。「人はつねにいくつかのモデルにしたがって行動している」教授は言った。「だが現在のような状況には、いかなるモデルもない。にもかかわらず行動しなくてはならない。ぐずぐずしていても決して良い結果は出ませんからね。推測だけでは何も手に入らない。神経科医としてこれだけは言っておきますよ。記憶には短期記憶と長期記憶があります。短期から長期に変わるのは、突発的な障害が発生しない場合です。脳梁切断より深刻な障害なんて思いもつきませんよ！　直前と直後に起きたことは、あなたの記憶に残らず、その空白をあなたは作話で埋めた——すでに申し上げたように。残りの部分については、**だれ**が攻撃側で、**だれ**が防御側かすら、我々にはわかりません。いかなる政府も、いかなる状況においても、自国のプログラマーがジュネーヴ協定で定められた仕事を一般合意に基づいたとおりに実行しなかったとは認めないでしょう。とはいえ、たとえこのプログラマーのひとりが何かを開示しようとしたとしても、それは重要ではない。なぜなら、その後、月で起きたできごとの経過がどうだったか、彼にも、だれにもわからないのだから。このサナトリウム内で、あなたの安全は虎に囲まれているのと同程度ですよ。嘘だと思いますか？　いずれにせよ、あなたは永遠にここにいるわけじゃないでしょう」

「こんな長い会話」私は言った。「なのに、ずっと堂々巡りだ。あなたは私に、こう言いましょうか、あなたの保護下に入ってもらいたいのですか？」私は右のこめかみに触れた。

「そうすべきだと考えます。そうすることでエージェンシーにも、あなたにも、さほど大きな効果はないでしょうけれど、それよりましなやり方は見当たりません」

「あなたの懐疑心は私の信頼を呼び起こすはずだ……」考え込むかのように、私は小声で独りごとをつぶやいた。「カロトミーの効果は本当に不可逆なのですか？」

「外科的カロトミーの場合、切断された白い繊維は決して癒合しません。不可能です。しかし、だれもあなたの頭蓋骨に開頭術を施したわけではないでしょう……？」

「わかりました」ちょっと考えてから私は答えた。「あなたは私に希望を呼び起こします。私に起きたのは何か別のことなのだという希望を。あるいは、あなたは私をそそのかしたいのか、あるいは、あなた自身少しはそれを信じているのか……」

「で、あなたのご決断は？」

「いまから四八時間以内に回答します。いいですか？」

彼はうなずき、机の上にある名刺を指差した。

「そこに私の電話番号があります」

「なんとまあ、我々はこんなに公然と連絡を取り合うのですか？」

「はいでもあり、いいえでもある。だれも受話器は取らない。あなたはシグナルが一〇回鳴るまで待ち、一分後にもう一度掛けなおす。再びシグナルが一〇回鳴るまで待つ。以上です」

「それが私の同意を意味するのか？」

彼はうなずいて立ち上がった。「残りは我々の仕事です。さてもう行く時間だ。おやすみなさい」

彼が出ていくと、私はしばらく部屋の真ん中に立ったまま、何も考えずに窓のカーテンを見つめていた。突然、天井照明が消えた。きっと電球が切れたのだと思ったが、窓の外を見ると、サナトリウム全棟の輪郭もやはり闇に沈んでいた。いつもなら高速道路の出口ランプで点滅している遠くの照明灯まで消えていた。何か大規模な障害に違いなかった。懐中電灯や蠟燭を取りに行きたくなかったし、時計は一一時を指していたから、カーテンを開けて、かすかな月明かりの下で服を脱ぎ、狭い浴室でシャワーを浴びた。パジャマ代わりにバスローブを着ようと、戸棚を開けたところで茫然自失した。だれかがそこに立っていた。太った、背の低い、ほぼ禿頭の人が、彫像のようにじっとして、指を口に当てていた。グラマーだった。

「アデライダ……」私は囁き、そして口をつぐんだ。グラマーが私に指を突きつけておどしたからだ。彼は黙って窓を指差した。私がその場から動かなかったので、彼は身をかがめ、四つん這いで戸棚から出て、机の陰まで這いずっていき、ひざまずいたまま、念入りにカーテンを引いた。あんまり暗くなったので、ほとんど見えなかったが、彼はずっと這って戸棚に戻っていき、そこから何か四角くて平べったいものを取り出した。そうこうするうちに私はもう暗闇に慣れて目が見えるようになり、グラマーは小さなスーツケースを開け、そこから紐かワイヤーを引き出し、何かをつなぐと、パチッと音がして、それからずっと床の敷物の上に座ったまま、こう囁いた。

「僕の横に座ってくれ、泰平、話をしよう……」

それで私は腰を下ろしたが、相変わらず茫然自失していたので言葉が出てこず、グラマーは膝が私の膝に触れるまでにじり寄ってくると、小声で、だがもう囁き声ではなく、こう言った。

「一時間とまではいかなくとも、少なくとも四五分はある、停電が復旧するまでに。盗聴装置には電源付きのものもあるが、そんなのは素人の甘ちゃん向けにすぎない。我々は一級品に遮蔽《シールド》されている。泰平、僕のことはグラマーと呼んでくれ、その方が慣れてるだろう……」

「あなたは何者なんだ？」私が尋ねると、彼がそっと笑うのが聞こえた。

「あなたの守護天使ですよ」

「何だって？　だってあなたはずっと以前からここにいるじゃないですか？　私がここに現れるって、どうしてわかったんです？　だってタラントガは……」

「好奇心は地獄への第一段階」穏やかにグラマーは言った。「どこから、どうやって、なぜ、はどうでもいい、泰平、我々はもっと重要な問題を念頭に置いている。第一に、僕はシャピロが望んだことをあなたが実行するのを思いとどまらせる。あれより悪い選択肢はない」

　私が黙っていると、グラマーは再び小声で笑った。明らかに申し分ない気分のようだった。彼の声は変化し、これまでのように間延びせず、冗長ではなくなり、間違いなく愚鈍でもなかった。

「あなたは私を『外国諜報機関の代表者』だと思っているのでは？」と言い、私の背中を親しげにたたいた。「わかりますよ、僕はあなたに一八の様々な疑念を一度に引き起こしたのだと。でもこれからあなたの良識に訴えます。仮に、あなたがシャピロの良いアドバイスに従うとしましょう。彼らはあなたに強制措置を行います、拷問ではありません、とんでもない、あなたは彼らの診療所で大統領さながらの扱いを受けるでしょう。彼らはあなたの頭の右側から何かを引き出す、あるいは、引き出さない。しかしいずれにせよ、これにはいかなる重要な意味もありません。というのも前もって評決済みだからです」

「評決とは？」

「まあ、診断ですよ、腕や足や踵を通しての、科学的聴診の結果、それと何が違うのでしょう？

どうか口を挟まないでください、いずれすべてわかります。すでにわかっていることのすべては」彼はここで小休止した。私の同意を待つかのように。我々は闇の中に座っていた。突然、私はこう言った。

「ハウス医師がここに来るかもしれない」

「いいえ、来ません。だれも来ませんよ、どうかそのことで頭を悩ませないように。インディアンごっこをしているわけじゃないのですから。どうかよく聞いてくださいよ。月では様々な陣営のプログラムが互いにいがみ合った。いがみ合って、混乱した。だれが最初に始めたのかは、重要ではない、少なくともいまは。その結果、簡単に言えば、そこに皮膚がんのようなものが発生したのです。相互無秩序破壊、様々な段階の様々なシミュレーション兵器と生産兵器が様々な区域に様々に侵入した、反撃した、衝突した、お好きなように呼んでください」

「月が狂ったと？」

「言わば。ある意味、確かに。同時に、プログラムされたものとプログラムから生じたものが瓦解したとき、まったく新たなプロセスが始まりました。それはこれまで地球上でだれひとり、絶対にだれも、予期しなかったことでした」

「いったいどんなプロセスです？」

　グラマーはため息をついた。「煙草を吸いたいところですが」と彼は言った。「でも、吸えませんね。あなたは吸わないのだから。どんなプロセスかって？　あなたがその最初の痕跡を持ち帰ったのですよ」

「宇宙服に付いてたあの塵か？」

「ご名答。あれは塵ではありません。シリコン系ポリマーです。専門家が言うには、初期のオルドゲネザ、ネクロオーガニゼーション、すでにこうした専門用語が相当考案されていますが、いずれにせよ、あそこで起きていることは地球にとってそもそも脅威にはならない。しかしまさに、それが脅威ではないせいで、エージェンシーが望んではいない脅威を引き起こしている」

「よくわからないが」

「エージェンシーは無知ドクトリンを見守っているじゃないですか？　このドクトリンの崩壊を望んでいる国々があるのです。軍備を月へ引っ越しさせるというこの話全体の崩壊を。言い方がまずかったですね。事態はもっと複雑だ。多種多様な圧力集団と利益集団が存在します。ある人たちは『月の侵略』というスローガンの下、絶えずあおり立てられたパニックが増大するよう望んでおり、国連の内外に連合ができて、月攻撃の準備をすればよいと考えています。月を伝統的な方法で攻撃する、つまり熱核兵器で、あるいは非古典的な、あの崩壊的な新技術で、ただそれがどんな技術なのか、いま僕に訊かないでください、それについては別の機会に。彼らの目的は、国や地球や超国家的利益のために大規模な軍備を始めることです。というのも、もし侵略の脅威があるなら、それが芽のうちに打ち砕かなくてはならないから」

「だがエージェンシーはそれを望んでいない？」

「エージェンシー自体は内部から割れていて、そこには相反する様々な利益を持つ人たちがいる。そうでないはずがないじゃないですか。あなたはこのゲームにおける大きな切り札となったのです。おそらく最強の」

「私が？　我が苦境のせいで？」

「そのとおり。だってシャピロと彼のチームがあなたから引き出す内容は調べようがありませんからね。実際に何らかの明確で決定的な情報を得たのか、あるいは、得たと表明してそれを公表するか、または、まず安全保障理事会に知らせるのかは、数人を除けばだれにもわからないでしょう。とはいえ、まずだれに通知するかが問題なのではありません。問題は、あなたも含めてだれひとり、彼らが嘘をついているのか真実を語っているのかを判断できないことです」

「おそらく彼らは嘘をつくでしょうね、あなたが先ほど言ったように、彼らが前もって診断済みなのだとすれば……」

「そのように見える。僕は全知ではない。いずれにせよ彼らは無理やりあなたを連れ去ることはできない」

「なんですって？　シャピロが言うには……」

「あの襲撃ですか？　仕組まれたものですよ、泰平さん。無論。だが、その際あなたが命を失わないように仕組まれていたのです。だってそうなれば、だれにも得るものはありませんから」

「だれがやったんだ？」

「様々な陣営が様々な目論見で。最初は、言わば、自発的に、あなたを確保するために、その後こうした試みが反撃に遭うと、あなたに少々圧力をかけて、怖がらせ、軟化させて、あなたがシャピロの心のこもった抱擁にみずから飛び込むようにした」

「待てよ、グラマー……つまり私を怖がらせたかったのか、そうじゃなかったのか？」

「ずいぶんのんびりとお考えですね。最初はもちろん、だれかがそうしたがった、が、うまくいかなかった。その後エージェンシーでは、だれかが再び試すまで待つ必要はないと気づいた。エージェンシー——つまり、いわゆるミッション保護の執行部——は、あなたの意向で、ちょっとした出し物をいくつか上演した」

「エージェンシーはまず私を保護したように見せかけ、それから攻撃した？　そうなのか？　最初は本物で、その後は演出されていた？」

「そのとおり」

「まあいい。仮に、それでも私が検査を受けるとしよう。その結果何がわかる？」

「ブリッジまたはポーカー」

「よくわからないが」

「一種のゲームが始まるんですよ。競売です。予測可能なのは最初だけで、残りは不可能。月では何もかも予測どおりに行かないことは、すでに明らかです。残るは二者択一。あそこで地球への脅威が生まれるか、生まれないのか？　これまでのところすべてが示しているのは、いかなる脅威もないこと、非常に慎重に見積もっても、今後数百年間、脅威はないだろうということです。ひょっとすると数千年、数百万年にわたって。しかし政治はこうした長期見通しで実践されているわけではない。いずれにせよ三〇〇〇年までは落ち着いて寝ていられますよ。でもこうなると、だれが落ち着いて寝ていたいと思います？　無害な月はまさに他の圧力グループにも必要なのです」

「何をするために？」

「宣言するためにですよ。いかなる国もあそこには兵器庫を持たない、何もない、月プロジェクト全体が崩壊した、ジュネーヴ協定はあらゆる意味を、あらゆる効力を失った、クラウゼヴィッツに戻る必要がある、と」

「しかしその結果、グラマー、どう転んでもまずいことになるのでは？　侵略の脅威があれば、月に対抗して武装する必要があり、脅威がなければ、昔ながらの地球のやり方で武装しなければならないってことだろう？」

「ええ。もうおわかりになりましたね。バランスシートはそうなっています」

「大したバランスシートだな。そういうことなら、私の頭の中に隠された秘密なんか一銭の価値もない……」

「それは違います。あなた個人の検査結果として彼らが発表することにしたがって、様々なモデルを作れるようになる」

「どんなモデルだ？」

「私どものコンピューター・シミュレーションによれば少なくとも二〇種類の様々なモデルです。それは検査結果によります。実際の結果ではなく、彼らが結果として公表するものに」

「そしてあなたはそれを知らない？」

「知りません。なぜなら彼ら自身もまだ知らないからです。シャピロのチームも一枚岩じゃない。そこには典型的な利益相反もある。泰平、彼らは一〇〇パーセント純粋な嘘を発表するわけではないんだ。そうはできない。なにしろそんなことができるのは、彼らが絶対に信頼できる地下組織で通常の給料をもらっている偽造者だった場合のみだが、実際はそうではないのだから。検査の過程であなたが自分の右脳の中身を一切知ることができない、という可能性を、彼らは前もって排除することさえできない。にもかかわらず、あなたは突如ポーカーに参加するわけだ」

「どうやって？」

「子供のふりはやめてください。だって、あなたはその後〈ニューヨーク・タイムズ〉か〈チュルヒャー〉か、どこかお好きなところへ、彼らが発表したのは少々色を着けた診断だったのだと投書できるじゃないですか？　彼らは何かを継ぎ足した、あるいは、誤った解釈をしたのだ、と？　そうすれば立派なスキャンダルになる。あなたはただ彼らの診断に疑問を呈するだけでいい。すぐに優秀な専門家が現れて、あなたの味方になり、新たな検査を要求してくれるでしょう。そうなればもう悪魔自身よく知っているとは言えなくなる」

「あなたがそれほどよくわかっているのに、なぜシャピロの連中はそれがわからないんだ？」

「こんな状況で、あなたに聴診を受けるよう説得する以外、彼らに何ができます？　様々な立場にあるとはいえ、だれもがそうせざるを得ない状況にあるのですよ」

「仮に私が殺されたら？」

「それも非常にまずい。たとえ本当は自殺だったとしても、あなたが殺害されたという疑いが世界中に拡まる」

「月で私にできたことが繰り返せなかったなんて信じないぞ。シャピロは実際こう言ったんだ。彼らはすでに試みたが、そこからは何も出てこなかったと。だがそうした遠征を繰り返し行うことはできるって」

「ええ、確かにできるでしょうが、それも迷路ですよ。驚きましたか？　泰平、我々に残された時間はもうほとんどない。完全な膠着状態が世界規模で生じ、平和維持を保証する運動は一切なく、あるのは様々な種類のリスクのみだ」

「守護天使としてあなたは私に何を助言してくれる？」

「だれの助言も聞かないようにと助言しますよ。僕のも考慮する必要はない。僕は特定の利益を代表しているし、そのことは隠さない。僕をあなたの元へ送ったのは神様ご自身でも、神意でもなく、軍備再開を必要としていない陣営ですから」

「それで、その陣営の指示によると私は一体何をすればいい？」

「差し当たっては何も。一切何もありません。あなたはここにいてください。シャピロには電話しないでください。この狂った老人グラマーと今後数週間はときどき顔を合わせてください、もしかすると数日だけかもしれませんが、様子を見ましょう」

「なんであなたを信じなくちゃいけないんだ？」

「言いましたよ、僕を信じる必要など一切ないって、僕はあなたに全般的な概要を伝えただけです。唯一行われたのは、州全体の主変圧器を一時間オフにしたことです。これから僕は我が電子工学的ぼろ服を片付けて、寝ることにします。だって僕は鬱状態の億万長者なんですから、違いますか？さようなら、ヨナタン」

「さようなら、アデライダ」私は答えた。グラマーがドアの方へ這っていき、ドアを開けると、だれかが廊下に立っていて、彼に何か合図をしたようだった。グラマーは立ち上がり、廊下に出て、背後でそっとドアを閉めた。私は座ったまま足がむずむずしていたが、ついにまた明かりが点いた。

　照明を消してベッドに横になった。いましがたグラマーが座っていたところに、何か光る、平たい指輪のようなものがあった。近づいてよく見た。真ん中にねじった小さな紙切れが突きささっていた。それを広げてみた。「万一に備えて」――急いで書いたような、曲がった字でそうあった。私はしわくちゃの紙を置いて、指に指輪をはめようとした。それは灰色で、かすかに金属光沢があり、妙に重かった。鉛だろうか？　片側が膨らんでいて、鋭い針で刺したような小さな穴のあるインゲン豆みたいだった。小指以外、どの指にもはまらなかった。なぜこの指輪が二度の訪問よりも私を不安にさせたのか、わからない。何に使うものだろう？　その指輪で窓ガラスに傷をつけようとしてみたが、ガラスに跡は残らなかった。最後は舐めてみたりもした。塩気があるようだった。指にはめるべきか、はめざるべきか？　結局、少々苦労してそれをはめ、腕時計を見た。夜半を過ぎていたが眠りは訪れなかった。どのトラブルから最初に考えればいいのか、実際もうわからなかった。左手と左足がこれほど穏やかに振る舞っていることさえ私を心配させた。そして夢うつつの状態で、彼らの受動性がすでに次の待ち伏せのように思われた。今度は内部から私を狙っているのだ。よくあることだが、眠れないという夢を見た。あるいは、眠っているのに自分は目覚めていると思っていた。どのくらいの間かわからないが、自分が寝ているのか寝ていないのかを見分けようと、この問題に大いに骨折っていたが、ついにいくらか明るくなってきた。夜明けだ、と思った。もしそうなら数時間は寝られたわけだが、しかし光はカーテンを引いた窓の方から射しているのではなかった。廊下に通じるドアの隙間からもれていたのだが、驚くほど強く、まるでだれかが床に置いた強力なスポットライトを私の部屋の敷居に向けたようだったから、私はベッドの上で起き上がった。何かが床に染み込んでいた。それは水ではなく、水銀のようなものだった。複数の小さな球が嵌木《はめき》の床をころころ転がり、平らな水たまりとなって、三方から私のベッドの前にある小さな敷物にたどり着き、その間も絶えず、ドアの下の隙間から差し込む光を浴びて、その奇妙な金属質の液体の小川がどんどん流れ込んでいた。もはやほぼ床全体が薄い水銀の鏡板のように輝いていた。私はテーブル上のランプを点した。それはしかし水銀ではなく、むしろ古びて黒ずんだ銀の色をしていた。もうあまりに大量で、敷物が動いて流されそうだった。と同時にドアの向こうの光が消えた。私は座ったまま身を乗り出し、目を大きく見開いて、シロップ状の金属質の液体に起きていることを見つめた。それは微細なしずくに分裂し、そのしずく全体がくっついて茸《きのこ》のようなものになり、その後、発酵するパン生地みたいにむくむく膨らんで、凝固しながら立ち上がった。これは疑いなく夢に違いない、と私はひとりごちたが、しかしこうした断定にもかかわらず、裸足でその水銀に触れたいとはちっとも思わず、ぼんやりすると同時に大して驚きもせず、「生きている銀」という用語がこの現象をよく言い表していると悦に入っていた。なぜなら**それ**は本当に生きもののように動いていたけれど、植物にも、動物にも、もはや私自身わからないが、いかなる怪物にもなろうとする気がなく、空っぽの繭に変わっていき、次第に人間型の鎧というか、前に細長い裂け目のある、ぞんざいに作られた穴だらけの鋳造鎧に変わっていった。かなり後になって、この変態《メタモルフォーゼ》を記憶から再現しようとしたとき、いちばん近いのはフィルムの逆回しだと思った。つまり、だれかがまず奇妙な鎧の変種を作り、その後それを高温にさらして、金属が液体になるまで溶かしたのだが、私の目には順番が逆に見えた。最初は液体で、その後そこから成長した中空の体——というのも、それは鎧ではなかった——は、もう光らず、光沢を失って、大きなマネキン、一種の陳列人形を思わせ、頭に髪はなく、顔には口も鼻もないが、目の代わりに丸い穴が開いており、そしてついにそこから私が困惑しているうちに超自然的サイズの女ができはじめた。いや言い方がまずい、中身が空っぽでがらんどう、タンスみたいに開いている女の像が、なんたることか、みずから服を分泌していたのだ。というのも最初は下着のような白い服に覆われていたのに、その後その白い服の上に明るい緑色のドレスが出現したからで、これはきっと夢を見ているに違いないともう安心して、私はベッドから立ち上がり、幻に近づいた。するとドレスが緑色から再び病院の白衣を思わせる白に変わり、顔がだんだん精密に形作られていった。同時に頭の上では明るい色の髪を、赤いビロードの縁取りがある白いナースキャップが覆った。もうこんなのはたくさんだ、私は決意した、目覚めなくてはならない、あまりにも莫迦げた夢だ、だが夢の生きものに触れたくはなかった。周りを見回すと、ナイトテーブルのランプの光で部屋全体が見えた――机、カーテン、椅子、私は決心がつかず長い間立っていた。すると再び幻影を見た。それは、庭やハウス医師のところで幾度か見かけた看護師のディダによく似ていたが、ディダよりもずっと大きくて背が高かった。それはこう言った。「わたしの中に入って、ここから出なさい、ドクターのトヨタを借りて、出かけなさい、門は開いているから、ただし、まず服を着て、お金を持って、チケットを買って、すぐにタラントガのところへ飛びなさい。さあ、莫迦みたいに突っ立ってないで、看護師姿の君を止める者はいない……」「だが彼女は君より大きい……」そいつの言葉ばかりか、そいつが口で話していなかったことに啞然とした私はしどろもどろになった。声はそいつの体から聞こえ、その体が白衣もろとも大きく開いたので、本当に中に入ることができた。そうすべきだったかどうかは、また別の話だ。突然、非常に円滑に頭が働くようになり、結局これは夢ではないかもしれないな、分子テレフェリスティクス技術が存在するからには、なにしろ自分自身それを経験したのだし、これはひょっとして現実なのでは？　でもその場合これが罠じゃないとだれにわかる？

「大きさは夜間は関係ない。ぐずぐずするな！　服を着ろ、小切手を持っていけ」そいつは繰り返した。

「でもどうしてここからとんずらしなくちゃいけないんだ、あんた一体だれなんだ？」尋ねると同時に私は服を着はじめたが、実際この予想外の企てに加わるつもりはなく、ただ服を着た方が安心だと思ったからだった。

「わたしはだれでもない――わかるだろう」そいつは言った。しかしその声は女性的で、低くて、好感が持て、少しうつろで、どこかで聞いたことがあるような気がしたが、どこでだったか思い出せなかった。私はすでにしわくちゃになったシーツの端に腰掛けて、靴紐を結んでいた。

「じゃあだれがあんたを寄越したんだ、〈だれでもない〉さん？」私は頭を上げて尋ねたが、我に返る前にそいつが私の上に倒れてきた、というか実際は抱きついてきた――両腕で、ではなく、己の内部全体で一気に。それがあまりにすばやかったので、一瞬私はまだベッドの端に座っていて、プルオーバーを着て、でもネクタイはなしで、左の靴紐を強く引っ張りすぎたと感じていたのに、次の瞬間そのがらんどうの生きものの中に引き込まれ、内部にぴったり張りついてしまった、まるでニシキヘビに飲み込まれたかのように。それ以上うまく説明できない、だってこんなこと一度も経験したことがなかったから。中は実際かなり柔らかくて、目の穴から部屋も見えたけれど、自分の思いどおりには動けず、彼女、またはそれの思いどおりに動かざるを得なかった。だが実はきっとだれかがこの遠隔人を制御していて、彼らがやきもきしながら泰平ヨンを待ちかまえている場所へ私を連れていこうとしていたのだ。私は全力を振りしぼり、遠隔人の怪物に抵抗したが、無駄だった。四肢は自分の思いどおりには動かず、曲がっては伸びるという具合に動き、なるたけ足を踏ん張ったものの、片手がレバーを押してドアを開けると、廊下は緑色がかった夜間照明で弱々しく照らされ、人っ子ひとりおらず、**だれ**がこの背後にいるのかを思案している暇はなかった、というのも、この苦境から逃れる方法を見つけようとしていたからだが、私を吸い込んだこの非人間、私を詰めた本物のフランケンシュタインは、あわてずに歩いていて、まったくこれ以上に莫迦げた立場を思い浮かべるのも容易じゃない、と、ここに至ってようやくグラマーからもらった指輪を思い出したが、一体どうやって私を助けてくれるのか？　たとえ、おとぎ話のように指輪を嚙むか回すかすれば救いの魔神が現れると知っていたとしても、そうすることはできなかった。すでに棟の出口扉が現れ、古いヤシの木陰に長い車の形が黒々と見え、ボディーに遠くの光の流れを映していた。スイングドアが開いて、私の囚われの手がその片面を押すと、同時に車の後部ドアも開いたが、車内にはだれもいなかった――いずれにせよだれも見えなかった。

　すでに車に乗り込み――実際は「乗り込まされ」、というのも絶えず全力で抵抗していたからだが、ようやく自分の間違いに気づいた。抵抗すべきではなかったのだ。だって遠隔人を制御していた者はそれに備えていたのだから。むしろ課された動きに従って行きながら、実際の目的から逸脱するようにすべきだったのだ。車のドア口で身をかがめ、前に突進すると、何かに頭をぶつけて一瞬意識を失い、それから目を開けた。

私はベッド脇の床の上に横たわり、窓のカーテンはすでに夜明けで灰色になっていて、手を目の前に挙げてみると、指輪は跡形もない、ということはあれは悪夢だったのか？　昨晩の目覚めているときがどこで終わったのか、わからなかった。グラマーが来たのは確かだ。私は飛び起き、グラマーが出てきた戸棚をのぞいてみると、私の服は脇に寄せられていたから、実際そこに立っていたのだ、底に何か白い物があった。手紙だ。取り上げてみると、宛て先はなかった。私は封筒をやぶった。中に入っていた一枚の紙はタイプライターの文字で覆われ、日付とヘッダーはなし。部屋は暗すぎたが、カーテンを開けたくなかったので、まずドアに鍵が掛かっているかどうかを確かめた。掛かっていた。ナイトランプを点して、その紙を見た。

「もしも誘拐や拷問、その他の苦痛を、はっきりとした色つきの夢に見たならば、それは君が麻薬を摂取し、トライアル・テストを受けたことを意味する。無味無臭の、ある特定の薬剤に対する君の反応を事前に検出するためだ。君がそんなふうに毒を盛られたのかどうか、我々には確信がない。私以外に君が出向くことができる唯一の人物は、君の医者だ。カタツムリ」

　カタツムリ、ということは手紙はグラマーからだった。彼は真実も嘘も同じく上手に告げることができた。私はシャピロに言われたことを、なるたけ正確に思い出そうとした。そしてグラマーが言ったことを。ふたりとも月プロジェクト全体が崩壊したことには同意していた。その先の説得では意見が分かれた。教授は私に、検査してもらった方がいいと言ったが、グラマーは何をだか知らないが待てと言う。シャピロはルナ・エージェンシーの代表だった――少なくとも彼はそう言っていたが、グラマーは己の委任者について何ひとつしゃべらなかった。しかし、麻薬の可能性について私に警告する代わりに、なぜ手紙だけを残したのか？　このゲームにはさらに別の第三者が参加していたのだろうか？　ふたりがあれだけさんざん話してくれたのに、私の右脳の中身が実際どうしてそれほど重要なのか、わからなかった。おそらく私は何かを飲み込んで、そいつがまず、この哀れな物言わぬ我が頭の右半分を眠らせたので、右脳は己の状態をまったく知らせなかったのだ——いつから？　おそらく前日からだ。仮にそうだったとしよう。何のために？　私には、泰平の捜索にあたっている人たち全員が何をすべきかわからず、事を先延ばしにしているように思えた。このゲームにおいて私は攻撃力が不明のカードで、最高の切り札かもしれないし、無かもしれず、どちらなのかを見極めようとするにあたって、ある陣営がもう一方の陣営を邪魔しているのだった。私が己自身と連絡が取れないようにするために、彼らは私の右半球を眠らせたのだろうか？　少なくともいますぐ確認できることがひとつあった。私は左手を右手の方へ持っていき、すでによく知っている方法で彼女に話しかけた。

「最近どうだい？」私は指で問いかけた。小指と親指が震えたが、なんだか弱々しかった。

「もしもし、聞こえる？」私は合図した。

　薬指が親指の腹に触れて、輪っかを作った。それは「やあ」という意味だ。

「よしよし、やあ、でも機嫌はどう？」

「ほっといてくれ」

「いますぐ話してくれ、気分はどうだい？　わかってくれよ、我々共通の関心事じゃないか」

「頭が痛い」

そう、この瞬間、私**も**頭が痛いと感じた。すでに神経学の文献に習熟していたので、感情面で自分が半分に切られていないことはわかっていた。というのも情動の発生場所は中脳であって、そこにはカロトミーは触れていなかったからだ。

「私も頭が痛い。**私たち**は頭が痛い。わかるか？」

「いいえ」

「どうしていいえなんだ？」

「どうしても」

この無口な会話で私は汗びっしょりになったが、自由にさせてはおかないことにした。彼女からできるかぎり絞り出してやるぞ、私は決意した、何があってもとことん。突然まったく新しい考えが閃いた。聾唖者の手話には指の器用さが必要だった。なにしろ、はるか昔から私はモールス信号に慣れていたではないか。それで私は左手を広げ、そこに右手の人さし指で点と線を交互に書きはじめた――最初は**SOS**。*Save Our Souls.* 私たちの魂を救え。左手の手のひらの表面はしばらくの間、刺激されるままだったが、突然丸まって拳になり、私をしたたか打ったものだから、私は飛び上がった。そんなことをしても何にもならないぞ、と思ったが、彼女は指を出して、突如、右の頬に点と線を引きはじめた。はい、と彼女は答え、神かけて、とモールスで答えた。

「くすぐるな、一発喰らうぞ」

それが**彼女**から耳にした、というか、感じ取った最初の文だった。私はベッドの端に彫像のようにじっと座っていた。手が合図を送り続けていたからだ。

「間抜け」

「だれが、私が？」

「そうだ。おまえだ。すぐにこうすべきだった」

「ならどうして知らせなかった？」

「一〇〇回もやったわ、莫迦め。おまえが気づかなかったんだよ」

実際、彼女が私をすでに何度もあれこれ引っ掻いていたことには気づいていたが、これがモールスだとは頭の私の部分には思い浮かばなかった。

「確かに」私は手を引っ掻いた。「じゃあ君は話せるんだね？」

「おまえより上手だ」

「じゃあ話してくれ。君が私を救えば、私たちが救われる」

どちらが上手くなったのか知らないが、無口な会話はどんどん速くなった。

「月で何があった？」

「おまえは何を憶えてる？」

この突然の状況の逆転は私を驚かせた。

「知らないのか？」

「おまえが書いたことは知っている。その後、おまえは瓶に入れて埋めた。そうだな？」

「そうだ」

「真実を書いたんだな？」

「そうだ。自分が憶えていたことを」

「そしてすぐに彼らが掘り出した。おそらくあの最初の男だ」

「シャピロか？」

「名前は憶えてない。月を見ていた男だ」

「君は声で普通に言われたことはわかるか？」

「あんまり。フランス語の方がましだ」

フランス語については訊かないことにした。

「モールスだけ？」

「いちばんうまく話せる」

「じゃあ話せ」

「おまえが書くと、彼らが盗む」

「書かないよ。誓って」

「言わばこうだ。おまえは何かを知っていて、私は何かを知っている。おまえがまず話せ」

「読まなかったのか？」

「私は読めないんだ」

「わかった……最後に憶えているのは……ウィヴィッチと連絡を取ろうとしたことだ。あの日本区域の崩れた地下から抜け出た後で。だがうまくいかなかった。いずれにせよ何も思い出せない。わかっているのは、その後ひとりで着陸したことだけだ。月では、自分が遠隔人から何かを取ろうとしたような気がすることがある、遠隔人はどこかに入り込み……あるいは……何かを発見した……でも何なのかわからないし、どの遠隔人だったのかさえわからない。おそらく分子型じゃないか？あれがどうなったのか憶えてない」

「あの粉状の？」

「そうだ。でも君はたぶん知ってるだろう……」私は慎重に話を進めた。

「まず自分の話を終わりまで話せ」彼女は答えた。「別のときにはどんな気がする？」

「そもそもあそこに遠隔人は行かなかったような気がする、もしかして行ったのかも、だがもはや私は遠隔人を捜さなかった、だって……」

「だって何だ？」

私は躊躇した。告白すべきだろうか？　時折思い出すのは、言葉にできない恐ろしい夢のようなもので、その後には並はずれて意外な事実の印象だけしか残らないのだと。

「おまえが何を考えているのかはわからない」彼女は私を引っ掻いた。「でも、おまえが何をたくらんでいるのかはわかる。感じるんだ」

「どうして私が何かをたくらむんだ？」

「だからだよ。直感は私だ。話してくれ。『別のときには』どんな気がするのか」

「ときどき、私は呼び出しを受けて着陸した、という印象を受ける。しかし、だれに呼び出されたのかはわからない」

「調書には何と書いた？」

「それについては何も」

「だが彼らはコントロールを握っている。つまり記録を持っている。彼らは知っている、おまえが月から呼び出しを受けたせいで着陸したのか、あるいは呼び出しはなかったのかを。彼らは傍受記録を持っていた。エージェンシーの連中が何を知ってるかは知らん。基地で録音・録画された記録をこの目で見たわけじゃないからな。一切知らない。君だって知ってるだろう」

「知ってるさ。それに加えて何かを！」

「何だ？」

「おまえは粉状のを失った」

「ディスパーサント？　おそらく失ったんだろうな、その後みずから宇宙服に入ったからには……」

「莫迦め。そうやって失ったんじゃない」

「どうやって？　分解したのか？」

「いや。彼らが持ってった」

「だれが？」

「わからない。月。何か。あるいはだれかが。彼《あれ》はあそこで変わったんだ。ひとりでに。それは船上から見えた」

「私はそれを見たのか？」

「そうだ。だがおまえはもうコントロールを握っていなかった。彼《あれ》に対して」

「じゃあだれが彼《あれ》を制御していたんだ？」

「わからない。船から切り離されていた。だがさらに彼《あれ》は変化した。あの様々なプログラムで」

「あり得ない」

「ところがそうだったのさ。それ以上は知らない。月は再び下にあった。私はあそこに行った。つまりおまえと私は。一緒に。それから泰平は倒れた」

「君は何を言ってるんだ？」

「倒れた。それはカロトミーに違いなかった。ここで私には空白がある。その後また船上で、おまえは宇宙服を容器に入れ、砂が撒き散らされた」

「つまり私が着陸したのは、あの分子型遠隔人に何が起きたのか確かめるためだったと？」

「わからない。そうかもしれん。わからない。ここに空白がある。それがカロトミーの目的だった」

「計画的なものだったと？」

「ああ。たぶん。きっとそうだ。おまえが戻ってくると同時に戻ってこないようにするためだ」

「それはすでにシャピロもグラマーも言っていた。だがさほど明確にではない」

「だってこれはゲームだからね。彼らは何かを知っているが、何かが欠けているのさ。おそらく彼らにも空白があるんだ」

「待てよ。なぜ私は倒れたんだ？」

「莫迦か。カロトミーのせいだよ。意識が消えたんだ。倒れるに決まってるだろ？」

「じゃああの砂は？　あの塵は？　どこから来たんだ？」

「わからない。まったくわからない」

　私は長い間黙っていた。もうすっかり明るかった。八時になるところだった。だが何もわからなかった。あれほど必死に考えたのに。月プロジェクトは瓦解したのか？　だがこの瓦礫の中では無意味な闘争と地下通路が続いていただけでなく――この瓦礫の中では同時に何かが生まれていたのでは、地球ではだれひとりプログラムもしていなければ、予想もしていなかったことが？　そしてその生じた何かが、ラックスの遠隔人を打ち壊したのでは？　実際にはそれが遠隔《あれ》人の制御を奪ったのでは？　しかし私はそれを憶えていなかった。どうやらカロトミー後は思い出せないようだ。

そしていまはこうだ。制御を奪われた遠隔人が、悪意または他の意図で私を月に呼び寄せた。悪意？　私の記憶を奪うために？　そんなことをして奴に何の得があるだろう？　おそらく何もない。もしかして私に何かを与えようとしたのか？　仮に私に何か伝えたかっただけなら、私が着陸する必要はなかったろう。つまり、奴は私にあの塵を与えたのだろうか？　その際、何か――だれか――が、このオペレーションの成功を望んでおらず――私の脳梁を切断した。仮にそうだったとしよう。そのとき、ディスパーサントを制御していた**もの**が私を救ったのだろうか？　しかしそれは泰平を救うことだけが目的だったのか？　おそらく違う。目的はメッセージが地球に届くようにすることだった。そしてまさにあの粉、重い塵こそがその情報だった。いや、単なる情報のはずがない。それは物質だった。私がそれを持って帰ることになっていたのだ。そうだ。こうしてパズルの一部がより大きな全体を形作った。だがまだ完全には理解できない。それで私はなるたけ手っ取り早くこの仮説を我がもう半分に繰り返した。

「そうかもしれない」ついに彼女は言った。「彼らはあの塵を持っている。だが十分ではない」

「じゃあそのせいなのか、あの襲撃、救助、説得、訪問、悪夢は？」

「そのようだな。おまえが彼らの検査を受けるようにするため。つまり私がだが」

「しかし、君がいま話している以上のことを君が知らないのなら、彼らは何も知り得ないだろう……」

「まあそうだろうな」

「でももしあちらで何か非常に強力なものが生じて、微粒子状の遠隔人を簒奪できたのなら、地球と直接通信することはできなかったのだろうか？　エージェンシーと、基地と、連絡したいだれかと。せめて私の帰還後にエージェンシーが送った人たちと」

「わからない。新任者たちはどこに着陸した？」

「わからない。いずれにせよ、**こちら**と**あちら**で相反する利益があるようだ。**あちら**で何が生まれたんだろう？　このがんから、分裂から、グラマーは何とかと名付けていたな――オルドゲネザだったか。秩序の誕生？　何の秩序だ？　電子工学的自己組織化？　何のために？　どんな目的で？」

「もし何かが生まれたとして、それには目的はない。地球上の生命と同じように。電子機器たちは互いに腐食しあった。プログラムは分散した。あるプログラムは同じことをひっきりなしにぐるぐる繰り返し、別のプログラムは完全に崩壊した。さらに別のものは所有者のいない土地に侵入した。そこで鏡の待ち伏せを仕掛ける。蜃気楼だ……」

「そうかもしれない……そうかも」私は奇妙な興奮に茫然となって繰り返した。「それはあり得る。少なくとも想像できる。そもそもそうした全般的な分解と攻撃があったなら、そして仮にそこから何かがフォトバクテリアのように生まれたなら、何らかのウイルスが集積回路から生まれるように、きっと至る所でではなく、ある特別な場所で生まれたんだ。並はずれた偶然の一致として……。そしてそれなりの方法で拡がりはじめた。ここまではまだ示せる。よろしい――だがここから**だれか**が生まれるとなると――否！　これはもう単なるおとぎ話だ！　いかなる分子の魂もあそこで生まれることはできなかった。あの粉砕された電子機器から月の知性が？　否。それは純粋な幻想だ」

「じゃあ**だれ**が分子遠隔人の制御を引き継いだんだ？」

「間違いなくそうだったと君はわかっているのか？」

「状況証拠によれば。日本の瓦礫を出た後、おまえは基地と連絡が取れなかった。そうだな？」

「ああ、だがその後、何が起きたのかは見当がつかない。基地とだけじゃなく、船のコンピューターを通じてトロイの衛星とも通信しようとした。基地がミクロプスを通じて私を映像でとらえているかどうかを知るために。だが呼びかけにはだれも答えなかった。だれも。だからきっとミクロプスはまた攻撃されて溶けてしまい、エージェンシーではあの遠隔人がどうなったのか知らないんだ。彼らが知っているのは、その直後に私がひとりで着陸し、戻ってきたことだけだ。残りは推測にすぎない。どう思う？」

「それがまさに状況証拠さ。詳細を知る唯一の人間は分子型の発明者だ。名は何といったっけ？」

「ラックス。だが彼はエージェンシーの職員だ」

「彼はおまえにあの遠隔人を使わせたくなかった」

「それは私の決断次第だった」

「それも状況証拠だ」

「そう思うか？」

「ああ。不安だったのさ」

「不安？　月が？」

「壊せない技術はないからね。それを恐れていた可能性はある」

「そしてそれが起こった？」

「おそらくそうだ。ただ彼が推測していたのとは違った」

「どうしてそれがわかる？」

「あらゆる物事はつねに、それについて知り得ることとは違う」

「わかったぞ」長引く沈黙をやぶって私は言った。「これは『権限の引き継ぎ』なんかじゃなかった。むしろ分子交雑《ハイブリダイゼーション》だ！　**あちら**で生まれたものが、**こちら**、ラックスの実験室で生まれたものと結びついたんだ。そうだ、これは除外できない。ある分散型電子機器が、やはり分散して様々なメタモルフォーゼが可能な別の電子機器に加わったのだ。というのも、この微粒子状の遠隔人には部分的に独自の記憶があり、それ自体に変形プログラムが含まれていたからだ。氷の結晶がそれ自体で数百万の様々な雪片に結合できるのと同じように。毎回、六角形のシンメトリーが生じるが、毎回違う。そうだ！　私は彼《あれ》と通信していた。それどころか、ある意味で私はずっと**彼**だったのだ。だが同時に私が彼に与えていたのは、いかに変身すべきかというインパルスだけであって、変形は彼自身が行っていた、その場で、月面で、そして地下でも」

「知性はあったのか？」

「実を言うとわからない。運転手になるのに車の構造を知る必要はない。私は彼の操縦方法を知っていて、彼が認識したものを認識していたが、彼の構造は知らなかった。とはいえ、たとえ彼が通常の遠隔人、空っぽの外殻のようではなく、ロボットのように行動することができたとしても、それについて私は一切知らない」

「だがラックスは知っている」

「たぶんそうだ。でも彼のところへ戻りたくはないな、少なくとも直接は」

「手紙を書け」

「気でも違ったのか？」

「彼だけがわかるように書くんだ」

「手紙はすべて彼らが押収する。電話も問題外だ」

「手紙はすべて彼らが押収する、だがおまえは署名しない」

「筆跡は？」

「私がその手紙を書く。おまえは私に一文字ずつ口述するんだ」

「ぐちゃぐちゃで読めなくなるぞ」

「それがどうした？　腹が減ったな、朝食にはオムレツのコンフィチュール添えが食べたい。それから手紙を作成しよう」

「だれがそれを送るんだ？　どうやって？」

「朝食後」

手紙は当初、実行不可能な課題のように思えた。私はラックスの私的なアドレスを知らなかった。とはいえそれはごく些細な問題だった。私が彼と会いたいということを彼が理解できるように、だが彼以外のだれにも理解できないように書く必要があった。なにしろ届いた郵便物はすべて最高のエキスパートたちが検査していたから、全員を出し抜く必要があった。暗号など話にならない。そのうえ手紙を送るのにさえ信頼できそうな人をひとりも知らなかった。さらに悪いことに、ラックスはもはやエージェンシーに勤めていない可能性もあった。仮に何らかの奇蹟が起きて手紙が彼の手に届き、彼が私に連絡したいと思ったとしても、大勢のスパイと諜報機関が彼から目を離さないだろう。それにおそらく静止軌道にある特別な衛星が絶えず私の居所を観察していた。ハウスはグラマーと同程度しか信頼できなかった。またタラントガにも頼めなかった。私は自分自身と同じくらい教授を信用していたけれど、彼に注意を向けることなく、私の（私たちの）計画を彼に知らせる方法が思いつかなかった――どうせ教授の窓すべてに超高感度レーザーマイクロフォンが狙いをつけていたし、教授がスーパーマーケットで小麦ふすまとヨーグルトを買えば、商品をカートから車に移す前に、前者も後者もX線撮影されていた。もうどうでもよくなって、私は朝食後すぐに町へ出かけた――一回目と同じあのバスで。デパートの入口前のスタンドにたくさんのカラフルな絵葉書が輝いていたので、なんとなく眺めていると、神意の絵葉書を見つけた。赤い背景に大きな黄金のケージ、中にはほぼ白いフクロウ、大きな目の周りを放射状に羽が取り囲んでいる。その絵葉書を手に取るほど夢中にはならなかったが、罪のないのを八枚選んだ後、そのフクロウのも選び、さらに二枚足し、切手を買って、徒歩でサナトリウムに戻った。町は死に絶えたかのようだった。ただ数カ所の庭で人が忙しく働いており、例の事件が起きた現場の向かいにある自動車修理工場では、水の流れの中、回転する青いローラーブラシの間へ車がゆっくりと入っていった。私を尾行する者はおらず、私を追跡する者も、誘拐しようとする者もいなかった。太陽が照りつけ、一時間歩いて戻るとシャツが汗まみれだったから、シャツを着替え、その前にシャワーを浴びて、早速友人たちに挨拶状を書く。タラントガに、双子のツィビルキスに、ウィヴィッチに、タラントガのふたりのいとこに、短すぎず、詳しすぎず、エージェンシーやミッションや月に関してはひとことも言及しないのはもちろん、ひたすら礼儀正しく、罪のない想い出のみ、そして私の返信先も、だってどうして書かずにいられよう？　葉書の冗談ぽさを感じのいいやり方で強調するため、それぞれカラー面に何かを描き足した。双子宛ての二頭の白黒パンダには口ひげとネクタイを付け加え、タラントガ宛てのダックスフントの頭を後光で囲み、フクロウにはラックスが掛けていた眼鏡を掛けさせ、鉤爪でつかまっていた細枝の上に二十日鼠を描いた。二十日鼠は、特にフクロウのそばでは、どう振る舞う？　憶病者みたいにおとなしく、だ。ラックスは頭が切れるだけでなく、名前の後半が独特だ、グーグリボーク、英国風でも、ドイツ風でもなく、少々スラヴ風のようだが、もしそうなら、彼は知っているはずだ、泰平《ティヒ》とはおおよそ「おとなしい《チヒ》」の意味だと、そのうえ私たちは彼のところで本当に一緒にケージの中に座ったじゃないか。すでに全員に宛てて、喜んでお会いしたいと書き終えていたから、彼にも落ち着いて同じことを書けたし、加えて彼の親切に感謝し、追伸でP・プシリウム夫人からよろしくとの挨拶を伝えた。さて、プランタゴ・プシリウムとはラテン語でそう呼ばれる植物を乾燥させた粉で、仮にエージェンシーの検閲官がウェブスターか百科事典を見れば、ある緩下剤が同様の名で呼ばれていることがわかるだろう。それが何であれ月から来た塵のことだとは思うまい。ラックス＝グーグリボークもこの塵については知らない可能性があり、そうなるとこの絵葉書は不発に終わるかもしれなかったが、それ以上は望めなかった。シャピロには電話していなかったし、グラマーは特に私と話そうとはしなかったので、私は半日プールで過ごしたが、それ以来、我が第二の人格とは合意に達し、彼女はすっかり落ち着いた態度を取るようになっていた。ただ夜ベッドに横たわって、時たま寝る前にひとことふたこと交わすだけだった。後になって、ラックスにはフクロウではなくオウムの絵葉書を送ったほうがよかったのではと思いついたが、もう済んだことなので、彼のイニシアティブを待つほかなかった。一日、二日、三日経っても何も起こらず、私は庭の噴水の横で、天蓋の下、グラマーと二回ブランコに乗ったが、彼はその件に戻ろうともしなかった。彼もまた何かを待っているような印象を受けた。汗をかき、鼻息荒く、うめき声をあげ、リウマチに対して文句たらたらで、明らかに機嫌が悪かった。退屈なので私は夕方テレビを観て、新聞に目を通した。ルナ・エージェンシーが心理療法的に聞こえる声明を発表していた。月偵察データ分析が進行中だが、各区域における規則違反、または、あからさまな障害は一切検出されていない、と。こうしたおざなりの声明に時事評論家らは激怒し、ルナ・エージェンシー所長と様々な部門の部長らを国連から選出された委員会の前で尋問し、特別記者会見を開いて、世論に不安を与える諸問題について説明するよう要求した――まるでだれひとり一切知らなかったかのように。

毎晩私のもとへラッセルがやって来た。億万長者の信念と習慣に関する論文を書きたがっていた、あの若い民族学者だ。彼は最も多くの資料をグラマーとの会話のおかげで集めたのだが、私はそれがどれだけ無価値かを彼に明かすことはできなかった。グラマーは単に富者の役を演じていただけで、本物の億万長者、とりわけテキサス出身者は、もつの油漬けみたいにうんざりするほど退屈だったからだ。彼らは普通の億万長者を鼻であしらっていた。彼らには専用の秘書がいて、サナトリウムにも、専用のマッサージ師やボディガードがおり、それぞれ別の棟にいて、あまりにガードが堅いため、せめて彼らを窓からのぞけるよう、ラッセルは私の屋根裏部屋にペリスコープ望遠鏡を備えた特別な展望台を設置しなくてはならなかった。彼はもうあきらめていた。というのも、意識がすっかり混乱していても、彼らは奇抜なことは一切しなかったからだ。ほかにすることがないので、ラッセルは梯子を降りてきて、私のところで人間らしく語りあった。月への軍備移転後、荒れ狂った繁栄は産業の自動化と相まって相当憂鬱な結果をもたらした。ラッセルはそれを洞窟エレクトロニクス時代と呼んでいた。文盲が蔓延した。もはや小切手にサインする必要さえなく、指紋で事足り、残りはコンピューター・リーダーが行っていたのだから尚更である。全米医師会は最終的に医療従事者を救う戦いに敗れた。なぜならコンピューターの方が診断が上手だし、無限の忍耐力で患者の話に耳を傾けたからだ。コンピューター化されたセックスも破滅的な脅威にさらされていた。なぜなら洗練された情事装置を、ごく単純な器具、いわゆるオルギアクが打ち砕いたからである。見た目はスリーピースのヘッドフォンのようで、小さな電極が複数付いていて、頭にかぶるのだが、子供用リボルバーみたいなグリップがある。引き金を引くだけで、もう最高の快楽が得られることになっていた。なぜなら、しかるべき振動が脳の奥のしかるべき場所を刺激したからで、いかなる苦労もせず、汗だくになることもなく、遠隔女または遠隔人のメンテナンス費用も要らず、通常の推奨事項や結婚の義務に関しては言うまでもない。オルギアクは市場にあふれた。自分にいちばんぴったりなのが欲しい人は試着体験に行った。無論そんじょそこらの性科学者のところへではなく、〇〇（算出《オブリチェニョヴィ》オーガズム）センターへ行くのだ。すでにシンセファンカ（合成女《シンセティカル・フィーメイル》）のほか、天使、天使型女、妖精ナーイアス、ルサールカ、ミクロニンフォマンカを生産していたギナンドロイクスやその他の会社は、オルギアスティクス社に「オナニスティク」というあだ名を付けて必死にこきおろしたが、販売にはあまり役立たなかった。大半の先進国では学校義務教育が廃止された。「子供であるということは、授業という名の心理的拷問房に毎日投獄されることを言い渡されたようなものである」と非教育化《デスコラリゼーション》学説は主張した。こんな知識が必要なのは狂人だけだ――男性用シャツ一枚につき八分の七メートルの生地が必要な場合、一八メートルのキャラコ地からシャツが何枚縫えるか、あるいは、二三キロメートルの線路に自動化前の時代の信号機四三・七個があるとして、酔って鼻風邪をひいた八〇歳の機関士が時速一八〇キロメートルで運転する列車と、時速八分の五四キロメートル以下で色盲の男が運転する列車、この二本が衝突する速度はどのくらいか、だなんて。

同様に、王や戦争、征服、十字軍遠征、その他あらゆる先史時代の卑劣な行為に関する情報は不必要だ。地理を最もよく教えてくれるのは旅行である。ただ適切なチケットの価格およびフライトスケジュールは熟知しておかねばならない。何のために外国語が必要なのか、ミニ翻訳機を耳に差し込めば十分ではないか？　自然科学は若い精神に嫌気を起こさせ、堕落させるが、だれもそこからは恩恵が得られない。なにしろだれひとり医師や歯科医にすらなれないのだから（自動歯科医《デントマット》が大量生産されるようになって以来、両アメリカ大陸とユーラシアでは毎年約三〇〇〇〇人の元歯科医が自殺していた）。化学を学ぶことはエジプトの象形文字を学ぶのと同じ程度の価値しかなかった。とはいえ親として子供を教育したいという抑えがたい欲求を持つ人は自宅端末でそれを行う。だが、そうした古めかしい考え方の人の子供はパパとママに抗告する権利があるという判断を最高裁判所が下して以降、家庭内授業や端末授業は地下に潜り、己のかわいそうな子供を教師《ペダゴガー》の前に座らせるのは究極のサディストばかりとなった。しかしながらペダゴガーの製造販売は、少なくとも米国においては、まだ許可されており、販売促進のために企業は無料で立派な火器をおまけしていた。文字は徐々に絵文字に置き換わっていった。通りの名を書いた表示板や道路標識においてさえも。ラッセルはこの状況を特に嘆いてはいなかった。手の施しようがない以上、嘆いても仕方がないと考えていたからだ。世界中にはまだ一万数千人の学者が生存していたが、大学講師の平均年齢はすでに六一・七歳で、若手は減少していた。すべてはこうした繁栄の退屈の中に沈んでいて——

ラッセルの主張によれば――差し迫った月の侵略に関するニュースを大半の人は満足して受け入れており、パニックの声はビジネスを活気づけるために新聞やテレビがでっちあげたものだった。現在、州の司法機関は、いわゆるオルギアクS事件、スーサイド、すなわち自殺事件で詰まっていた。というのも、脳の辺縁部と視床下部の間の快楽中枢に感電すると、最高に満足しながら死ねるという噂があったのだ。超越機《トランシーダー》、あの世との通信を可能にする超越コンピューターについても、法的な問題が生じた。問題はこの通信が幻想か現実かということだったが、世論調査によると、一見途轍もなく思われるこの違いも、買い手にとっては大した問題ではないという。したがって〈聖霊〉との短絡を可能にする神聖霊機も大人気だった。ほぼすべての教会が神聖霊化と闘っていたが、これまでのところ成果は乏しかった。*Mundus vult decipi, ergo decipiatur*〈世界はそう騙されることを望んでいる〉、我が民族学者が哲学的思索を終えたとき、ちびちび飲んでいたバーボンの瓶の底が現れた。億万長者のフィールド調査に幻滅した彼は、すっかりシニシズムに移行し、金持ちの窓へ向ける代わりにペリスコープをシスターや看護師が裸で日光浴していたソラリウムの方へ向けた。これは私には奇妙に思えた。だって彼は普通にそこへ行って、それぞれを近くから眺めることができたのだから。だが彼にそう言ってやったら、肩をすくめただけだった。不幸なことに、彼自身が、実はもうそうできている、と述べたのである。

新館のレクリエーションルームではインストーレイターたちが忙しく立ち働いて、イマジナの据え付けを終えた。ラッセルはある晩、私をそこへ引きずっていった。イマジナにプロクス〈プロポーザル・カセット）を挿入すると、装置の前の開けた空間に画像が現れる。実はそれは単なる画像ではなく、人工現実なのだ。たとえば、ギリシャの神々や女神でいっぱいのオリュンポス山、あるいはもっと実生活に近いもの――上流社会の人々を詰め込んで、激高した群衆の中をギロチン台まで運んでいく荷車。あるいはバーバ・ヤーガの小屋の前でジンジャーブレッドの屋根瓦をたらふく食べるヘンゼルとグレーテル。もしくはタタール人か火星人が侵入した修道院の食堂。要は、次に何が出てくるかは視聴者次第なのだ。足元に二つのペダル、手には操縦桿がある。おとぎ話を大虐殺に変えることが可能で、ゼウスに対して女神たちの反乱を起こしたり、ギロチンの籠に落ちた頭に耳から翼を生やしてどこかへ飛ばしたり、あるいは、頭を体にくっつけてよみがえらせたりすることができる。とにかく何でも可能だ。魔女はヘンゼルのカツレツを作るが、魔女をカツレツで窒息させることもできれば、逆回転させて元に戻すこともできる。ハムレットはデンマークの宝物を盗んで、オフィーリアと共に、または「ホモ」キーを押せばローゼンクランツと共に逃げることができる。イマジナにはハーモニウムに似た鍵盤があるが、音ではなく別の効果を生じさせる。教則本はかなり分厚いけれど、それなしでも簡単に扱える。操縦桿を数回動かせば十分、ハンドルを左に引くと、まずサド化、それから倒錯化がオンになるのがわかる。その代わり反対側に押せば、叙情性や様々な優しい甘さ、ハッピーエンドへと舵が取られる。仮に私たちふたりともほろ酔いでなかったら、こんな遊びにはたちまちうんざりしたろうが、それでも一五分後には帰って寝た。サナトリウムは二〇台のイマジナを導入したが、なぜかほとんどだれも使用していなかった。ハウス医師はそのことをかなり心配していた。患者から患者へと歩きまわり、自分の欲求のはけ口を見つけるよう説得した。それが最高の心理療法だからと。しかしながら億万長者のだれひとり、ヘンゼルも、グレーテルも、バーバ・ヤーガも、ギリシャ神話も、ハムレットも、中世の修道士についても、聞いたことさえないと判明した。彼らの考えではタタール人は火星人と何の違いもなかった。ギロチンはおおよそシガーカッターを大きくした装置で、すべて合わせても一銭の価値もないと思っていた。ハウス医師は、おそらくそれが自分の義務だと考えて、ひとりでイマジナトリウムに通い、椅子から椅子へ座って過ごし、おとぎ話、革命、中世を始動させ、シェイクスピアをアガサ・クリスティーと掛けあわせ、洞穴学者たちを火山に投げ込んでは、きれいに日焼けし五体満足で元気な彼らをそこから引っ張り出した。ハウスは私にもそれを勧めてきたが、断った。私は相変わらずラックスから何らかの合図が来るのを待っていたが、グラマーも相変わらず何かを待っているようで、きっとそのせいで私を避けていた。おそらく新たな指示がなかったのだろう。実のところ気分は悪くなかった。とりわけ自分自身と完璧に意思疎通ができていたので。

X　コンタクト

すでに八月末のこと、夕方机の上のランプを点して、蛾が入らないように窓を閉めた。昆虫に対する私の態度は、テントウムシを除けば、どちらかと言うと敵対的である。蝶は好きではないとはいえ、まだ我慢できるのだが、蛾は、なぜだかわからないが、私をパニックに陥れる。ちょうどこの八月は蛾が大量発生して、私の部屋の窓ガラスの外で絶え間なくきらきら光っていた。非常に大きなのもいて、そっとガラスをたたく音が聞こえたほどだ。その光景を見るだけでも嫌なのでカーテンを閉めようとしたとき、トントンたたく音が聞こえた。まるでだれかが金属棒で外からガラスをたたいているかのように、明確で鋭かった。私はランプを手にして窓に近寄った。無秩序に羽ばたく蛾の中に、真っ黒で、どれよりも大きく、光を反射して輝くものが見えた。そいつは窓から飛び去っては、相当な力で窓をたたいていたから、窓枠の振動が感じられるほどだった。そのうえ、この蛾には頭の代わりに何か小さな嘴形《くちばしがた》のものが付いていた。私は立ったまま魅入られたようにそれを見つめていた。というのも、そいつはガラスをランダムにたたいていたわけではなく、一定の間隔で、三回ずつたたいては、しばらく飛び去り、また戻ってきてたたいているのだった。三つの点、休み、三つの点、休み、これをずっと繰り返していたので、ようやくこれがモールス符号のアルファベットのＳだと気づいた。実を言えば、窓を開けるべきかどうかしばらく躊躇した。これは生き物ではないとすでに漠然と察してはいたが、部屋に普通の蛾を入れるという考えが決定を妨げた。しかしついに私は自分に打ち勝った。少し窓を開けた。そいつは直ちに隙間から入ってきた。私は窓を閉め、そいつを目で探した。そいつは机の天板を覆っていた紙の上に留まった。翼はなく、いまや蛾にも他の昆虫にも見えなかった。むしろ光沢のある黒いオリーブのようだった。告白すれば、どうやってかわからないがそいつが飛びたち、机の半メートル上に浮いてブンブン音を立てたときには、思わず後ずさってしまった。蛹から羽化したわけではなかったから、もう嫌悪は感じなかった。相変わらずランプを左手に持ったまま、そのオリーブに右手を伸ばした。指でつまむことができた。それは硬くて、金属かプラスティックでできていた。再びあの音、三つの点、三つの点、三つの点が聞こえた。耳に当ててみると、弱々しく遠いが、はっきりした人間の声が聞こえた。

「こちらフクロウ。こちらフクロウ。聞こえますか？」

私はそれを耳に突っ込み、自分でもどうしてかわからないが、たちまち正答に行きついた。

「こちらネズミ。こちらネズミ。はい、聞こえます、フクロウ」

「こんばんは」

「ようこそ」私は答え、これは長話になりそうだと思って、窓のカーテンを閉め、いま一度、錠の鍵を回した。そうこうするうちにもう完璧にラックスの声が聞こえるようになった。彼の声だとわかった。

「これで自由に話ができる」と彼は言い、忍び笑いをした。

「我々の話はだれにも理解できないぞ、自作のスクランブリングを使ったからな。けれども私がフクロウで、君がネズミのままでいる方がいいだろう、OK?」

「OK」答えると同時に私はランプを消した。

「それほど難しくはなかった」私の話相手は言った。「君の行動は誠に賢明だった。すぐにわかったよ」

「でもどうやって……?」

「ネズミはそれを知らない方がいい。我々はある泥棒まがいの方法で通信している。ネズミは、これが偽の相手ではないと納得したまえ。我々の目の前には様々なパズルのパーツがある。フクロウが先に始める。塵はまったく塵ではない。これは非常に面白く組み立てられたマイクロポリマーで、室温で超電導の性質を持つ。月に残ったあのかわいそうな奴の残骸とこいつが結びついた」

「どういう意味だ?」

「答えを探すには早すぎる。いまのところいくつかの推測しかない。コネを使って粉をひとつまみ手に入れることができた。我々の持ち時間はおよそ三〇分、なぜかというと、我々の通信を可能にしているものが、ネズミの地平線の向こうに沈むからだ。日中は話せない。実際は昼間の方が時間はあるが、リスクが大きい」

ラックスがどうやってこの金属製の虫を私に送ることができたのか、ものすごく気になったが、訊いてはいけないのだと理解した。

「フクロウ、続けてくれ。聞いている」

「私の不安が的中したわけだが、しかし逆の意味でだ。生じた混乱から何かが月で生まれるだろうとは思っていたが、**あちら**で生まれる何かが、我々の使者を利用できるようになるとは予想していなかった」

「もっとはっきりと言えませんか？」

「私は必要以上に専門用語を使うかもしれない。私が真実に近いと考えていることを話そう、なるたけ簡単に。免疫応答が起きたのだ。月面全体でではないが、もちろん、だが少なくとも一カ所で発生し、そこから死細胞《ネクロサイト》の拡大が起こった。それを仮に塵と名付けたわけだ」

「その死細胞はどこから来て、何をしてるんです？」

「論理ビットの瓦礫からだ。太陽エネルギーを使えるものもいる。とはいえそれはさほど不思議ではない。なにしろ感光性要素を使ったシステムがあそこには非常にたくさんあったから。私はそれらの数を数十億と見積もっている。問題は、何と言ったらいいか――月があらゆる種類の侵略に対して徐々に抵抗をつけてきたことだ。ただ、あそこに何らかの知性が生まれたとは思わないでください。ご承知のとおり、我々は重力に打ち勝ち、原子に打ち勝ったが、鼻風邪にもインフルエンザにも打ち勝ってはいない。なぜなら地球上には生物群集《バイオケノーシス》が生じたからで、いわば、月には死群集《ネクロケノーシス》が生じたのだ。あの混乱全体、互いの突き崩しと攻撃から。ひとことで言えば、盾と剣のシステムが副次的に、プログラマーの意志と知識なしで、死に瀕して死細胞を生み落としたわけだ」

「でも実際あれは何をするんです？」

「まあ、まず、私が思うに、あれは最古の陸生細菌としての機能を果たしていた。つまり、ただ増殖していた。おそらく多くの種がいたが、大部分は進化の過程で死に絶えた。しばらくすると共生種が出現しはじめた。共通の利益になるので協力するものたちだ。しかし繰り返すが、いかなる知性もない、とんでもない。それらができることと言ったら膨大な数の形質転換だけだ――いわばインフルエンザ・ウイルスのように。だが陸生細菌とは異なり、寄生物ではない。なにしろ、寄生する相手がいなかったから――それらが孵化した例の電算遺跡を考慮しなければ。だがそれは単にそれらの最初の培地に過ぎなかった。しかしながら問題が複雑化したのは、プログラムがどうにかこうにか設定どおりに機能している間に、そこで生まれたあらゆる兵器が二分したせいだった」

「察するに、生きもの向け兵器と、非生命体向け兵器に、でしょう？」

「ネズミは賢いな。そうに違いなかった。だが、おそらく何年も前に生まれた元来の死細胞は、もはや一切残っていなかったろう。死細胞から月細胞《セレノサイト》が生まれたのだ。言い換えれば、それらは持ちこたえて汎用性を得るために統合しはじめた。言わば――通常の病原菌が抗生物質の影響を受け、抗生物質に対し耐性を獲得することで毒性を強めるように」

「でも月面では何が抗生物質の機能を果たしたんです？」

「それについては多くのことが言える。まず第一に、もちろん、月細胞にとって脅威だったのは、あらゆる〈敵の兵力〉を破壊する任務を負った、あの軍事的自己進化の産物だった」

「あまりよくわからないが？」

「なぜだね？　なにしろ月プロジェクトの最終段階は現在続いているが、長年あそこでは兵器の専門化と進化が進んできた。最初は偽装タイプの、それから、生産タイプの、そしてその中のいくつかが月細胞に刃向かってきた」

「ああ、そいつらが月細胞を破壊すべき〈敵〉として扱ったと？」

「もちろん。これは申し分ない刺激だった。これは製薬産業が細菌を撃つ大砲に相当するものだった。これにより発展が加速した。月細胞が優位に立ったのは、より優れていたからだ。人間は鼻風邪を引くことがあるが、鼻風邪が人間を引くことはできない。これは明白じゃないか？　あそこでは大規模で複雑なシステムが人間の役割を演じたのだ」

「それから先は？」

「非常に興味深い、まったく予想外の方向転換だ。受動免疫が能動になった」

「よくわからないが」

「防御から攻撃に移ったんだ。それらが月の軍拡競争の破滅を加速した、それも急激に……」

「あの塵が？」

「あの塵だ。あそこにはもはや壮大なジュネーヴ計画の消えかけた残骸しか残っていなかったとき、月細胞は予想外の食事を受け取った」

「というと？」

「ディスパーサント。あれを利用した。破壊しただけではなく、吸収した、あるいはこう言ったほうがいいか、論理的・電子的な情報交換が行われた。ハイブリッド化が起きた。掛け合わせだ」

「そんなことがどうして可能に？」

「これもそう驚くようなことじゃない。なぜなら私も半導体特性を持つシリコン・ポリマーからあれを作ったのだから。もちろん特性は違うが、しかし私の微粒子の順応性は月の微粒子の順応性とおおよそ同じだった。遠い親戚とはいえ、しかし親和力はある。結局、特定の材料から作られれば、何らかの形で同様の結果が得られるわけだ」

「で、これからどうなる？」

「まさにそこが完全にはわからなかったところだ。鍵は君の着陸かもしれない。どうして君は〈火の海〉に着陸したんだね？」

「日本の区域に？　わからない。憶えていない」

「何も？」

「まったく何も」

「君の右半分は？」

「あいつも憶えてない。いまはもうあいつと十分にコミュニケーションが取れています。でもどうかこのことは口外しないでください。いいですね？」

「自分のためだけにしまっておくよ。念のため、**どうやって**連絡しているのかは訊かないでおく。彼女は何を知っている？」

「私が船に戻ったとき、宇宙服のポケットにあの塵がいっぱい詰まっていたと。でもそれがどこから来たのかは知りません」

「君自身が現場で採集した可能性もある。ただ質問は、なぜそうしたのかだ」

「いま聞いたことから判断すると、おそらく自分でそうしたのでしょう。だって月細胞自体は勝手に私のポケットに侵入したりしないでしょうから。だが何も憶えていない。エージェンシーは何を知ってます？」

「塵がセンセーションとパニックを引き起こした。とりわけ、君の跡を追っていったことが。それについては知っているか？」

「ええ。S教授から聞きました。一週間前、ここに来たんです」

「検査させてくれと？　君は断ったのか？」

「あからさまに断ったわけではなく、わざと先延ばしにしました。ここには少なくとももうひとりの男がいます。彼が私を思いとどまらせました。だれの差し金なのかはわからない。患者のふりをしています」

「そういう奴は君の周りにもっといる」

「『私の跡を追っていった』とはどういう意味です？　私の動静を探っていた？」

「そうとはかぎらない。何も知らずに、病原菌のキャリアになる可能性はある」

「しかし宇宙服の件は？」

「ああ、堅いナッツ〈難問〉だな。だれかがあれを君の宇宙服に入れた、あるいは君自身がそうした。問題はただ、何のためにそうしたのかだ」

「ご存知ではないのですか？」

「私は千里眼じゃない。状況はかなり複雑だ。君は何かを取りに着陸した。何かを見つけた。この両方の問題について、だれかが君の記憶を奪おうとした。そのためにカロトミーを施した」

「すると少なくとも三つの敵対勢力がある？」

「いくつあるかは重要ではない。それらをどう識別するかだ」

「しかし実際なぜそれがそんなに重要なんです？　遅かれ早かれ月プロジェクト全体の失敗が明るみに出る。たとえあの月細胞が月の〈免疫系〉になったとして、それが地球にどう影響しますか？」

「二重の影響がある。第一に、これはもう前から予想されていたことだが、軍拡競争の再開だ。第二に、これが主な番狂わせなのだが――月細胞が我々に興味を持ちはじめた」

「人類に？　地球に？　私だけじゃなく？」

「そこだよまさに」

「やつらは何をしてるんです？」

「いまのところは増殖しているだけだ」

「実験室内で？」

「うちのスタッフが事態に気づく前に、やつらはもう世界のあらゆる地域に拡がっていた。君にくっついてきたのはほんの一部に過ぎない」

「増殖している？　それで？」

「だから言ってるじゃないか。差し当たっては何もない。超巨大なウイルスだ」

「やつらは何を食べて生きてるんだ？」

「太陽エネルギーだ。算定結果を聞いたよ。空中、海中、いたるところに、すでに数百京個が存在する」

「完全に無害なのか？」

「これまでのところは。だがそのことがことさらに不安を引き起こした」

「なぜです？」

「まったく簡単なことだ。相当な上空からだけでなく、手に取ってみても、あれは細かい砂粒のように見える。したがって君が着陸した以上、どうやらあれを取りに来たらしい、だがどういった理由で？　彼らが知りたいのはそれさ」

「しかし私が何も憶えていないとなると——私も、私の残りも……？」

「彼らは君たちの合意については知らない。そのうえ様々なタイプの記憶喪失がある。催眠状態で、あるいは、その他の特殊な条件下では、本人がどうしても思い出せないことを引き出せる。彼らは君を慎重かつ穏やかに扱うだろう。ショックや脳震盪、またはその他の外傷が、君が知っているかもしれないことを損傷する、または完全に消去するのではないかと恐れて。たとえ君自身はそれを思い出せないとしてもだ。それに加えて、うちの連中も仲たがいしている。問題は適切な検査方法についてだ……。とはいえこれまでのところ君は回復してきている」

「たぶんもうわかったぞ、自分がこの話のどこにいるのか……だがどうしてその後の偵察では何の結果も出なかったんだろう？」

「だれがそう言った？」

「私の最初の客。あの神経科医」

「具体的に何と言った？」

「偵察者たちは実際、戻ってはきたが、彼らのために芝居が仕組まれたのだと。そういう言い方だった」

「それは嘘だ。私が知る限り、あと三回の偵察があった。二回はテレフェリスティックで、その際すべての遠隔人が破壊された。私のはもう使われておらず、従来型だけだ。正直な話、その遠隔人たちは採取した土壌サンプルを船へ打ち上げるための特別なロケットを持っていたが、何の成果も得られなかった」

「だれに破壊されたんです？」

「わからない。通信がすぐに途切れてしまったから。着陸したときすでに、半径数マイル以内のエリアはレーダーを通さない霧か雲のようなもので覆われていた」

「それは初耳だ。三番目の偵察者は？」

「現場に行き、着陸し、戻ってきた。完全な記憶喪失となって。船内でようやく我に返ったと。そう聞いた。本当かどうかは、よくわからない。自分の目で見たわけではないので。状況が曖昧になればなるほど機密性は高まる。そのせいで、彼が例の塵を持ち帰ったのかどうかもわからない。推測するに、彼らはあの哀れな男を調べているのだろうが、おそらく成果はない。相変わらずこれほど君のことを気にしているのだから」

「私はどうすればいい？」

「私の目には事態はまずく見えるが、完全に絶望的というわけではない。月細胞が月兵器の残骸を麻痺させるのは短時間だけだ。短絡《ショート》の方法で作動する。まず最初はみずからをおびやかすものを破壊する。月プロジェクトはすでにこっそり損失に計上されているが、ポイントはそこではない。ここにはトップクラスの情報理論学者が何人かおり、彼らの考えによると、月は地球に興味を持ちはじめている。スローガンはこうだ。『月圏《セレノスフィア》は生物圏《バイオスフィア》に干渉する』」

「やっぱり侵略ですか？」

「いや。意見は分かれているが、そうではない。いかなる伝統的な意味においても、それはない。

多くの様々な魔神が瓶に密閉されて送られ、そこから飛び出して、互いに戦いを始め、ついに副作用として生まれたのが、生命はないが活気に満ちた微生物だった。これは仕組まれた侵略には見えない。むしろパンデミックだ」

「違いがわからないんだが？」

「もののたとえでしか説明できないが。月圏はあらゆる侵入者に対して、異物――抗原――に対する免疫系のように振る舞う。そっくりそのまま同じではないにしても、これを理解するのに、それ以外の概念が見当たらない。君の後であそこへ行った二人の偵察者は、最新型の武器を持っていた。詳細は知らないが、従来型でもなければ、核兵器でもなかった。エージェンシーは月で起きたことを秘密にしているが、塵の雲はあまりに巨大だったから、多くの天文台で気づいて撮影することができた。そのうえ――この雲が落ちた地域は変化をこうむった。そこに生じた穴、クレーターの一種は、典型的な月のクレーターとは似ても似つかなかった。無論エージェンシーはそのことを隠してはおけなかったから、だんまりを決めこんでいる。司令部はここに到ってようやく頭を抱えはじめた。ここに到ってようやく、偵察のために過激な手段を使えば使うほど、反撃はより激しくなり得る、と認めたのだ」

「ということはやはり？」

「いや、『やはり』なんてない。だってこれは敵や反対者ではなく、単なる巨大な蟻塚のようなものなのだから。あまりに奇異な推測に行き着いたので、繰り返したくない。もう終わりにしないと。

いまいるところにじっとしていろ。彼らが最後の理性を失わないうちは、君に手出しはしないだろう。私はいまから三日間出かける。土曜日の同じ時間に連絡する、もしできればだが。達者でな、勇敢な宣教師君」

「さようなら」と私は言ったが、自分の言葉が彼に届いたのかどうか、わからなかった。ひっそりとした静寂が訪れたからだ。耳からその光るオリーブを取り出し、ちょっと考えて、それを飴みたいに銀紙で包んでから、菓子と一緒にチョコレートの箱《ボンボニエール》にしまった。かなりの時間と考える材料があったが、それだけだ。寝る前に窓のカーテンを開けた。蛾はもう飛び去っていた。おそらく庭の他の棟の窓から射す光に引き寄せられて。月は白っぽい羽のような雲越しに流れていた。あれも我々がやらかしたことなんだな、布団を頭の上に引っ張りあげながら、私は心の中で言った。

　翌日グラマーがノックしたとき、私はまだベッドで横になっていた。パダーホーンが昨日フォークを飲み込んだと言う。彼はすでに何度か自殺目的でカトラリーを飲み込んだことがあった。厳重に見張られているのに、一週間前には靴べらを飲み込んだ。食道鏡検査をしたら——靴べらは半メートルもあったが、そのフォークは食堂でだれかのを取ったのだった。

「単に食器だけの問題なのか？」ほどほど丁重に私は尋ねた。グラマーは重いため息をつくと、自分のパジャマのボタンを残らずかけて、私のそばの肘掛け椅子に腰を下ろした。

「いや、それだけじゃない……」妙に弱々しい声で言った。「よくないんだ、ヨナタン」

「何がだれに、アデライダ」私は答えた。「私はいずれにせよ何も飲み込むつもりはないよ」

「本当によくないんだ」グラマーは繰り返した。両手を腹の前で組んで、指をくるくる回した。

「君のことが心配だ、ヨナタン」

「落ち着きたまえ」私は自分の枕を直し、背中にクッションを挟んで答えた。「私はしっかり保護されている。ひょっとして死細胞について聞いたことはあるかい？」

驚きのあまり、グラマーは口を半開きにしたまま固まり、その顔は特別な努力もせずに、夢に飽き足らない億万長者が身につけていた、あの愚鈍な表情を帯びた。

「どうやら聞いたことがあるんだな。それに月圏についても？　どうだい？　ひょっとして君はこうした機密を明かされる階級ではないのかな？　最後の偵察のいわゆる崩壊型兵器の不幸な運命について何か知らないか？　それに、あの〈火の海〉の雲については？　いや、それはもうきっと君は知らされてないだろう……」

グラマーは座ったまま、少々鼻息荒く、魚のような目で私を見つめていた。

「すまないが、そのチョコレートの箱を机から取ってくれないか、アデライダ」私は微笑んでもちかけた。「朝食前に甘いものを食べるのが好きなんだ……」

グラマーが動かなかったので、私はベッドから這い出してチョコレートを取ると、布団の下に戻って、彼に箱を差し出したが、親指で角を覆っておいた。

「どうぞ……」

「どこでそれを知った？」ついにしゃがれ声で彼は言った。「だれが……一体……」

「心配ご無用」私は幾分不明瞭に言ったが、それはマジパンが口蓋にくっついたからだった。「自分が知ってることは知ってるさ。自分の月面での冒険だけでなく、同僚たちの厄介事についても」

　再び彼は詰まった。生涯初めてここに来たかのように、室内を見回した。

「放送局、送信機、秘密の電線、アンテナ、変調器、どうだい？」私は訊いた。「ここには何もない、ただシャワーから少し水が漏れるだけだ。どうやらパッキンが傷《いた》んでいるらしい。なぜ驚く？　本当に知らないのか、あれらが私の中にいるってことを？」

　彼はうろたえて沈黙した。汗みずくの鼻を拭った。耳たぶをつかんだ。この絶望の兆候を私は注意深く見守りながら、あからさまに同情した。

「何かデュエットで歌おうか？」私は彼に箱を差し出した。チョコレートは実際おいしかったが、少なくなりすぎないように見張っておく必要があった。唇を舐めてから、私はグラマーを見た。

「さあ動け、何か言えよ、私が心配なんだろう。君は私を心配していたが、今度は私が君を心配している。君は困ったことになると思っているんだな？　君がいい子にしてるなら、後ろ盾になってやってもいいがな、わかるだろ」

　私ははったりをかました。だが実際どうしてはったりをかまさずにいられるだろう？　この数語で彼が完全に度を失ったという事実が、だれであれ彼の委任者たちの無力さを示していた。

「約束するよ。いかなる人名も機関も挙げないと。君にこれ以上の厄介事を引き起こしたくないからね」

「泰平……」ついに彼はうめき声をあげた。「絶対に——ない。それはあり得ない。あれらはそんなふうには動かない」

「どんなふうに動くのか私が話したか？　夢を見たんだ。元々私には予知能力があるのさ」

グラマーは急に決意した。指を口に当て、すばやく出ていった。きっと戻ってくると思って、私はチョコレートの箱を戸棚のシャツの下にしまうと、彼が軽くノックする前に、急いでシャワーを浴び、ひげを剃った。彼はバスローブから自分の白いスーツに着替えていて、バスタオルで包んだかなり大きなものを手にしていた。レースのカーテンの上に厚地のカーテンを引くと、包みから装置を取り出し、その黒い複数の筒を周囲の壁に向けて設置した。黒い箱から垂れているケーブルをコンセントにつないで、そこでさらに何か作業していたが、鼻息が荒かったのは、本当に太っていたからで、腹は本物だったし、おそらく六〇歳に近くて、左右に突き出た耳殻は大きく、ひざまずいて、自分の電子機器をいじっていたが、ついに膝立ちで、顔を充血させて、背筋を伸ばした。

「それじゃあ話しあおう」彼はため息をついた。「いまから、すぐに……」

「何について？」私は驚きつつ、きわめて実用的なダークブルーの襟が付いた自分のいちばんきれいなシャツを頭から引っかぶった。「それは君が言うんだ、もし思いついたらな。私の運命と関連して君が経験した、あの不安について話してくれ。私がここに閉じこもっている方が瓶に入った蝿よりもましだと、君に請け合ったあの男について。ともかく好きなことを話せ、私に打ち明けたまえ、自分を許せ。それがどれだけ君を楽にすることか」

そして突然、わけもなく、切り札がないのに有り金をすべて賭けるポーカープレイヤーのように、私はぽつりと言った。

「君はどこの部署だ――第四？」

「いや、第一……」

そこで急に中断した。

「私に関して何を知っている？」

「そいつはもうたくさんだ」私は背もたれが前に来るように椅子にまたがった。「おそらく君は、私がただで何か話すとは思ってないだろう？」

「僕に何を話してほしいんだ？」

「シャピロのことから始めよう」

「彼はＬＡ《エージェンシー》から来た。それは事実だ」私は陽気に言った。

「だが単なる神経科医ではないね？」

「いや。つまり神経科医ではあるが、別の仕事もある」

「続けて」

「死物圏《ネクロスフィア》について何を知っている？」

「君は何を知っている？」

問題が曖昧になりはじめた。もしかして私は塩を利かせすぎたのかもしれない。もし彼がどこかの諜報機関のスパイであったなら、あまり多くを知ることはできなかったろう。優れたエキスパートにはそもそもこんな役割は割り当てられない。だがこのケースは例外的だったから、私が間違えた可能性もあった。

「目隠し鬼ごっこはたくさんだ」グラマーは言った。絶望していた。白いフロックコートの腋の下はすっかり汗が染みていた。「私の横に座ったほうがいい」と彼はつぶやき、敷物の上に移った。

それで私たちは平和のパイプ〔和平交渉の際にインディアンが回し飲みする聖なるパイプのこと〕を吸うように、彼の装置と電線によって作られた輪の真ん中に腰を下ろした。

XI　ダ・カーポ

彼が口を開く前に、我々の頭上でエンジン音が響きわたり、巨大な影が窓外の庭をめぐった。グラマーの目が大きく見開かれた。騒音は一旦弱まり、しばらくすると戻ってきた。木々のすぐ上でヘリコプターがホバリングしながら、プロペラで空気を掻き混ぜていた。大きな音が二度聞こえた。まるでだれかが巨大サイズの瓶のコルク栓を抜いたかのようだった。ヘリコプターは低空飛行していたので、キャビンの中にいる人が見えた。ひとりがドアを少し開け、もう一度下に向けて信号拳銃を撃った。グラマーが急に立ち上がった。彼がそんなにすばやく動けるとは思わなかった。彼は部屋から飛び出すと、頭を上げたまま全力疾走した。ヘリコプターから何か光るものが落ちてきて、草の中に消えた。ヘリコプターはエンジンのうなりを上げながら上昇し、飛び去った。グラマーはひざまずいて背の高い草をくまなく調べ、サッカーボールよりも小さめの容器を開けると、そこから何かを取り出し、相変わらずひざまずいたまま、身をかがめて、大きな封筒をやぶって開けた。受け取った情報は通常のものではなかった——手にした紙が震えていたから。それから彼は私の方を見た。顔面蒼白で変わり果てていた。もう一度紙を目に近づけながら、ひざまずいた姿勢から立ち上がった。紙をくしゃくしゃに丸めて懐《ふところ》にしまうと、慌てずに、わざわざ小道を通ることなく、芝生を突っ切って戻ってきた。入ってくるなり無言で盗聴防止装置のうちいちばん大きいのを蹴飛ばしたものだから、中で何かがぱちっと音を立て、金属ケースの割れ目から短絡による鉛色の煙が噴き出した。私はずっと床に座っていたが、グラマーは自分の貴重な装置を踏みにじり、本当に発狂したかのようにケーブルを引きちぎった。ついに彼はあえぎながら椅子に腰を下ろしたが、その前にフロックコートを脱いで私の椅子に掛けた。そのとき初めて私に気づいたかのように、私の目を見て、大声でうめいた。

「これはただその、いらだちからだ」とあまりよくわからない説明をした。「僕は引退するよ。君のキャリアももう終わりだ。月のことは忘れたまえ。シャピロに絵葉書を送るといい。とりあえずエージェンシー気付で。彼らはまだしばらくは惰性で仕事を続けるだろう」

私は何も言わなかった。何か新たなゲームが始まったのかと思ったのだ。グラマーはポケットから大きな格子柄のハンカチを取り出して汗みずくの額を拭き、同情とも悲嘆ともつかぬ表情で私を見つめた。

「始まったのは二時間前だ、だれもが狂ったように駆けまわってる、到る所で一斉に。君、想像できるか？　我々は完全に平定されたんだよ！　ここでも海外でも、北極から南極まで、その逆も！　グローバルな損失はおよそ九〇〇兆！　宇宙も含めてだ、人工衛星がまず駄目になったからな。何でそんなにぼーっとしてるんだ？」彼はいらだった声で付け加えた。「考えてもみろよ？　手紙を受け取ったんだぞ、アンクル・サム〔アメリカ合衆国政府〕から……」

「考えるのは苦手なんだ」

「我々はゲームを続けていると思っているんだろう？　どうにもならんよ、きょうだい。ゲームオーバーだ。自分の冒険でも、エージェンシーでも、任務でも、好きなことを書けよ。数週間で残りの人生分稼げるぞ。ベストセラー間違いなしだ。それに君の髪の毛一本にだって触れる者はいない。ただ急げよ、エージェンシーの連中が君を出し抜こうとしてるからな。ひょっとすると連中はもう過ぎ去った時代の想い出の数々を書きはじめているかも……」

「何があった？」

「何もかもだ。ソフト・ウォーズって聞いたことあるか？」

「いや」

「コア・ウォーズは？」

「そういうコンピューターゲームか？」

「ほれ見ろ、知ってるじゃないか！　そうさ。他のあらゆるプログラムを破壊するプログラムだ。発明されたのはまだ八〇年代のこと。当時は全然使い物にならなかった。プログラマーたちの手すさびさ。これは集積回路感染症と呼ばれていた、そういう遊びだ。ドワーフ、クリーパー、レイダー、リーパー、ダーウィン、その他諸々。わからないな、一体なんだって僕はここに座って、君にデジタル機器の病理に関する講義なんかしてるんだろう？」彼自身驚いていた。「これがどれだけ僕の健康を損ねたことか！　僕は君に鉤を引っ掛けて連れていくことになっていたんだが、いまや僕はあまりに善良だから、新しい職を探す代わりに、君を啓蒙しているってわけさ！」

「サムおじさんはヘリコプターで君に手紙を届けたんだな？　それじゃあもう郵便はないのか？」私は尋ねた。相変わらずこの次の計略を疑っていた。グラマーは小切手帳を取り出すと、用紙を横切るように何か走り書きし、それで紙飛行機を折って、私の膝に飛ばした。

「宣教師へ忠実なアデライダから記念に」と書いてあった。

「今度は何をして遊ぶ？」私は彼の方へ目を上げた。

「ほかには何もない。おじさんは君にもよろしくと言っているよ、もちろん。郵便はもうない。そもそも何もない。無だ」彼は両腕で円を描いた。「まったく何もない！　二時間前に始まったんだ、言ってるだろう！　それに責任者を捜す価値さえない。君の教授もすでに失業者だ。あの善良な老人が！　それでも、僕はちょうど家を買っといてよかった。バラや野菜を育てるとしよう、物々交換用にな。ついでに銀行業も崩壊した。蒸し暑いな……」

　彼は小切手帳でパタパタあおぎはじめた。しばらくするとそれをうんざり顔で見やって、屑籠に捨てた。

「*Pax vobiscum*〔平和は汝とともにある〕」彼は言った。「*Et cum spiritu tuo.*〔そして汝の精神とともに〕ちくしょうめ！」

何かがわかりかけてきた。彼の絶望ぶりはあまりうまくいっていなかった。

「あのウイルスか？」私はゆっくりと尋ねた。

「察しがいいな……。そのとおりだよ、勇敢な宣教師君。何もかも君が細かいケシ粒にしてしまった。なにしろあの悪賢い粉を地球にもたらしたのは君なのだから。いまや彼らは君にノーベル平和賞を授与するか、あるいは、広範囲にわたる国家反逆罪で銃殺することができる。ノーベル賞は期待しない方がいい。だが君はもう歴史にしっかりと足跡を残した。君が運んできた伝染病が破滅的なものか、救いをもたらすものなのか、その問題でこれから数年間は対立が続くだろう。君はどの百科事典にも載るだろうね」

「君のところで働くのはどうかな？」私は提案した。一体どんな大災害が起きたのか、私はまだ完全には理解していなかったが、グラマーはもはや何もプレイしていなかった。それに対して私は我が哀れな頭の両半球をあげてもよかったのだが。

「かつてこんなプログラムもあった、蠕虫《ぜんちゅう》、ワーム」目が覚めたかのようにグラマーは冷静に言った。「君が知っておくべきは、いま僕の仕事においてまともなスペシャリストは高等教育を受けている必要があるということだ。見目麗しい女性が、客とベッドを共にして、文書を盗み出し、浴室で写真を撮って連絡地点に行けば事足りた、もはやそういう時代ではない。いや、まずは数学で博士号、それから情報理論、それからより高等で特別な技能訓練を人生の半分、仕事はそれからだ」

「スパイとして？」私はほのめかした。

「スパイ？」彼はこの言葉を口の中で二度転がすと、蔑《さげす》むように肩をすくめた。「スパイ！」ともう一度言い、白い星のついた紺のサスペンダーを両手でつかんで、ぱちんぱちんと数回シャツにぶつけた。「戯言《たわごと》を言うな」彼は優しく言った。「僕は国家公務員、高給手当枠で特別な俸給をもらってる役人だ。〈スパイ〉ほど僕にそぐわないものはない。とはいえ、それにはもう何の意味もないがね。そうしたワーム・プログラムから情報侵食理論が生まれたんだ——聞いたことはあるか？」

「五割ほどは」

「まあそうだな。その後、判明したところによると、これを発明したのはコンピューターサイエンスの教授らではまったくなくて、おおよそ四〇億年前の細菌だったってことだ。プラス・マイナス二億年を論争する価値はない。なにしろ最古の、その最初の細胞だって、それぞれ自分のプログラムを持っていて、むさぼり食い、互いにむさぼり食いあっていたわけだ。当時はまだヘルペスやがんにかかる人はいなかったからね。

だがあの優れた専門家たちの頭には、なぜかこの類似点が思い浮かばなかった。膨大な知識に邪魔されたのさ。そして、大規模コンソーシアム同士の静かな競争の中、よそのコンピューターを麻痺させようとする試みは数回しかなかった。そのときできたのが、例の〈バトル・プログラムズ〉で、これについては読んだことがあるだろう？　違うか？」

「でも、ずいぶん昔のことだ……」

「おそらく四〇年か、五〇年前だ。まさにこのせいで、いまや何もかもが塵となった……。なにしろ、棍棒、包丁、ピストルを除けば、もはやコンピューター化されていない武器はひとつもないのだから！　至るところにプログラム、小プログラム、データプロセッサー、で、このざまだ。どこかに電話をかけてみたか？」

「今日はまだ。どうしたんです？」

「自動交換局も、もう機能していないんだよ。君、あのウイルスは至るところへ同時に侵入した！ラジオを聴いたか？」

「いえ。持ってないんです」

「奴らに知性はない。それは当初から明らかだった。あるとすれば、最初のウイルスと同じ程度の知性だ。そのかわり毒性――侵食性――は最大限だ！　わからないな」彼はファン・ゴッホの複製の燃えるような黄色い花が掛かった壁に訴えた。「なぜ**僕**がこの先も君とつきあわなくちゃいけないのか？　ひとりで散歩に行こうか、あるいは首でもくくるかな。この電線で」

　彼は近くの装置を蹴った。

「前から見ると複雑な秘密のように見えるものも、後ろから見ると、たいてい一本の電線のように単純だ」彼は言った。「我々は最高の武器生産プログラムを月に送ったか？　送ったとも。それらはX年にわたって自己改良したか？　大いにしたとも！　それらは互いに切磋琢磨したか？　当然、そうに違いない。勝者はだれか？　いつもながら最小容積に最大毒性を含んだ者だ。寄生者が勝ったんだ、分子のように微細なものがね。奴らがすでに命名されたかどうかも知らんよ。僕なら

〈Virus Lunaris Pacemfaciens《ヴィルス・ルナリス・パチェムファチェンス》〈月和平ウイルス〉〉という名を提案するね。ただ不思議なのは、**何がどのように**して君を月に連れていき、あそこに着陸させ、あの善良な疫病を持ってこさせたのかだ。僕にはもう言ってもいいんだぞ――これはプライベートだ。だって各国政府にとっては何の違いもないのだから。いまはもう」

「すべてのプログラムが破壊されたのか？　コンピューター内のメモリも、何もかも？」私は茫然となって尋ねた。いまになってようやく新事実の規模を理解しはじめた。

「そのとおりだよ、疫病の宣教師君。僕の念頭にあるのはエドガー・アラン・ポーの小説に出てくる疫病だ。君がそれをもたらしたのだ！　わざとだとは思ってないさ、だって君があらかじめ知ってたはずはないだろう？　我々が陥ったのはおおよそ一九世紀前半の状態だ。技術の点でも全般的に見ても。気づいたか？　当時すでに大砲はあったんだ。これからそれを博物館から引っ張り出さないといけないいな」

「待てよ、アデライダ」私は口を挟んだ。「一体どうして一九世紀なんだ？　だって当時はもう、ちゃんと武装した軍隊があったじゃないか……」

「そのとおり。実際、現状には前例がない。静かな核戦争の後、インフラストラクチャー全体が雲散霧消したようなものだ。産業基盤、通信、銀行業、自動化。生き残ったのは単純なメカニズムだけだが、人間ひとり、蝿一匹すら傷つかなかった。とはいえそれだけとも言えない。通信不能によるものだけでも、多くの事故があったに違いない。いまのところそれについてきちんとわかっている人はいないがね。なにしろ新聞もだいぶ前からグーテンベルク式では印刷されていない。編集部もおしまいさ。車の装備品だって全部が動くわけじゃない。僕のキャデラックはもうお釈迦だよ」

「でも公用車なんだろう？」私は言った。「なら心配は要らない……」

「確かに」グラマーは同意した。「これから勝つのは貧しい人々、第四世界だ。だって彼らはまだ古いレミントンを持っているからな、一八七〇年のルベル小銃と弾薬だって持っているかも、あるいは槍、ブーメラン、棍棒。これがいまの『大量破壊兵器』さ。オーストラリア先住民の侵略が予想されるな。彼らはもうずいぶん前から権力を握っている。さて、君は何のためにあの地下に降りたのか、話してくれてもいいだろう？　何をかまうことがある？」

「本当に私が知っていると思ってるのか？」驚きはしたが、さほどではなかった。というのも我が人格と我が状況が顕微鏡でしか見えなくなったように感じたからだ。「見当もつかない。私のベストセラーで将来入る印税の五パーセントを君にあげてもいいよ、もし君が**それ**を説明できるなら……。それだけ勉強したんだから君はさぞかしシャーロック・ホームズよりも優れているに違いない。演繹せよ！　あらゆる状況証拠を君は私と同じくらいよく知っている……」

彼は憂鬱そうにうなずいた。

「知らんのか」ファン・ゴッホの花に向かって言った。そこにはもう陽が射しそめていた。花たちは私のしわくちゃなシーツに黄色っぽい反射を投げかけていた。しゃがんでいた足が痛くなったので立ち上がると、私は戸棚から服の陰に隠しておいたバーボンの瓶を、冷凍庫から角氷を取り出して、自分とグラマーに注ぎ、葬儀の献杯を提案した――軍縮された軍備の墓の上で。

「高血圧で高血糖なんだ」グラスをつまんで回しながら、グラマーは言い訳した。「でも今回は勘定に入らない。ええい、ままよ。我らが死んだ世界に！」

「なぜ『死んだ』なんだ？」私は抗議した。ふたりともぐっと飲んだ。グラマーはむせて、長いこと咳こみ、飲みかけの酒を置いて、自分の頰をこすった。彼がちゃんとひげを剃っていないことに私は気づいた。一瞬で一〇歳も老け込んだかのような、弱々しい声で彼はこう言った。

「コンピューターで高みに登った人ほど、より深いところに落ちた。奴らはあらゆるプログラムを破壊したんだよ」彼は〈アンクル・サム〉からの手紙が入った自分のポケットをたたいた。「これは通夜振る舞いだ。ひとつの時代の終わりさ」

「なぜだ？　普通のウイルスに薬があるなら……」

「戯言《たわごと》をほざくな。どんな薬が死体を復活させられる？　地上、空中、水中、そして宇宙にあった、あらゆるプログラムのうち、ひとつも残らなかったんだぞ。この手紙だって古いベル・ヘリコプターでここまで届けなくちゃならなかった。新型はすべて動かなくなったから。八時数分すぎに始まった……だが、あの莫迦どもは、普通の伝染病だと思っていたんだ」

「至るところ同時に？」

　銀行、空港、オフィス、省庁、病院、計算センター、大学、学校、工場などでの混乱を想像しようとしてみたが、むなしかった……。

「通信が途絶えているから正確にはわからないが、聞いたところでは、どこも同時だったらしい」

「どうしてこんなことが起きたんだろう？」

「君が持ち帰ったのはおそらく幼生体か芽胞《がほう》だったんだ。胞子は急速に増殖しはじめ、空気中、水中、どこでも一定の飽和レベルに達すると、この達成された濃度が彼らの活性化を引き起こした。最も安全対策を施されていたのは月面の防衛プログラムだったに違いないから、地球のプログラムなんかお茶の子さいさいだった。トータル・ビットデミア。寄生者によるビット殺し。ただし、生きものは除く。だって月では生物とは何の関係もなかったからね。そうでなけりゃ、きっと我々も皆殺しにされていただろうよ、アンテロープや蟻やイワシと一緒に、草も添えてね。勘弁してくれ！　これ以上君に講義はしたくないんだ……」

「あなたが言うとおりなら、何もかも初めからやり直しだな——昔ながらのやり方で……」

「もちろん。半年か一年後に彼らは *Virus Lunaris Bitoclasticus*《ヴィルス・ルナリス・ビトクラスティクス》〔月ビット粉砕ウイルス〕に対する解毒剤を見つける——それを対抗ウイルスがやっつけ、世界は次のカバラへと這い上がりはじめる」

「それならあなたが失業することはないのでは？」

「個人的にはもうたくさんだ」彼は断固として言った。「必ずしもやりたくないわけじゃないが。年を取りすぎてる。新しい時代には新しい技能が必要だ。アンチ月情報理論等々。彼らはきっと月全体を熱核反応で熱して殺菌するだろう。たとえ数十億かかっても、それだけの甲斐はある、心配するな」

「だれにとって？」私は訊いた。このグラマーって奴は奇妙だ。たびたび私に別れの挨拶を言うものの、立ち上がって帰ろうともしない。不意に思った――彼はただ私に愚痴をこぼしているのだ。だってサナトリウム内で彼の正体を知っているのは私ひとりだけだから。一体何だって彼は己の挫折した人生を抱えて精神科に通う羽目になったのか？

「だれにとって？」彼は繰り返した。「だれにとってとは？　すべての武器メーカーにとって、あらゆる産業部門にとって。全員にとってだよ。彼らは図書館から古い図面を引っ張り出して、まずは古典的な装置、ロケットを少々再構築してから、コンピューターの死体に取りかかるだろう。まあハードウェア全体は保存状態のよいミイラみたいなものだ。やられたのはソフトウェアだけだからな。数年待て。自分の目で確かめろ」

「歴史が正確に繰り返されることは決してない」と私は言って、彼に尋ねずにバーボンを注ぎ足した。彼は飲み干したが、むせはせず、ただ禿頭が少し赤くなっただけだった。窓越しに降り注ぐ日光の流れの中で小蝿たちがキラキラと戯れていた。

「忌々しい蝿どもはもちろん無事だったさ」グラマーは鬱陶しげに言った。庭を見ると、カラフルなガウンやパジャマを着た患者たちが何事もなかったかのように小道をのろのろと歩いていた。空は青く、太陽は輝き、風はマロニエの大木の梢《こずえ》を揺らし、散水機はリズミカルに回転しながら、水しぶきの中、虹となって瞬いていた。その間にひとつの世界が崩壊し、取り戻せない過去へと去っていったが、次の世界はまだおくるみに包まれてもいなかった。あまりに平凡なこの考えを、私はグラマーと共有しなかった。残りの酒を注いだだけだ。

「僕を酔いつぶすつもりか？」彼は尋ねたが、飲み干してグラスを置くと、ついに立ち上がり、フロックコートを肩に掛け、ドアレバーに手を置いて、躊躇した。

「君が思い出したら……わかるだろう……書いてくれ。比べてみよう」

「比べてみよう？」私はこだまのように繰り返した。

「個人的な話だが、それについては僕なりの考えがある」

「なぜ私が着陸したか？」

「言わば」

「なら言えよ」

「言えない」

「なぜだ？」

「僕が言うのはまずい。そう誓ったんだ。仕事と友情は違う。我々はゲームテーブルを間に挟んでそれぞれ反対側に座っていたんだ」

「でもテーブルはなくなった。そんな役人根性はやめてくれ。とにかく誓ってもいいが、私はそれを自分のために取っておくよ」

「ご親切に！　君はそれを書いて、出版して、記憶が戻ったと主張するんだろう」

「ならば協定を結ぼうじゃないか。私の印税の六パーセント」

「文書に残すか？」

「もちろん」

「二〇だ！」

「一線を越えたな」

「僕が？」

「君が私に何を言えるのか、どうせもうわかりかけてきた」

「えっ？」

グラマーは気になりだした。どうやらあまりに多くの知識を詰め込んだものの、それ以外の訓練が足りなかったようだ。この男は自分が携わっている職業にあまり向いてないなと思ったが、本人には言わないでおいた。どうせ引退したのだし。

その間にグラマーは半開きのドアを閉め、きっと日頃の癖で窓の外をのぞき見てから、机の端に腰掛けると、耳の後ろを掻いた。

「言えよ……」彼はつぶやいた。

「もし私が言えば、君は一銭も拝めないぞ……」

彼の背後では庭が青々としていた。小道を車椅子に乗って行くのは、半メートルの靴べらを手にした老パダーホーン。彼はそれを旗竿のごとく握っていた。看護師は車椅子を押しながら彼の葉巻に火を点けた。ふたりの数歩後を歩いていたパダーホーンのボディガードはショートパンツ姿、それ以外は裸で、筋骨隆々、陽に焼けてブロンズ色、太い線の入った白い帽子をかぶり、顔は開いた色刷りコミックで隠している。緩いベルトの上でホルスターがぶらぶら揺れ、太股をたたいていた。

「言え、さもなくばお別れだ、友よ」私は言った。「知ってるだろ、エージェンシーはどうせ私が公表する内容をすべて否定するんだから……」

「しかし、情報提供者として僕の名を挙げられると、困るんだ……」

「金銭ほど痛みを軽減するものはないよ。ともかく、あなたの名を挙げることにする、もしもあなたが私に何も言わないならね……。それに、あなたは治療を受けるべきだと思う。神経衰弱だ。明らかに。何をそんなに見つめてるんだ？　もうすべて私に明かしたんだろう」

　彼は意気阻喪して黙っていた。彼の頬がぴくぴくと震えた。私は彼が少々気の毒になった。

「僕のせいにしないな？」

「変名にして外見も変えるよ」

「だがそれでも彼らは僕だとわかるだろう」

「そうとも限らない。あなたは自分ひとりだけが、この私のもとへ送られたと思っているんだな？これはあなたがたの仕業だった、そうだな？」

　彼は憤慨した。

「『我々』の仕業なんかじゃない。我々はルナ・エージェンシーとは一切関係ない。奴らさ！」

「どうやって、何のために？」

「どうやったのか正確には知らないが、何のためかは知っている。君が戻らないようにするためだ。仮に君があちらで消えていれば、すべては元のままだったろう」

「それだって永遠に、というわけじゃない。遅かれ早かれ……」

「まさにそれこそが目的だった、なるたけ『遅く』することが。奴らは報告を恐れていたんだ」

「そうだとしよう。だがあの塵は？　どうやって私の宇宙服に入った？　連中はあの塵のことをどこで知ったんだ？」

「知るも何も、彼らは知らなかった。だが、ラックスは恐れていた。だからあのディスパーサントで何とかしようとしたんだ」

「そしてそれがあなたがたのところへ届いたと？」私は驚いた。

「ラックスの助手は我々の味方だ。ラウガーという」

私はラックスとの最初の会話を思い出した。確かに、同僚のひとりが忍び寄ってきたと言っていた。この事件全体に新たな光が当たった。

「カロトミーも彼らの仕業か？」私は尋ねた。

「見当もつかん」

彼は肩をすくめた。

「君が知ることは決してないだろう」と付け加えた。「だれにもわからないさ。賭け金が最高額のとき真実は存在しなくなる。残るは仮説ばかり。様々な異なる見解だ。ケネディのときのように」

「大統領の？」

「ここでの賭け金はさらに高かった。全世界だ！　これ以上のものはない！　すぐに書いてくれ、約束したことを……」

私は抽斗から便箋とボールペンを取り出した。グラマーは背を向けて窓際に立っていた。私は署名すると、彼に手稿を渡した。それを見て彼は驚いた。

「間違えてないか？」

「いや」

「一〇か？」

「一〇だ」

「売り言葉に買い言葉。君が付け足したからには、私も付け足すよ。ディスパーサントが君を月に引き降ろすことになっていた」

「ラックスだって言いたいのか？　そんなの信じないぞ！」

「ラックスじゃない。彼は何も知らなかった。ラウガーがすべての計画を知っていた。彼が数十のプログラムにもうひとつ組み込んだ。難しいことじゃない。プログラマーだからな」

「ということはやはりあんたたちのせいなのか……」

「いや。彼は同時に三つの陣営のために働いていた」

「ラウガーが？」

「ラウガーだ。だが彼は我々に必要だった」

「いいだろう。ディスパーサントが私を呼んだ。私は着陸した。だがあの砂はどうなんだ？」

「偶然要因。だれひとりそれを予期していなかった。もし君があそこでの、あの瞬間に触れなければ、もはやそれに気づく者はいない。決して」

　彼は便箋を二つ折りにしてポケットにしまい、ドア口から私にこう言った。

「元気でな！」

　彼が本館の方へ歩いていくのが見えた。生け垣の向こうに姿を消す前に、左手が私の右手を取って握りしめた。この同意の表現が私を喜ばせたことは言うまでもない。だがいずれにせよ、これからも生き続けなくてはならなかった。

一九八四年五月

最後から二番目の傑作長篇――訳者あとがき

お待たせしました。スタニスワフ・レムの最後から二番目の小説、そして〈泰平ヨン〉シリーズ最終話である長篇 *Pokój na Ziemi* をようやく日本語でお届けいたします。日本では深見弾訳でおなじみの〈泰平ヨン〉を主人公とした『航星日記』、『回想記』、『未来学会議』、『現場検証』に連なるシリーズの最後の作品ですが、ストーリーはそれぞれ独立しているので、どれから読んでも楽しめます。

本書の舞台は近未来、人類は地球上の兵器システムをすべて月に移送し、軍拡競争をＡＩ任せにする。ところが、月面での兵器の進化がいまどうなっているのか皆目わからない。地球から送られた偵察機は謎の攻撃を受けて破壊されてしまう。そこで我らが泰平ヨンが極秘の偵察に赴くのだが、例によってとんでもないトラブルに巻き込まれる羽目に……。

原書の刊行は最後の小説『大失敗』（二〇〇七年、国書刊行会）と同じ一九八七年だが、書き終えたのはこちらの方が早く、一九八四年である。

一九八四年と言えば、すぐにオーウェルのディストピア小説が思い浮かぶけれども、ポーランドでは前年に戒厳令が解除されたばかり、ソ連のペレストロイカはまだ始まっておらず、冷戦の終結は未だ見えない。戒厳令下のポーランドでは検閲があり、また外国出版社との通信ができなくなったため、レムはすぐに出国を考える。一九八三年にオーストリア作家協会の招待で、ようやくポーランドを離れることができたレム一家は西ベルリンに数カ月滞在した後、レムのエージェントがいるウィーンに移り、そこで一九八八年まで過ごす。

ウィーン滞在中の一九八四年と一九八六年には、ポーランド国内でそれぞれ『挑発』と『二一世紀叢書』（いずれも『主の変容病院・挑発』所収、二〇一七年、国書刊行会）が刊行された。この二冊は『完全な真空』に連なる架空書評集である。そして、本書『地球の平和』では、『二一世紀叢書』所収「二一世紀の兵器システム、あるいは逆さまの進化」のコンセプト――兵器における人間の排除と、自動進化した兵器の分散化・小型化――をそっくり利用している。兵器の分散化・小型化は長篇『インヴィンシブル』や『浴槽で発見された手記』でも言及されており、レムが一貫して追求してきたテーマでもある。

作中の設定では米ソ冷戦が続いているようだが、レム自身は「『地球の平和』のプロットは当時の政治情勢に触発されたものではなく、むしろ私は努めてそうした影響から隔絶しようとしており、エスカレートする米ソの対立に関する当時の報道は小説の執筆に直接的な影響を与えなかった。だれが想像したよりも当時の世界が核戦争に近づいていたことが、いまようやく明らかになったが、無論私はそんなこととは知らなかった。」と述べている。そして「私が実在の歴史を自作のプロットに変換したりはせず、いわゆるポリティカル・フィクションを手がけないのは、政治的現象を予測することは地球規模であろうと地域規模であろうと原則として不可能だという信念からである。」と、政治とはあくまで一線を画す姿勢を貫いている。しかしながら、本書には核実験のグロテスクさを強調した場面や日本軍を戯画化した場面が描かれており、反戦の主張は明確である。
一九八五年にソヴィエト連邦でペレストロイカが始まって以降、情勢の変化は急激であった。一九八九年には一連の東欧民主革命が起き、同年一二月のマルタ会談で東西冷戦の終結が宣言された。しかし冷戦構造が崩壊すれば即座に軍拡競争や兵器のリスクがなくなるわけではない。地域紛争やテロの脅威は相変わらず続く。「冷戦の終結にもかかわらず、様々な種類のテロリスト・センターの活発な活動から見ても、核兵器使用の危険性は依然として存在する。」とレムは懸念を表明している。なぜなら軍拡の原動力は未知の相手に対する「恐怖」だからで、軍拡を押し進めたい者は故意に「恐怖」を煽るのである。科学技術が発展するにつれて、人々の恐怖の対象は移り変わってゆく。かつて恐怖は超自然に由来していたが、その後は工業製品へと移行した。十分に進化した科学技術は自然と区別がつかない。タラントガ教授曰く、人は自分が信じたいことを信じる。現代にはびこる偽科学や反知性主義を見るにつけても、レムの慧眼には感服させられる。

本書で矢継ぎ早に展開するアクション・シーンはスパイ小説さながらだが、女性キャラクターの役割などを見るに、通俗的冒険スパイ小説のパロディとしても読める。また、胡散臭い科学者やエージェンシー・スタッフなどの脇役もバラエティ豊かで、純粋に謎解きエンターテインメントとしても面白い。

「自動進化した兵器の分散化・小型化」が本書のテーマのひとつとすれば、もうひとつは「脳梁切断《カロトミー》術後の分離脳」である。レム曰く、「本書の源は、二つの大脳半球をつなぐいわゆる大交連を切断した後、つまりカロトミーと呼ばれる手術後の、人間の心理的状況を想像し、物語として示す試みであった。私を魅了したのは一つの頭の中に二つの独立した意識が発生しうる状況だった。執筆前に長いこと専門文献を研究した。私はこの現象の学術的認識におけるいくつかの空白を埋めることにした。私の考察の八〇パーセントは専門の文献に基づいているが、残りはストーリー上の必要に応じて私自身で補足した。」カロトミー後の分離脳にとって「私」とはだれか、二分された脳は世界をいかに認識するのか、二つの独立した意識は互いにどう連絡をつけるのか――こうした問いが月偵察の謎と緊密にからみあいながらストーリーは展開してゆく。ところが近年の研究によると、分離脳の実験（ガザニガ、スペリー）には再現性がない、という結果が出ている。分離脳というアイデア自体は興味深いが、現実的なものではなく、あくまでフィクションとして読むべきだろう。

　月偵察には〈遠隔人《リモート》〉という遠隔操作可能なパワードスーツ的ガジェットを用いる。レムのことだから〈遠隔人〉の様々な使用法とそれにまつわる法的トラブルまで微に入り細を穿ち予測している。人がいまいる以外の場所にいるかのように感じたり、そのように見せたり、テレロボティクスを介して効果を与えたりできる一連の技術をテレプレゼンスと呼ぶが、本書ではさらに進んだその技術を〈テレフェリスティクス teleferystyka〉という造語で呼んでいる。teleferystyka には、だれかの発言に対して「ナンセンス、ばかばかしい」というときに使うポーランド語のフレーズ「tere-fere kuku テレフェレ・クク」の音が響いているように思われる――短篇「Ａ・ドンダ教授」（『短篇ベスト10』所収、二〇一五年、国書刊行会）に登場するスヴァルネティクスという学問が、どうやらサイバネティクスのタイポだったらしいことを思い起こそう。また〈遠隔人〉のモニター用にミクロプスと呼ばれる超小型ドローンの群れが月上空を飛び、映像をリアルタイムで地球に送っている。それ以外にも、ユーザーが自在にストーリーを変更できる、現在のＶＲゲームに相当するような装置も登場する。一九八〇年代前半にここまで最新技術を予測していたのには驚かされる。しかし現実がフィクションに追いつき、こうした技術が実用可能になるにつれて、逆にフィクションは書きにくくなり、レムは一九八七年の『大失敗』を最後に小説を書かなくなる。
『地球の平和』の結末は、「Ａ・ドンダ教授」の結末に似ている。そこへ至る筋道は異なるものの、いずれも情報が破壊され、人類の文明が一世紀程度過去に引き戻される。まるで大量破壊兵器が発明される前に遡って歴史をやり直したがってでもいるかのように。レムはインターネットやマスメディアに流れている膨大な情報のほとんどを屑と見なし、忌避していた。それはソラリスの海と同じく、私たちの頭の中を無慈悲に映し出す鏡のようなものだからかもしれない。

本書のメインテーマが分離脳、および兵器の自動進化とすれば、裏テーマは〈ＬＥＭ〉変奏曲と言えるだろう。ＬＥＭという文字列は月プロジェクトの中で Lunar Efficient Missionary/Lunar Excursion Missionary/Lunar Excursion Mannequin/Lunar Evasive Molecules/Lunar Expedition Molecules など、様々な専門用語の略語として出現する。おそらく、一九七〇年代半ばにアメリカのＳＦ作家フィリップ・Ｋ・ディックがレムを「一個人ではなく左翼系の複合委員会」と決めつけたことに対して、「いや、ＬＥＭとはアポロの Lunar Excursion Module〔月着陸船〕のことだよ」と冗談めかして答えたのがきっかけで、次々とＬＥＭの新たな定義が生まれたのだろう。こうした言葉遊びが単なるくすぐりに終わらず、メインテーマにからんでしっかりオチがつくところは、よくできた古典落語のようだ。

言葉遊びと言えば、泰平ヨン（Ijon Tichy ヨン・ティヒ）という名はもともとショーロホフの小説『静かなドン Тихий Дон チーヒイ・ドン』のもじりと思われ、ロシア語の Тихий にあたるポーランド語は cichy で、ヨンの祖先の苗字は Cichy だったのだが、公証人が間違えて Tichy と書いたという設定になっている。Ijon Tichy の訳語は、袋一平氏による「泰平ヨン」が深見弾氏の訳書にも引き継がれ、長年、日本の読者に親しまれているため、そのまま拝借した。『航星日記』刊行時にヨンは〈宇宙版ミュンヒハウゼン男爵〉、〈宇宙のドン・キホーテ〉と評されており、ここから深見氏は一人称「吾輩」を採用したものと思われる。コミカルな短篇には〈ほら吹き男爵〉風の「吾輩」も味があって面白いが、シリアスな長篇、しかもヨンのアイデンティティを扱った本書に「吾輩」はどうにも据わりが悪いため、ニュートラルな「私」を採用することにした。

もうひとつの言葉遊びは、ヨンが分離された自分の右脳を「彼女」と呼ぶことだろうか。ポーランド語の名詞はすべて文法的に男性／女性／中性に分かれる。実際の性別とは関係なく、無生物を表す名詞も男性／女性／中性のどれかになる。脳の半球を表す półkula は女性名詞なので代名詞 ona〔彼女〕で受ける。ここまではポーランド語としては普通なのだが、乱暴でがさつな男っぽい自分の右脳を「彼女」と言い表すことで、ちぐはぐな滑稽味が生ずる。生身の人間のヒロインが不在であるレムの小説においては、右脳が疑似的ヒロインかつ相棒となる。

さて、本書ではレムがこれまで自作で繰り返し用いてきた様々なモチーフが散見される。ヨンが月面で遭遇する女性や兵士の幻影は『ソラリス』の海が見せる人物像を思わせるし、薬物中毒で見る幻覚は『未来学会議』や『枯草熱』を思い起こさせる。人間を戯画化したような軍人型ロボットは『ロボット物語』にも登場した。また、ヨンの植物嫌いは『高い城』で明かしているようにレム自身の植物嫌いに由来するし、ヨンの守護天使を自称するグラマー Gramer は、『高い城』に出てくるクラメルかクレメルという名の辻馬車の御者がモデルではないかと推察される。スピーディーでスリリングな展開の合間に話はたびたび脱線し、食用植物の発見や宇宙空間における排泄問題など瑣末なトピックについて、作者レムがここぞとばかりに長広舌をふるうのも楽しい。
　こうした様々なテーマやエピソードやガジェットをすべて盛り込んだうえで破滅的フィナーレへとなだれ込む手際は見事で、〈泰平ヨン〉シリーズに限らずスタニスワフ・レム作品の集大成と呼ぶにふさわしい。これほどの傑作がなぜいままで未訳だったのか不思議だが、全然訳されないよりは遅くても訳されたほうがまし。図らずも、スタニスワフ・レム生誕一〇〇年にあたる記念すべき年に刊行とあいなった。そして、世界的に疫病が蔓延し、地域紛争が頻発する現在、本書は原書刊行時以上にアクチュアルな小説として読み直すことができるだろう。

二〇二一年十一月
芝田文乃

解説　『地球の平和』と一九八〇年代のレム

沼野充義

本書は一九八四年、レムのウィーン滞在中に書き上げられたものの、出版されたのは一九八七年、つまりレム最後の長篇『大失敗』と同じ年だった。このあとレムは「断筆」を決心し、もはや小説は書かないと公言するようになった（「断筆」の理由については後で少し述べるが、いくつもの要素が絡み合っていて、単純には説明できない）。実際、レムはその後、二〇〇六年に亡くなるまで、小説はいっさい書かなかった。従って、本書の訳者芝田文乃氏の訳者あとがきにもあるように、これはレムの「最後から二番目」のＳＦ長篇ということになる。『金星応答なし』（一九五一）以降のレムの本格的長篇としては、これが唯一翻訳されないまま残っていたものだった。決して訳しやすいものではないが、晩年のレムの到達点を示す重要な作品である。果敢にチャレンジした芝田氏のおかげでついにこれも日本のレム読者の新たな財産となった。さらに芝田氏は訳者としてレムのテクストに向き合った貴重な経験を踏まえた優れたあとがきも寄せているので、私の解説など不要かもしれないのだが、できるだけ重複をさけつつ、屋上屋を架さないように注意しながら、若干補足しつつ、自分なりの読み方を示してみたい。

一九八〇年代の激動とレムの「亡命」

一九七〇年代末から八〇年代にかけて、ポーランドは激動の時代だった。社会主義体制の内部から共産党系政権を批判する自主労組「連帯」という前代未聞の組織が一九八〇年に立ちあがり、グダンスクの造船所の労働者レフ・ワレサ（正しくは「ヴァウェンサ」）に率いられたその運動は、あっという間に広範な市民や知識人を巻き込んで全国に波及した。そして、この事態を社会主義体制の根幹を揺るがす危機的なものと見なした政権側は、一九八一年十二月にヤルゼルスキ将軍のもと戒厳令を敷き、多くの反体制活動家を逮捕・投獄した。しかし、いったん巻き起こった民主化の波は押しとどめようがなく、折から一九八五年にソ連で始まった「ペレストロイカ」を背景に共産党系政権はついに一九八九年に崩壊した。

レムと言えば、現実政治からは離れたSFの世界で作家活動をつづけたという印象があり、実際彼は自分の政治的言動に関していつも極めて慎重で、公然と共産党系政権を批判することはなかった。それゆえ、こういった政治的激動からも一定の距離を置き、超然としていたのではないか、と想像する向きもあるだろう。しかし、最近次々に出てきた資料を見ると（例えばヴォイチェフ・オルリンスキによる伝記）、この時期のポーランドの政治情勢が想像以上にレムを直撃していたことがわかる。戒厳令が実施された一九八一年十二月十三日の早朝午前五時、恐怖にとらわれたレムはクラクフ郊外の自宅の裏の野原で本や書類を慌てて焼いていたらしい。はたしてレムがそれほど危険な文書を所持していたかどうかはわからない。しかし、戒厳令の結果わが身にも危険が及ぶかもしれないという恐怖は、戦前のルヴフ（リヴィウ）から戦後の社会主義体制下ポーランドを生き抜いてきたレムにとってはほとんど反射的に感じるものだったようだ。

社会主義ポーランドの体制との軋轢はそれまでもあったが、この時点でもはやポーランドにはこれ以上いられない、一刻も早く国外に逃れるべきだという判断が決定的になった。

レムはドイツの出版社の協力を得て、西ドイツの高等科学研究院からグラントを受け一九八二年西ベルリンに移り住み、さらにその翌年、SF研究者であり、長年レムの著作権代理人を務めてきたウィーンのフランツ・ロッテンシュタイナーの支援のもとにオーストリア作家協会の招待をとりつけ、ウィーンに居を移した。

レムのこの実質的な一時亡命時代は一九八八年まで続く。ただし、レムはあくまでも慎重にポーランド当局との対決は避け、西ドイツで自作の映画化の仕事に携わるという名目で出国ビザを取ったのだった。レムがオーストリアに渡ってから、一九八三年の秋にはドイツの『ディー・ヴェルト』紙が「レムは自由を選んだ」と書いて彼が亡命したことを婉曲に表現したところ、レムはわざわざ、自分は「オーストリアの作家協会からの招待を受けただけで、亡命したわけではない」という訂正文を編集部に送っている。レムの親友の劇作家スワヴォーミル・ムロージェクなどは早くからさっさと西側に亡命してしまっていたが、レムはポーランドに二度と帰国できない亡命者となることは避け続けた。

ウィーンでの「亡命」生活は決して楽なものではなかった。レムのような国際的に著名な作家にとっても、ポーランドの基準からすれば法外に高い物価（家賃、医療費ともに）、馴染めないオーストリア人の気質、そして持病であった前立腺腫瘍の悪化と度重なる入院・手術といった事情があいまって、レムは精神的にも最悪の状態に陥ったようだ。

一九八八年、レムはウィーンでの一時的亡命生活を切り上げ、ポーランドに帰国した（個人的な思い出だが、一九八八年、ワルシャワに滞在していた筆者はウィーンまで足を延ばした折、レムに会えないかと思い、アポイントメントもなしに彼を探したが、尋ねあてることができなかった）。レムは有効なポーランドのパスポートを保持していたから、帰国には問題はなかった。ソ連ではペレストロイカが進み、ポーランドも民主化に向けて大きなうねりが続いていた。ただし、近い将来「東欧革命」が起こり、社会主義体制が倒れるとまで楽観的に考える者は少なかったはずだ。私自身、一九八七年から八八年にかけてワルシャワに滞在していたのだが、近い将来体制転換の激変が起こるなどとは夢にも思わなかった。正確にはいつの時点で決断したのかよくわからないが、いずれにせよレムはポーランドに帰ってからは二度と小説の筆をとることはなかった（ただし、この後も評論や時事的批評を旺盛に書き続け、発信はし続けた）。そして、ベルリン・ウィーン「亡命」時代に書かれた長篇『地球の平和』と『大失敗』が、レム最後の二つの長篇となったのである。

『地球の平和』――二つの主題の交錯

『地球の平和』の主題や内容については芝田氏の訳者あとがきが重要な点を的確に指摘しているので詳しくはそちらに譲るが、この小説の構造そのものに関わる基本的な枠組みについて確認しておけば、この作品は誰の目にも明らかな通り二つの異質な要素のかなりアクロバティックな組み合わせから成り立っている。二つの要素とは（1）脳梁切断術（カロトミー、現在ではカロゾトミーという方が一般的）を受けた人間の自己同一性はいったいどうなるのかという問題と、（2）軍拡競争が激化する中で人類はいかに平和を達成できるかという問題、である。脳梁切断術とは、素人には耳慣れない専門用語だが、レムが考案した新造語ではもちろんない。これは脳の左右半球を接続し、両半球の間の情報伝達を可能にする神経線維束である脳梁を切断することで、医学上は、難治性てんかんに対して有効な緩和治療として一九四〇年代から広く行われてきた。レムがどうしてカロトミーに興味を持ったのか、よくわからないが、『地球の平和』をベルリンで書き始めたころ、レムは所属していた高等科学研究院の図書館を活用して、専門的文献を集め読みふけったらしい。カロトミー研究の成果は、『地球の平和』の前半に如実に現れている。実際、そこでは何者かのしわざによってカロトミーを施され、月でのミッションを終えて地球に帰還した泰平ヨンの身に起こった奇怪な「倍増」（「分裂」）——脳の左右半球の対立と相互のコミュニケーションの欠如——の結果が、コミカルに、時にスラップスティック風に描かれるからだ。なにしろ脳の右半球に支配される左手と左足は、泰平ヨンの——より正確に言えば、物語の語り手となっている左半球側の泰平ヨンの——意志とは関係なく、目の前にいる人を蹴飛ばしたり、人ごみの中に美女をみつけるとその尻をつねったりするのだ！　これは諧謔と風刺を持ち味としてきた、従来の泰平ヨンを主人公とした連作の精神を受け継ぐものだとひとまずは言えるだろう。

しかし、それにしても軍拡競争と月における兵器の果てしない進化という、よりシリアスな主題を抑えて、カロトミーによる「倍増」がどうしてこれほど前面に打ち出されたのだろうか？　芝田氏の訳者あとがきでも引用されているように、レム自身は、自分の小説は当時の政治情勢に触発されたものではなく、むしろカロトミーが重要だったと説明している。

> この本はむしろ、カロトミーと呼ばれる手術を受けた後の人間の心理状況を想像し、フィクションとして描いたものである。一つの頭の中に二つの独立した意識が生まれるという状況に魅力を感じたのだ。

ポーランドにおけるレム研究の第一人者、イェジイ・ヤジェンプスキも、『地球の平和』の刊行前にレム自身と交わした会話では、やはり軍備拡張や国際的政治情勢よりも、カロトミーの問題にレムは魅了されていたと述べている。おそらくレムは、カロトミーが突き付ける、人間の自己同一性の謎にのめりこんだのだろう。その辺を、レムの哲学に詳しいヤジェンプスキは、こう説明している。

> レムは、経験的に得られた知識によって、哲学的あるいは形而上学的な性質を持つ信念を修正せざるを得ない状況に常に魅了されてきた。カロトミーは、人間の「私」の性質、その完全性、自律性などについて、それまでに確立された信念の見直しを求めるので、そのような経験に属する。フッサール流の超越論的な認知的「私」は、カロトミーの経験に照らしてみると、完全に抽象的なものであり、経験的な「私」から考えられるような方法で抽出することは不可能だ。

カロトミーにともなって最初から出てくるのが、言語的、文法的問題である。一人の人間が脳の左半球と右半球に「分裂」「倍増」した場合、主語の人称はどうなってしまうのか？　一人称単数形はもはや使えないのか？　さらに「半球」はポーランド語では女性名詞であるため、しばしば「彼女」と言及され（右半球のふるまいは明らかに女好きの粗暴な男性的なものだが）、一人の人間が「男」と「女」に分裂したような印象を与える。この種の「言語遊び」もまたレムの得意とする技の一つであり、夥しい新造語からコンピューターの作ったナンセンスな詩に至るまでこれまでも〈泰平ヨン〉シリーズだけでなく、様々な著作に頻出し、翻訳家を悩ませてきた。

軍拡競争と武器の進化——当時の世界情勢の中で

『地球の平和』はこのようにカロトミーを主題としてレムの遊び心が自由に発揮された愉快な側面を持つ作品だが、それではこの長篇のもう一つの要素、つまり国際情勢の中での軍拡競争や武器の進化はどうかと言えば、先ほどの引用にもある通り、レムは東西冷戦下の政治情勢や核戦争の危機など関係ないと言わんばかりだが、これはあまり額面通り受け止めない方がいいのではないかと思う。オルリンスキの伝記は、ある面白いエピソードを伝えている。レム研究者のヤジェンプスキが、『泰平ヨンの現場検証』を「冷戦」の世界情勢を反映させたものと解釈したエッセイを書いたところ、レム本人に批判されたという。驚いたヤジェンプスキが「でもあなたがそう言ったじゃないですか」と問い返したところ、レムは「私を信じてはいけない」と答えたのだという。要するに著者自身による意図の解説など鵜呑みにしないほうがいい、ということだ——特にレムのような、真意がしばしばとらえがたい韜晦のエクリチュールを駆使して生き延びてきた作家の場合は。

レムの性格と政治的に慎重な言動を考えあわせれば、自分の作品を単純に時事情勢に還元して政治的に解釈されることには我慢がならなかっただろう（直接はっきり言及されることはないが、この作品では米ソ、さらには日本も含む同時代の世界情勢が透けて見えるようなところがあるので、「政治的」な解釈も十分可能なはずだが）。しかし、『地球の平和』で展開されている、軍拡競争を地球から月に移すことにより地球に平和をもたらすかわりに、軍備の進化の舞台を無人の月にするという、一見荒唐無稽なアイデアの原点には、レムがほとんど最初期から温めてきた考え方がある。ここで一言、『地球の平和』というタイトル（英語ならば *Peace on Earth*）についてコメントしておけば、これはもともと聖書の『ルカ伝』第2章第14節に見られる「いと高きところでは、神に栄光があるように、地の上では、み心にかなう人々に平和があるように」に由来するものである。日本では初期の小松左京が（レムとは関係ないが）『地には平和を』というタイトルで小説を書いている（一九六三年刊）。『地球の平和』で展開されている、兵器は巨大化するよりも、分散・微細化するという「逆進化」の道をたどることによって最強のものになり、しかもその「逆進化」は人間の介在しない機械だけの「死の圏域」で起こりえるという発想は、はるか『インヴィンシブル』にまでさかのぼり、『地球の平和』の刊行直前に出版された「二一世紀の兵器システム、あるいは逆さまの進化」という、架空の書物の書評の形をとった実質的には立派な論文（『地球の平和』の中でも詳しく紹介されている）で華麗に論理化されていた。つまり、兵器の逆進化は、レムのＳＦ作家としてのキャリアのほとんど最初から最後までを貫くモチーフだったのである。

それを執筆当時の時事情勢に還元するわけにはもちろんいかないが、だからと言って、東西冷戦下の当時の軍拡競争や核戦争の危機とまったく無関係とは言えないだろう。レムは、「だれが想像したよりも当時の世界が核戦争に近づいていたことが、いまようやく明らかになったが、無論私はそんなことは何も知ることができなかった」などと言っているが、そんな言葉はにわかには信じられない。レム一流の韜晦というか、おとぼけである。一九八〇年代前半の、ソ連でペレストロイカが始まる直前の世界では、核兵器による人類の危機について広く議論され、文学者の多くがその議論に参加していた。日本の文芸誌『すばる』一九八三年七月号は、「世界の作家に問う　核状況下における文学者の態度」という大規模な海外アンケート特集を組み、ジョン・アーヴィング（アメリカ）、アレン・ギンズバーグ（アメリカ）、リチャード・ブローティガン（アメリカ）、Ｊ・Ｇ・バラード（イギリス)、アンソニー・バージェス(イギリス)、ル・クレジオ(フランス)、シモーヌ・ド・ボーヴォワール(フランス)、クロード・シモン(フランス)、ハインリヒ・ベル(ドイツ)、マーガレット・アトウッド(カナダ)、マヌエル・プイグ(アルゼンチン)など総勢三十名以上の世界の作家たちからの回答を掲載していて壮観なのだが、回答者の中にはレムも含まれていた。レムの回答はその中でもさすがにユニークなもので、核兵器よりも危険な武器が実用化されつつあると警鐘を鳴らしていた。レムの回答はベルリンで一九八二年十月にドイツ語で書かれており、おそらくちょうど彼が『地球の平和』を書き始めていた頃である。このアンケート回答はいまでは人の目につくこともなく、私の知る限りいかなるレム文献目録にも採録されていないので、ここに少し長めに引用し、『地球の平和』に取り組み始めた頃、レムが当時の世界情勢と新たな武器の危険性について現実の問題としてどう考えていたか、手がかりを提供しておきたい。

スタニスワフ・レム(ポーランド)

アンケート回答

「核兵器による人類の危機についての私の解釈」より抄録

物質のもっている、軍事的に応用可能な原子核の力は、疑いもなく私たちの文明を自滅へと導くことができます。しかし、この力は同時に、そして残念ながら、現代の武器庫を構成する一つの要素にすぎません。(……)

二つの理由によって、原子爆弾よりも制御することがむずかしいような新しい武器が、研究の場所から実用へと移されつつあります。第一に、地球を取り巻く宇宙空間へ軍事的な大量殺人の手段が持ちこまれることは、ほとんど不可避のように思われます。（……）

しかし、第二に、核兵器に反対する者が現在より小さな悪と見なしている旧来の伝統的な兵器は、秘かに進歩をとげて、伝統の枠をつき破ろうとする段階にあります。そのようにして、戦争と平和をわかつ境界は鈍く、二次的で、曖昧なものにされてしまうでしょう。まず第一に私がここで考えるのは（……）伝染病――すなわち、隠微な形での軍事的攻撃――を阻止することはできません。隠微というのは、そういった攻撃が必ずしも人間の生命をただちに絶滅させるものではないからで、遅れて現われる効果によって生命に必要なものを徐々に破壊することができるような手段さえ考えられるのです。遺伝学に由来する数多くの手段も、軍事的に、さらには隠微な形で軍事的に応用することができます。たとえば、敵の農業による食料生産の基礎に損害を与えるとか、あるいはその他に、部分的にはヴィールスによる手段――つまり、もっぱら恒常性《ホメオスタシス》と呼ばれる生物圏における生活様式の均衡を土台から変えてしまうような手段――が考えられます。近い将来、一つの国の死亡率を徐々に高めることも可能になるでしょう。遺伝的に条件づけられた一定のタイプの病気の発生率を高めることもできるようになるでしょう――しかも、その際、病気や、その他の人工的に引き起こされた危機が、一つの大陸だけで広がるようにすることも可能になるのです。一言で言えば、たとえ、超大国間の交渉が首尾よくいって核軍縮に成功したとしても、核兵器の均衡などはくつがえすことができるし、それからさらに軍事的な大量殺人に通じる道も開けているということです。現代においては核エネルギーなど使わなくとも大量殺人ができるようになっているのだ、というこのわかりきった事態を宙ぶらりんのままにしておくのは、やはり許されないことでしょう。（……）

　螺旋を描くようにして発展してゆく軍備の中で、核兵器のタイプが第一の場所を保持し続けるかどうかは別としても、すべての軍備の費用がどんどん大きくなってゆくのは確かでしょう。そして、それに反比例して原料やエネルギーの貯えは乏しくなり、消費されてゆくでしょう。こうしてよく知られたラテン語の格言“si vis pacem, para bellum”（「平和を望むならば、戦争に備えよ」）によって表現されるような、今後存続してゆく状況の中で、私たちの文明は全世界的な衰弱におちいるかも知れません。

　核の危険に直面しての私たちの道徳的な憤慨は正しいものですし、道徳的にも根拠のあることです。（……）原子爆弾の危険を世界からとりのぞくために、そして、その空席になった場所に他の少なからず破滅的な危険を見出せないようにするために私たちが変えなければならないのは、武器のシステムではなくて、この世界そのものです。私の見るところ、今日最悪のことは、軍事化された核エネルギーそのものではなくて、軍事化された研究が多大の費用と人的資源を費して追い求めている方向なのです。この方向は戦争の遂行を容易にし、大量殺人を目に見えないものにし、もはや可逆的でなく、それゆえ制御できない破局へと通じてゆきます。これらすべての危険の根元は、世界の政治情勢の中にあるのであって、原子核の中にではありません。この情勢を変えることができないと、私たちは一つの核の危険はのがれても、もう一つの別の危険におそらくおちいることになるでしょう。核の危険を訴えるこの種の呼びかけはたしかに必要ですが、それはこの惑星に住む人間たちを救うためには不充分な条件にすぎません。自分の力の及ぶ限り可能なすべてのことをやっているのだと誠実に信じながら、自分の仕事をそういった呼びかけだけに限定している人は、まちがっています。（……）地上の情勢を知ることが許されている開かれた社会と、知ることが許されず嘘を押しつけられている全体主義社会とが対立し続ける限り、これから先もこの危険は存在し続けるでしょう。そして、ある日、私たちのすべてを死の中に投げこむかも知れません。

ベルリン　一九八二年十月

（原文ドイツ語、沼野充義訳）

さて、『地球の平和』における二つの主要な主題がどのように交わり、切り結ぶかということだが、この両者は一見無関係に展開しているように見えて、じつは交錯することによって小説の世界観の大枠を作っていると言えるのではないだろうか。いつもながら慧眼なヤジェンプスキは、「ある意味では『地球の平和』の人類は、医療目的で大脳半球を切断された患者のようなものだ」と指摘しているが、まさにレムがここで描いている地球は、一方には「意識的、論理的、言語的に理解でき、したがってコミュニケーション可能なもの」が凝縮されているのに対して、他方には合理的には理解しがたくおぞましい暗黒の、「しかし同時に人間の本質の不可分な部分を構成するもの」が凝縮されている。そして何よりも、地球と月が分断され互いにコミュニケーションが取れない状態になっていること自体、人類のカロトミー術後的な苦境を象徴するものではないか。地球上では完全な軍備解除が行われ、人類は繁栄を謳歌しているのに対して、月では地球のコントロールを超えたところで各国別に機械がどんどん軍備を拡大、進化させ、本来相互に干渉しないはずだったのに、実際には破壊と侵略に突き進み始めているらしいのだが、地球では月で何が起こっているのかまったくわからない。ひょっとしたら、地球攻撃を準備しているかも知れない……。かくして、地球と月の関係はカロトミー後の脳の左右半球の関係と同じだということになる。

『大失敗』と断筆――「書きたいものはすべて書いた」

『地球の平和』の解説の本来の守備範囲を少し越えることになるが、最後の小説『大失敗』（一九八七年）とそれに続く「断筆」について書き添えて、この解説を結ぶことにしたい。

『大失敗』は、レムがポーランドでの戒厳令施行後に出国してウィーンで一時「亡命」生活を送っているときにドイツのS・フィッシャー社からの注文を受けて書かれた。これから書く小説に対する前払いを受けて出版社と契約を結んだのは、レムの作家としての経歴の中でもこれが初めてだったという。「亡命」中のレムの経済的苦境がうかがわれる。いずれにせよ、体調も悪化する中、注文に応じて書くのは決して楽しい仕事ではなかっただろう。そのような事情を反映してか、作品は『地球の平和』と比べると全体として諧謔味が乏しく、圧倒的にペシミスティックである。『大失敗』は一九八六年にドイツ語訳が先に出て、その翌年ポーランドでポーランド語版が出版された（邦訳は国書刊行会〈スタニスワフ・レム・コレクション〉第一期に久山宏一訳で収録、二〇〇七年）。

　ごく簡単に『大失敗』の主題を確認しておこう。それはレムの読者にはおなじみのものだ。はるかな未来、人類は地球外の知性とコンタクトする道を探り続けているのだが、どうしても成功しない。広い宇宙には人間以外の知的生命がたくさん存在しているはずなのに、宇宙は「沈黙」したままだ。そこで巨大宇宙船エウリディケ号による探検隊が組織され、ハルピュイア星群ゼータ恒星の第五惑星クウィンタを目指すことになった。この星ですでに発展し始めていると推定される文明を、「空に向かって舞い上がり窓の外に今まさに飛び出ようとして上の枠のところで羽を震わせている蝶」のような段階で捕まえて、接触しようという目論見からだ。

しかし、そのファースト・コンタクトの試みは、作品の表題が端的に予告しているように、一種の「大量虐殺《ホロコースト》」をともなうすさまじい大失敗に終わるのだ。人間以外の知性とのファースト・コンタクトが結局失敗に終わらざるを得ないというのは、『ソラリス』や『天の声』などでレムがすでに取り上げてきたテーマである。しかし本書のレムは、久山宏一氏の訳者あとがきにもあるように、それまでの一線を踏み越え、はるかに破滅的で暴力的な世界観に突き進んでいる。接触とは本来、相互理解を目指すはずの行為だが、本書でその試みが大失敗、大惨劇に至るまでの物語の展開は圧倒的だ。「アウシュヴィッツ以後の小説」と呼ばれるべき禍々しいヴィジョンに貫かれた小説になっていると言えるだろう。ここで特に注目すべきは、大量虐殺をもたらすのが悪意ある「宇宙人」ではなく、地球外知的生物と接触を懸命に試みる人間の側の「善意」だということである。地獄の道は善意で敷き詰められているのだ。

『地球の平和』と『大失敗』というレム最後の二つの長篇を並べてみると、もちろんまったく異なった傾向・主題の作品でありながら、まるで双子のようだということに気づかざるをえない。どちらもレムが最初期から温めてきた主題に対して、最晩年に最終的な回答を与えるものだからだ。その主題とは念のため今一度確認するならば、『地球の平和』の場合は兵器の逆進化（と、それに伴う戦争と平和の未来形）、そして『大失敗』の場合は異星人という理解しがたい他者とのコンタクトである。しかし、それにしても、『ソラリス』以来レムが追求してきた「接触」がついに「大失敗」で終わるのは、なんということだろう。レムはこれら二作で、自分の生涯の二つの原点に立ち返ったのだとも言える。それは戦争とホロコーストである。さらに、作品のキャラクターという観点からも、これら二作は締めくくりになっている。泰平ヨンと宇宙飛行士ピルクス（『大失敗』の場合）という、初期から書き継がれてきた連作の人気キャラクターのいわば最後のあいさつになっているからだ。

このように見てくると、この二作の後でレムが断筆にいたったのも納得できるような気がする。レムは悪化する健康の中、書くべきことは書き切って、自分の生涯の創作に結論を出したのだ。とはいえ、レムがもう小説は書かないと公言すると、どうしてなのか、としつこくレムに尋ねる愛読者や批評家は後を絶たず（かく言う私もその一人）、そのたびに彼ははぐらかすようにいろいろな答え方をしてきた。私自身、一九九四年の暮れ頃、彼に直接依頼して「なぜ私は書くことをやめたのか」というエッセイを『文藝』（河出書房新社）のために寄稿してもらったことがある（後に沼野充義編著『ユートピアへの手紙——世界文学からの20の声』河出書房新社、一九九七年、に所収）。このエッセイの冒頭でレムは次のように、書き始めているのだが——

> 私は一九八八年に小説を書くことをやめてしまった。どうしてかと何度となく聞かれ、その度にいろいろな答え方をしてきた。というのも、自分でも本当の理由がわかっていないからだ。ひょっとしたら同時にたくさんの理由が重なっているのかもしれないが、よくわからない。ときにはこんな答え方をしたこともある。もう書きたいものはすべて書いてしまった、そして、同じようなものの繰り返しは耐えがたいこと、恥ずべきことだと思うから、と。しかし、この説明も完全に正しいものではなかった。いろいろなアイデアは相変わらず浮かんで来るし、それはたいて

い、自分にとって何か新しいものだと思えるからだ。

しかし、このエッセイを最後まで読むと、彼が最も強い危機感を抱いていたのは、恐るべき情報洪水だったということがわかる。「ごみの山の中に貴重な革新が埋もれ、エクセントリックであるがゆえに流行としてもてはやされる気まぐれや、奇行や、病的に露出狂的な様々な安物に対する欲望が生まれることになる。どうやら、こうして最後に思うのは、この虚栄の市に、このあまりに大衆的な大安売りに自分は参加したくなかった、ということだ」とレムは言う。しかし、その直後に急転直下、得意のラテン語を使って Feci, quod potui, faciant meliora potentes と結ぶ。「私は自分にできるかぎりのことをした。私よりも上手にできる者はそうするがよい」という意味の慣用句だ。おそらくこれが偽らざる心境だったのだろう。

スタニスワフ・レム……1921年、旧ポーランド領ルヴフ（現在ウクライナ領リヴィウ）に生まれる。クラクフのヤギェロン大学で医学を学び、在学中から雑誌に詩や小説を発表し始める。地球外生命体とのコンタクトを描いた三大長篇『エデン』『ソラリス』『インヴィンシブル』のほか、『金星応答なし』『泰平ヨンの航星日記』『宇宙創世記ロボットの旅』など、多くのSF作品を発表し、SF作家として高い評価を得る。同時に、サイバネティックスをテーマとした『対話』や、人類の科学技術の未来を論じた『技術大全』、自然科学の理論を適用した経験論的文学論『偶然の哲学』といった理論的大著を発表し、70年には現代SFの全2冊の研究書『SFと未来学』を完成。70年代以降は『完全な真空』『虚数』『挑発』といったメタフィクショナルな作品や文学評論のほか、『泰平ヨンの未来学会議』『泰平ヨンの現場検証』『大失敗』などを発表。小説から離れた最晩年も、独自の視点から科学・文明を分析する批評で健筆をふるい、中欧の小都市からめったに外に出ることなく人類と宇宙の未来を考察し続ける「クラクフの賢人」として知られた。2006年に死去。

*

芝田文乃（しばた あやの）……1964年、神奈川県生まれ。筑波大学芸術専門学群卒業。ポーランド語翻訳者、写真家、エディトリアル・デザイナー。訳書にスワヴォーミル・ムロージェク『所長』『鰐の涙』（以上未知谷）、ステファン・グラビンスキ『動きの悪魔』『狂気の巡礼』『火の書』『不気味な物語』（以上国書刊行会）、ヴィトルト・シャブウォフスキ『踊る熊たち』（白水社）、共訳書にスタニスワフ・レム『高い城・文学エッセイ』『短篇ベスト10』、レシェク・コワコフスキ『ライロニア国物語』（以上国書刊行会）などがある。

沼野充義（ぬまの みつよし）……1954年、東京都生まれ。東京大学卒、ハーバード大学スラヴ語学文学科博士課程に学ぶ。ワルシャワ大学講師、東京大学教授を経て、現在名古屋外国語大学副学長、東京大学名誉教授。著書に『徹夜の塊』三部作（『亡命文学論』『ユートピア文学論』『世界文学論』、作品社）、『W文学の世紀へ』（五柳書院）、『チェーホフ 七分の絶望と三分の希望』（講談社）、編著書に『東欧怪談集』『ロシア怪談集』（河出文庫）、『世界は文学でできている　対話で学ぶ〈世界文学〉連続講義』全5巻（光文社）、訳書にスタニスワフ・レム『ソラリス』（国書刊行会およびハヤカワ文庫SF）、ヴィスワヴァ・シンボルスカ『終わりと始まり』（未知谷）、クラシツキ『ミコワイ・ドシフャトチンスキの冒険』（岩波書店）、ウラジーミル・ナボコフ『賜物』（新潮社）、『新訳 チェーホフ短篇集』（集英社）などがある。

スタニスワフ・レム・コレクション

地球《ちきゅう》の平和《へいわ》
Pokój na Ziemi

2021年12月24日初版第1刷発行

著者　スタニスワフ・レム
訳者　芝田文乃

装訂　水戸部功

発行者　佐藤今朝夫
発行所　株式会社 国書刊行会
東京都板橋区志村1-13-15　郵便番号＝174-0056
電話＝03-5970-7421　ファクシミリ＝03-5970-7427
URL : https://www.kokusho.co.jp
E-mail : info@kokusho.co.jp

印刷・製本所　中央精版印刷株式会社
ISBN978-4-336-07136-1
乱丁・落丁本はお取替えいたします。